中国新锐派
作家作品文库

大漠之心

龚喜杰散文作品集

龚喜杰◎著

中国财富出版社

图书在版编目(CIP)数据

大漠之心 / 龚喜杰著. —北京:中国财富出版社,2017.1
(中国新锐派作家作品文库)
ISBN 978-7-5047-6317-4

Ⅰ.①大… Ⅱ.①龚… Ⅲ.①散文集—中国—当代 Ⅳ.①I267

中国版本图书馆 CIP 数据核字(2016)第 277510 号

策划编辑 张彩霞 **责任编辑** 白 柠
责任印制 方朋远 **责任校对** 孙会香 孙丽丽 张营营 **责任发行** 张红燕

出版发行 中国财富出版社
社　　址 北京市丰台区南四环西路 188 号 5 区 20 楼 **邮政编码** 100070
电　　话 010-52227568(发行部) 010-52227588 转 307(总编室)
010-68589540(读者服务部) 010-52227588 转 305(质检部)
网　　址 http://www.cfpress.com.cn
经　　销 新华书店
印　　刷 北京兴星伟业印刷有限公司
书　　号 ISBN 978-7-5047-6317-4/I·0235
开　　本 710mm × 1000mm 1/16 **版　　次** 2017 年 1 月第 1 版
印　　张 14 **印　　次** 2017 年 1 月第 1 次印刷
字　　数 215 千字 **定　　价** 32.00 元

前　言

一

在西部待了很久了，闲暇之时，就倒腾出一些事来，糊弄糊弄自己的好奇心。有内地的朋友来访，我就卖弄起自己积攒的那点故事，向他们讲述我生活的这片土地的历史、风俗、景物。

临了，朋友们常常会遗憾地问一句："你为什么不把这些东西写出来?"

身边的文友们也时常抱怨我懒散，不多写写身边的这片土地。

想想，大家说的也在理。

不知不觉间，我在这片土地上已经生活了三十多年。三十多年来，这里不断地发生着各种各样的变化。我感受着这些变化，在这些变化中成长着，生活着，思考着。

其实，我也想写写这片土地，写写这片土地上的山，写写这片土地上的水，写写这片土地上的草，写写这片土地上的动物，写写这片土地上的人，但老觉得自己的水平太浅，就迟迟不敢动笔。

后来试着写了一丁点儿，觉得不好，搁下了，前前后后放了几年。再后来又写了一些，搞出了点儿动静，有些雨露沾衣了，但找不到酣畅淋漓的感觉，又放下了。

在沙漠里晃荡的时间长了，人就爱上了这份寂寥，好上了空旷，由此也疏离了江湖，尽情地玩着一个人的游戏。文字也张着灰色的翅膀，拍打着黄昏的肚腩，远远地躲着。

玩着玩着，偶尔尝到了甜头，嚼出了味道，就此挥洒开来，每年都写十几二十万字的东西，沉箱压底，远避社会，放着继续嚼或者挣点儿外快出版个所谓的诗集、散文集什么的，悠然自乐，倒也是一番景致。

当地的物什，在我眼里鲜活起来，都成了语言，成了文字，成了活生生的对话者。

我写了塔克拉玛干沙漠周围的绿洲，写了库车，写了阿拉尔，似乎意犹未尽，还能写出许多来。

很多人对于我的疯狂不甚理解，觉得我有些癫。

我不知道，这是不是一种爱。但我知道，这是一种享受。

二

阿拉尔处在荒漠之中，是距离塔克拉玛干沙漠中心最近的城市，也是塔里木盆地未来的交通枢纽，有塔里木河、叶尔羌河、和田河、老大河、阿克苏河、昆托河等多条河流从她的腹地流过。一块土地有这么多条大河润泽，在北方的中国，是难以想象的。因此，阿拉尔的奇观，也是内地人难以想象的。阿拉尔和内地的城市一样，不但有高楼大厦，还创造并保持着多项种植业方面的全国纪录，而且是中国农业现代化程度最高的地方。

但是，我不知道阿拉尔当初为什么没有叫塔里木市，而是选择了阿拉尔。也许，是贪图阿拉尔难得的一点绿（阿拉尔的汉语意思是绿舟）吧。

这片土地是贫瘠的。与其说是土地，倒不如说是沙漠来得真实。走遍阿拉尔，一望无际的原野都是小米粒一样的沙子，甚至比小米粒更细。以至有人开玩笑说，到了阿拉尔，拉屎不带纸，就成了一件尴尬事——找不到土块，也找不到石子。玩笑归玩笑，说的却是实情。

“少数民族群众种庄稼，就挑长芦苇的地，长芦苇的地方，是好地方，一种就活。”一位阿拉尔人告诉我。

可是，阿拉尔却是个荒漠，不要说人类，就是动物，也鲜有在此安营扎寨的。就连阿拉尔人最早创立的金银川垦区，与之毗邻的沙井子，也只是几户拉柴人的落脚地而已。阿拉尔西北的门户包孜镇，是建立在鹅卵石之上的，空旷的戈壁上，拳头大小的鹅卵石，铺满了托什干河下游不大的冲积平原，更没有少数民族群众愿意在这里白花力气。东北的门户玉尔衮附近有一个盐山，足够全国人民吃两千年，盐碱之大，不要说人，就是草木也唯恐避之不及。

然而，阿拉尔又被称为“绿舟”，好像是说阿拉尔一片绿，绿从何而来？不得而知。也许，因为有些许胡杨的缘故吧。

冬季到阿拉尔，四野茫茫，银白一片。许多外地朋友都以为这是柔润的雪，可惜，他们错了。

这是盐碱。白花花的盐碱，在沙漠的外面结成一个个壳，脚踏上去，高高低低的，扑嗤扑嗤地响，要不了多久，鞋子就被割裂了。

春季的阿拉尔，处在沙尘暴的中心，沙尘暴从三月开始刮，一直要刮一两个月，房屋是苍黄的，土地是苍黄的，树是苍黄的，人自然也是苍黄的。人在沙尘暴中，不用呼吸，土也会灌满嗓子。

再好的心情，也灰突突的了。

三

说句实在话，来到阿拉尔后，看了不少歌颂王震的书籍，我颇不以为然，特别是别人大书特书他引领各地女兵上天山的事迹，让我对他没有多少好感，对写书的人也没有多少好感。

但来自民间的声音却在矫正着我的看法。

据王震的老部下说，他的口头禅是“娘卖×”，无论你是对还是错，他一嘴一个“娘卖×”，没完没了。

感情一个土包子吗？

但王震的部下讲的一个小小的故事，彻底改变了我的看法。

那位部下说，当年他们在解放西北的战争中，看到路边的枣树上挂满了枣子，就纷纷上前打了吃，恰好王震骑马路过，远远地就骂："娘卖×，你们这是犯罪!"

士兵们一哄而散。王震骑到跟前，跳下马就捡，捡起来就往嘴里塞，一副饥不择食的样子。大家躲在远处学着王震的腔调喊："司令员，你捡百姓东西吃，你这是犯罪。"

王震回过头来，操着浓重的湖南腔笑呵呵地说："娘卖×，我不捡，你们一个也不给老子留，我吃狗屁。"

众人一哄而上，纷纷抢起了枣子。末了，王震说："找到老乡，给点钱，别坏了纪律，让老乡看小了。"

从这个故事里，我看到了王震的魅力，看出了为什么有那么多人愿意跟他走的原因。

在青海攻打马步芳时，一些回族和保安族群众受到马步芳蛊惑，看到解放军来了，就远远地躲到山上，王震让他的部下把街道打扫干净，把百姓的财产保护好，上山喊话，赢得了少数民族群众的好评，大家走下山来，不但和解放军交上了朋友，还把自己的子女送进了解放军的队伍。

解放新疆后，这个自称没有多少文化的"大老粗"对国民政府将领陶峙岳的尊重，对水利专家王鹤亭的偏爱，是出了名的。以至新疆兵团在新中国成立后的三十年内，成了国民政府旧有工作人员、地主、资本家和右派的避风港，许多人在"文化大革命"时期因为逃往新疆兵团，而躲过一劫。

这真是一条粗中有细的汉子。

四

我在佩服王震的同时，也佩服他手下这群没有多少文化的兵。他们在荒芜的沙漠里，徒手开出了片片绿洲，筑起了屯垦戍边的丰碑。

他们的身上，承担了太多的责任，承担了太多的苦难。

“没有河南人，就没有阿拉尔的文化；没有上海人，就没有阿拉尔的文明；没有四川人，就没有阿拉尔的劲头；没有陕西人，就没有阿拉尔的秉性。”这是我在阿拉尔听到的有关他们精神内涵最多的一句话。

过去的阿拉尔，汇集着来自全国各地的人，现在的阿拉尔，虽然已经繁衍了二代、三代，但还有不少全国各地的人，纷纷汇入这片土地。前不久，我还看到一位来自吉林的大学生，来到阿拉尔，扎下了根。云南的彝族，也有不少人在这里生活。

全国各地的人，各民族的人，在这里汇集，在这里碰撞，撞出了一种叫作“三五九”的精神，响彻在塔克拉玛干的大漠上。

五

有人得知我要写阿拉尔，说：“我们是社会主义的大阵地，你要多从社会主义的方面来写我们。”

我笑了，为这种特别的理解方式而笑。

还有人说：“你要多写写我们的好啊！”

我点点头，不置可否。

经过几个月努力，书稿出来了，里面着笔最多的，是人性。把书稿传给千余人看，有人说不像，有人说不全，有人说不好。

无论什么样的说法，我照单全收。

但我知道，这就是我眼中的阿拉尔，我心中的阿拉尔。

2012 年 12 月初稿写于阿拉尔

2016 年 3 月定稿写于阿克苏

目　录

带枪的庄稼把式

王震带领的部队，腰里总要比别的部队多一样东西——种子，这支以农民为主的队伍对土地有着深深的眷恋，打到哪里，他们就耕到哪里，种到哪里。

在陕西延安的荒原上，王震的部队虽然因为能打仗而做了八路军的主力，而让他们名扬海内外的却不是手里的枪杆子，而是铁锹和镰刀。

他们在贫瘠的土地上种下了自给自足的种子，长出了打不垮、饿不死的三五九精神。

解放战争后期，中央批准王震进疆，就是想让他把三五九的精神带到塔克拉玛干沙漠中来，在这片荒芜的土地上植绿播翠，生根发芽。

这是老兵们求之不得的好事。第一批阿拉尔人就这样诞生在塔里木河边的沙漠上。

他们穿着一身军装，一个肩头扛着枪，一个肩头扛着新疆农民专用的农具坎土曼，成为新中国成立初期中国最奇特的一支部队。

坎土曼本是新疆人种庄稼的主要农具，但阿拉尔人把这个容易砍到腿上的内弯形铁锹当成了自己延伸的十指。他们甩坎土曼的样子，好像在阵地上耍十字镐。坎土曼飞舞出一个又一个曼妙的身姿，沙土犹如塔里木兔子一样从他们的腰里窜出，顺着坎土曼飞扬的角度，升腾起漫天的尘雾。

他们用坎土曼深入土地，探寻这片沙漠的秘密；他们用坎土曼挖去一个个沙包，平整出一片片土地；他们用坎土曼修建水渠，用河水浇灌蔓延的荒芜。

他们拓荒，也播撒文明的种子。没有犁，他们修建了冶炼炉，打造出大量的犁，不但自己用，还送给周围的农民，结束了少数民族群众用坎土曼翻地的历史。看到跑墒严重，他们发明了镇压耙，成为保墒的宝贝，亲自到农牧区示范。

有犁没牛，阿拉尔人将驴套夹到了战马的脖子上，自己也牵起一根绳子，左边一个，右边一个，和战马一起犁向希望的深处。

他们带着练就的手艺，在这片沙漠上涂抹绿色。安徽人在这里种下了小麦，湖南人在这里种下了水稻，河南人在这里种下了棉花，河北人在这里种下了苞谷，东北人在这里种下了大豆，江苏人在这里种下了花生，甘肃人在这里种下了洋芋，四川人带来了辣子，云南人带来了糖萝卜，山西人引种了大枣，陕西人引种了苹果，浙江人引种了杨梅，山东人引种了鸭梨……

死亡之海并不是那么轻易让人征服的。阿拉尔的土地看起来都是沙子，然而，亿万年前海水的闪逝，让无数的盐碱没有了依偎，它们借着雨水的力量，在沙子的头顶聚集。没有雨水的沙漠腹地，这些如雪的细微精灵，在沙海中苍茫沉浮。当清澈的雪水进入了沙漠，盐碱活泛起来，吹着气泡，在细波微浪中飞舞。清水沉下去，盐碱泛起来；清水上来了，盐碱就沉入水底。这个植物的天敌顽皮地和三五九人捉着迷藏。

水是庄稼离不开的血液，但过多的血液，会让庄稼窒息。盐碱是庄稼不可或缺的骨头，可骨头太过沉重，就会将庄稼封锁在死亡深处。

阿拉尔人掌握了土地的症结，他们挖起了排渠。有多长的水渠，就挖多长的排渠。水渠和排渠相互缠绕，并肩前行，一边送入清水，一边排走盐碱，清洗出一块块奇迹。

殷殷鲜血，让土地上长出了希望的春苗。阿拉尔成了庄稼园，阿拉尔成了百果园。塔克拉玛干沙漠里的绿岛越来越大，阿拉尔的庄稼也越长越茂盛。

但第一批阿拉尔人显然不甘心做平庸的开垦者，他们善于在战争中创造奇迹，更善于在庄稼地里创造奇迹。

他们种植的轻飘飘的棉花，比沉甸甸的麦子产量还高。阿拉尔人去国家棉花研究所汇报工作，科研人员头也不抬，闷声闷气地问："你们种植的棉花产量多高？”阿拉尔人回答：“三百斤左右。”

科研人员当即跳了起来，惊叫：“怎么可能和河南的小麦产量差不多？你们不会是‘放卫星’吧？”

科研人员收拾收拾行李，一路赶火车、坐汽车、挤马车，风尘仆仆地来到阿拉尔，走进棉田中测量，结果，还没测量完毕，眼睛就瞪成了玻璃球，他问随行人员：“你们说的是千克还是市斤？”

当得知阿拉尔人说的是前者时，科研人员嘴巴张得能塞下一个苹果。

领先全国的产量没能让阿拉尔人停下创造纪录的脚步。在阿拉尔建起绿洲的六十年间，他们把棉花当成了水稻种，创造的纪录一个比一个高，产量达到了七百多千克。

阿拉尔人种植水稻后，到湖南取经，湖南人轻蔑地问：“你们水稻亩产多少千克？”

“我们种植技术还很落后，只能达到九百多千克。”阿拉尔人颤巍巍的试探性答话，一下子就让湖南人晕了。湖南人央求：“你们怎么种出来的，那么高的产量？能不能给我们传授传授你们的高产经验，让我们也学习学习？”

阿拉尔人到东北，给东北人讲大豆的种植技术，东北人听得汗珠如豆；阿拉尔人到中原，给中原人讲小麦，中原人如芒刺在背；阿拉尔人到四川，给四川人讲辣椒，四川人听得浑身发烫；阿拉尔人到安徽，给安徽人讲棉花，安徽人立即飘飘摇摇；阿拉尔人到山东，给山东人讲梨子，山东人头脑如同进水；阿拉尔人到山西，给山西人讲大枣，山西人心里疙疙瘩瘩；阿拉尔人到陕西，给陕西人讲苹果，陕西人脸上红光闪烁。

阿拉尔人在四处求教的过程中，才发现自己是庄稼地里真正的王者。

他们把自己转变成了一个十足的农民，庄稼成了他们全部的生活，承载着他们所有的欢乐。走到哪里，只要谈起庄稼，阿拉尔人就两眼放光，开始没话找话地接话把子。说起苹果，他们能说出一棵树上挂多少果子才算合理；说起香梨，他们能够认出哪个是公梨哪个是母梨；说起棉花，他们能准确地告诉你一亩地里有多少棉桃；说起水稻，他们给你解释“千粒重”是什么意思；说起西瓜，他们会讲出尿素瓜和土粪瓜的区别；说起啤酒花，他们会透露烘烤的秘密……

只要是庄稼，阿拉尔人到哪儿都不怵。要讲什么就讲什么，想讲什么就讲什么。本来不善言谈的阿拉尔人，不但震住了全国的土把式，还震住了不少专家。

在棉花、小麦、水稻、苹果、香梨、啤酒花等农作物的种植中，阿拉尔人不但把持着新疆单产状元的宝座，甚至把国家的单产状元视为自家的囊中之物，只要被别的省区夺走一年，阿拉尔人脸上就会垮一年，不高兴一年，犹如丢掉了什么宝贝。

“我们阿拉尔人要做就做最好的，论机械化，我们是全国机械化程度最高的；论个人效率，我们也是最高的；论节水，我们也是最节水的农业；论单产，我们所种植的，当然都是最高的。”阿拉尔人高昂着头，骄傲地向世人宣扬他们创造的奇迹。

阿拉尔人的苦乐情怀

第一代阿拉尔人进入塔克拉玛干沙漠时，等待他们的是荒凉、蚊子和干旱。

这些扛着枪走遍了大半个中国的老军人，卸下武器，拿起农具，成了一群最特殊的农民。

“独轮车，不用学，全靠屁股扭得活”，一辆辆简单结实的独轮车上，放着一把把闪光的坎土曼，将一个个满怀希望的老军人带入沙漠之中，他们的绿色军装，犹如一片片绿叶，点缀着大漠的荒凉。

沙漠里腾起一股股灰黄的尘雾，像一个一个妖冶的蘑菇盖，笼罩在高耸的沙包和蜿蜒的沙梁上。那是老军人们开荒造田扬起的沙尘。

所有的一切都看不清楚了。胡杨看不清楚了，红柳也看不清楚了。

正在附近吃草的鹅喉羚抬头向天，朝着远方抽动起鼻子，没有嗅到风，也没有嗅到乘着云彩飘浮而来的北方的灰尘，但胆小怕事的它们，还是惊慌失措地逃走了。野猪张开灰蒙蒙的眼睛，看到灰尘已经笼罩到了自己的头上，不得不哼哼唧唧地带着一群小猪，摇摇晃晃地向着胡杨林里转移。

闭目养神的蜥蜴，听到洞穴外面的声响，以为发生了地震，匆匆忙忙地逃离了家园，引起一阵惊呼，接着是坎土曼和铁锹的叮叮当当相撞声。但借着尘雾的掩护，脚掌大的蜥蜴还是机灵地三转两转，侥幸地逃脱了。

工地上只剩下了人。为了节约布匹而赤身裸体来回奔跑的老军人们，只能在弥漫的沙尘中呈现出一个个懵懵懂懂的黑色影团，与那些千年的胡杨交织在一起。

好像有一把把大锹，从人们的肺里往外挖着什么，阵阵撕心裂肺的呛咳声，锥子一般要把那胸膛刺穿，震得尘土惶惶地，向着天空逃逸。

那面鲜艳的旗帜穿过尘雾，抓不到云彩，也借不到风，屹立在空落落的天空中，闭合着单薄的身躯，犹如一道浓稠的血流，凝固在大漠中，凝固在每个军人的身上。

一块块平整的田地在独轮车的木轮下延伸。一趟一趟，老军人们的肩膀上磨起一个个血泡，犹如一枚枚赫红色的铜钉，镶嵌在他们的锁骨和肩胛骨之间。左右肩膀上的血疱鼓起又塌下，塌下再鼓起，反反复复之间，很快结起了厚厚的一层茧皮，犹如透明的阿胶，粘贴在上面。

再重的担子，也压不垮这些老军人们了。再粗粝的绳子，也磨不破这些曾经的农民的肩头了。

他们的腿上，疙疙瘩瘩地，仿佛秋天的枣树，有肌肉，也有静脉。肌肉是枣子，一个挨着一个，一块连着一块；静脉是遭受霜打的叶梗，弯弯曲曲地盘缩在肌肉上方，有的仿佛寒风中的乌蛇，盘成了一个坨坨，吸附在肌肉上，似乎随时都要掉落下来。

但身上的肌肉却渐渐地少去，只剩下一张黝黑而粗糙的皮，坚韧地挂在骨头上；朵朵碱花上滚动着汗珠，犹如初露的牡丹，好似雨后的素荷；褶皱里藏满的泥垢，是花柄，是荷梗，是老军人们用血汗制作的绿景。

他们的骨头，硬邦邦的，张开关节，支撑着一个个高大的身躯。八根清晰的肋骨之间，可以放下一根手指，怦怦跳动的心脏，震动得那些长满瘊子的皮肤，微微地颤动，仿佛一个重低音艺人打开了粗犷的喉咙。

不知道退缩的老军人们，也没有一个倒下去。他们踩着理想的脚步，巍然前行。

他们垦荒，他们开水渠。他们种植小麦，他们种植棉花，他们种植水稻。他们栽树，他们盖房屋。

老军人们依靠一个个不倒的身躯和一双双结实的肩膀，拉出了一个个平整的家园，拉出了一个绿色的天地，拉出了阿拉尔的春季。

播种不是一件简单的事。阿拉尔的土地上，漂浮着一层盐碱，要是不洗它们，所有的种子播下去，希望只能僵死在土地里，成为永远不能吐丝的蚕蛹。

新开垦的土地，只能种水稻。水稻可以洗盐碱，又可以创造不菲的效益。阿拉尔人说干就干，一个人不是一亩，也不是十亩，而是一百多亩。

一百多亩的水稻地，要分成两亩半一块的小稻田。太大的不容易整平，一旦出了稻苗，浇不到水，就可能旱死。太小了浪费地，毕竟一个埂子也占不少地方。

独轮车是阿拉尔人喂养的不吃青草的牛，他们开荒靠独轮车，种庄稼也靠独轮车。水稻地需要平整，更离不开独轮车。每块水稻地，平整很关键，哪里有个大坑，哪里有个高包，一眼就看得出来，要挖高垫低，尽可能让土地平整得如一面镜子。人的眼力毕竟是有限的，虽然站在每块田的四角反复掂量，细微的高高低低还是难以辨出。一般的阿拉尔人，眼力只能看到落差七八公分，能在五公分以内的，则是高手中的高手。

看不出高低坑洼的阿拉尔人，只有往每块田里放水。水是最公平的镜子，只要一进入田地，高的地方露出沙泥，低的地方清水荡漾，立马就可以呈现出阿拉尔人看地的水平。

独轮车下到水田中，就如同水牛落到了井里。阿拉尔人不得不离别了伙伴，独自拿着一块木板，或者一个布兜，用绳子绑住两边，扛着铁锹，下到田里，近一点的地方，用铁锹甩，远一点的地方，用木板拉。

三月的阿拉尔，气温刚刚回升，水里的温度，在结冰点左右，水面上还结着一层薄冰。虽然穿着雨鞋，但泥土被泡软以后，谁也不清楚里面的泥沼到底有多深，一个趔趄，就有可能满身是水。

记得 1949 年连夜穿越冰天雪地的祁连山，老军人们虽然丢下了二百多战友，但大部队还是安然挺过来了。数九寒天，他们卧冰睡雪打伏击，更是家常便饭，因此，老军人们根本没有把严寒放在眼里。

他们的继承者和后代也没有把这点严寒放在眼里。

阿拉尔人坐在水田边上，用手捧起凉水，脸上搓搓，腿上搓搓，等到皮肤适应了水温，便阔步踏进了水里。

一锹锹泥沙顺着铁锹飞扬，在水里砸出一朵朵浪花，发出清脆的声响。木板不声不响的，在水里拉出了一道道泥浪，削高抹低，运泥的过程中，将水田平整得光溜溜的，犹如涂抹的墙壁。

撒种往往是在风平浪静的日子里进行的，不然大风会将种子吹得缩成一团，形成一片有苗、一片无苗的秃子田。

插秧当然是产量最高的，但是，由于面积大，依靠一对夫妻，是不可能实现的。阿拉尔人只有在空闲的时候，将一些空地插了，企图提高产量。大面积的稻田，还需要播种。

四五月，水稻萌出绒绒的春意，鸟儿鸣出糅合的春音。南方的鸟儿回来了，野鸭、大雁，成群结队地在天空飞翔。稻田成了它们最好的驿站，不但可以捞到种子和鲜嫩的秧苗，有时候还能捞到一两条鲜美的小鱼。

一只鸟儿落下去，一大群鸟儿就落下去。一群鸟儿落下去，一块稻田就成了白田，有时候，甚至两三块稻田都成了白田。

鸟儿们尝到了甜头，每天都会来。阿拉尔人举着盆子，用一个木棍儿敲破了，才将鸟儿轰走，但是，到了晚上，鸟儿们带来了更多的同伙，在水稻田里开起了派对。

顾得了这头，顾不了那头，好在，七月的水田，照样可以插秧，照样可以期望丰收，阿拉尔种稻人身体虽然是累的，但心是稳的。

水稻种植，虽然面积大，但并不繁重，在阿拉尔人眼里，繁重的劳动属于棉花种植，每种下一株棉花，就等于种下了一滴汗水。

没日没夜地翻耕、播种，希望的种子终于被播进土地之中。棉花种子破土，即进入定苗时期。每株棉花苗刚刚露出地面，有的戴着棉籽黑色的盔壳，有的光脚光身子地猛蹿到六七公分高。如果不及时定苗，将会出现“高脚黄苗”，颜色发黄的棉苗又细又高，以后连站都站不稳，根本谈不上坐桃。

阿拉尔人不能站着接近它们，也不能弯腰接近它们，只有跪在地上，向着这些希望膜拜。

粗壮的阿拉尔人将大拇指、二拇指和中指聚合在一起，避开最壮的一株，捏住其他的弱小者，往旁边一拽，将最壮者留在了穴里。小小的棉花种子，由于还没有长须根，只有一个白白胖胖的主根，因此，根本不用担心会伤了最壮的棉苗。

但工作并不轻松。五月的田野，气温陡然升到了二十四五摄氏度，膜上的温度更高，甚至达到了三十一二摄氏度。中午，跪在地膜上，烫得膝盖生疼。跪得久了，膝盖酸麻得失去了知觉，往往抬不起来。而膝头的皮，由于不断地磨损，有的通红发肿，有的溃烂生脓。

汗水早已浸湿了衣服，黏糊糊地贴着身子，让人做什么都不利落，干脆脱了衣服，光着肩膀定苗。到了晚上，回到家中，累得不想吃饭，想躺在床上休息，刚一挨着床，就像挨了无数针刺，反射性地坐了起来。

家人仔细打量，背上早开了一个烂肉铺，紫黑，红白，有的地方已经肿起，犹如发霉的烂面饼。

但定苗是不等人的，越快越好，越早越好，一般是不能超过五天的。阿拉尔人不能休息，就是生了病，也只能忍着。就连医院的医生都知道，阿拉尔人生病，有两个时期，一个是定苗后，一个是捡棉花前。

捡棉花是阿拉尔人另外一项不可逾越的长期重体力劳动。

每到秋天，阿拉尔人就开始准备捡棉花用的袋子。袋子分为捡棉花的袋子和装棉花的袋子。捡棉花的袋子，一般都是八十公分长，四十五公分宽，贴身的一面，还要更宽些，要达到五十五公分宽，只有这样，才能防止头发掉进去，不让棉花从胸口溜出去。装棉花的袋子，一般可以装五十千克到一百千克，但无论是男人还是女人，阿拉尔人都能扛得起来。

捡棉花不但靠手快，还要有时间保证。因此，进入秋收季节，阿拉尔人走路都打瞌睡，就像他们在部队"跑不死"时的样子。每天早上六七点钟，他们就起床了，简单地梳洗几下，就往嘴里扒拉早饭。

说是早饭，早在前一天的晚上就做好了，不是米饭，就是馒头，炒两个素菜，烧两壶开水，第二天一早，用开水将米饭浇两遍，第一遍浸泡三五分钟，将水滤去，再将开水倒进米饭焖一会儿，就是早饭了。这样的早饭，不烫嘴，下肚也利落，是阿拉尔人最拿手的。只不过吃进去，胃里有些酸酸的感觉。

阿拉尔人哪里顾得了那么多？

捡棉花的最佳时间，一般为早上。早上有露水，棉花捡起来重，压秤。干枯的花穗虽然紧紧地粘在棉花上，但由于打了露，它们也柔韧起来，不会轻易碎成芝麻点子。有经验的阿拉尔人，将干枯花穗和棉花一起抓到棉花袋中，等到中午休息的时候再翻拣，也是为了抢时间。

捡棉花不但是一项体力活，也是一项技术活。技术娴熟的，每天可以捡上百千克，技术差的，只能捡到别人的一半。

捡棉花有技巧，“稳、准、狠、巧”是秘诀。一般的高手，看起来双手挥动得快，但并不慌乱。他们的双手，往往是目光的延伸。在眼睛看准之后，伸手出去，稳稳地将所有的花朵抓进手里，手指再向下收紧，狠狠地抓住。如果没有把花朵全部抓到手里，他们是不会轻易往回收手的。一朵棉花，捡拾的速度不能超过一秒，最快的只有一秒的三分之一。一朵棉花如果抓两次，就等于降低了一半的效率。

全部成熟的棉花，棉花籽一般都在花瓣的中下部，贴着棉桃的壳，手往下伸点，就可以把它们全部抓到手里。有八成成熟度的棉花，棉籽则贴在棉桃壳的底部，一旦抓不住，每个棉壳里都会留下一个“兔子尾巴”，需要捡花人一个一个地抠干净，耗费的时间就多了。

下午捡棉花，技巧性更强。干枯的花穗和叶子，都是捡花人的拦路虎，一旦抓进棉花袋，就会被压碎成一个个芝麻大小的碎片，所捡回的棉花就成了芝麻棉，棉检是不能过关的。捡棉花人就需要更加灵巧的手段，将手紧缩到棉花的上方，顺着棉花向下伸张，利用指缝夹住花穗和叶子，将棉花抓到手掌中。

即使把一朵棉花全部抓到手里，有经验的捡棉花人也不将棉花塞进花袋。因为一双手可以抓三到四朵棉花，一朵放一次，和三四朵放一次，时间上大不一样。往棉花袋里放一次棉花，要耗费半秒钟的时间，多放一次，就多耗费半秒钟，这是高手们不允许发生的。

这些技巧看似简单，但是，要随意地运用，也不是那么容易的。毕竟，高手比普通人捡的棉花，要多出三分之一的重量。几十千克的棉花，就在这点点滴滴的时间中，把胜利捋到了怀里。

棉花的高度，一般为八十公分左右，人的个子越矮，越占便宜，个子越大，越不便利。但捡棉花的高手，大多是个子高大者。他们胜在自己的体力。

捡棉花时，上身弯曲九十度，十分钟可以，一个小时也可以，但要一百天都这样，就是一个漫长的痛苦过程。阿拉尔人超强的忍耐力，就表现在这里，前三四天，他们腰酸腿疼，后来麻木了，也就过去了，什么也感觉不到了，似乎身体不是自己的了，悬挂在胸前的十几千克的重量也变轻了。

双腿却承受不了一天之内十六七个小时的不均衡站姿。阿拉尔人一会儿蹲下，一会儿跪下，不断地变换着姿势，但手是不能松懈的，一双手蝴蝶般翩翩起舞着，忙碌在绿叶银花之间。承受不了的腰，可以趴在捡满的棉花袋上，虽然这个姿势违背了常理，让双腿更加受累，但只要能够暂时缓解一下腰部的疲劳，仍然是年轻人愿意尝试的。

夜空的星星爬上了肩头，眸子里含着一层浅浅的水光。雾水也袭上了身，让棉花们湿漉漉的，好像噙满了泪水。

阿拉尔人停止了劳作，把棉花在花场上垛好，思想才松懈下来，双腿却突然沉重了，浑身也酸疼起来，十指关节里像点燃了一把火，热热胀胀的。

枝僵柄枯的黄叶，载不动深秋的风，脱离了新疆杨瘦削的枝头，轻飘飘地落到阿拉尔人脚下，“啪”的一声，被阿拉尔人歪歪斜斜的脚步踩进了凉冰冰的霜秋之中。

阿拉尔人的耳朵里听不到这些，眼睛看不到这些，头脑如同开了一道缝，塞满了苍白的月光。他们只想快快地回到家里，只想倒在床上大睡一夜，恢复一下体力。

家中的门开着，是孩子们从幼儿园或者学校里回来了。他们早已把米饭焖到了电饭煲里，菜却不会炒，但他们知道要炒什么菜，就拿出来，一个菜叶子一个菜叶子地淘洗干净，放到案板上，搬了凳子，取下菜刀，放在一边，坐在门槛上，眼巴巴地等着父母回来。

棉花从八月底捡到过春节。春节前后，天上降下小雪，天地一片白，只有穿着绿色旧军装的阿拉尔人，戴着白帽子，裹着花围巾，拖着一双大头皮靴，站在棉田里，犹如一群找到食物的乌鸦，低头啄食着。

过了春节，阿拉尔人本该休养几天，让身体恢复恢复，以应对岁月的厮磨，但阿拉尔的活儿和脚下的沙子一样，不用踢，不用想，它们就堆积到了面前，等待着你，没有清净的时候。

初春，春水尚没有来，水渠里的淤泥，已经冻裂，既不粘脚，也不结块，这时候清淤，比什么时候都来得轻松。

清水渠时的伙食，要比平时好得多，每顿不是馒头，就是包子，或者米饭，一天三顿能吃得饱。菜里面的油腥味也浓了，时不时地漂起几片白花花的肥肉片子。

几十天不回家，外衣破了，借个针线修补修补，照样儿暖暖和和。内衣脏了，在浑浊的渠水中清洗几遍，野火中烘烤了，第二天就披到了身上。

懒得洗的，衣服上则泛起了碱花。最先泛起的在背部，接着往肩上延伸。最后，衣角上也泛起了。衣服硬硬的，好像用浆水浆过一样。

穿着碱花衣服的人，全身都散发着一种难闻的馊味。但是，工地上没有几个能穿得干干净净，即便昨天洗了，今天穿在身上，汗水一出，又湿了，明儿不洗，碱花照样会冒出来，馊味照样会蹿出来。

三月一过，春水不可阻挡地来了，清淤结束了，阿拉尔人收拾收拾东西，带着一身的春膘，一身的碱花，回到了家中。

春风带来了浓浓的绿意，杨树的枝条泛青了，芦苇长出了鹅黄的春芽，苜蓿萌出了圆圆的春叶。

阿拉尔人感到浑身的骨节都在嘎嘣嘎嘣地响。他们以为又是在长力气，伸一个懒腰，活动一下筋骨，不料，“啪”的一声，不知道身上哪里在响，响声犹如一个生锈的机器零件，掉到了金属地面上，颤得人心好像暴风中破碎的叶片。

长时间的高强度劳作，让四五十岁的阿拉尔人身体脆弱得像春季的薄冰，一有风吹草动，就崩裂出一个个冰花，一道道冰纹，将他们击倒在地。

长期在稻田里劳作，与他们紧密相连的疾病，是静脉曲张。双腿长时间在水里浸泡着，静脉没有不曲张的。阿拉尔种稻人的双腿，只要拨开裤腿，就能看到小腿肚子上的静脉一团团的，好像缩成一团的蚯蚓，有的好像盛开的花菜，有的好像一条快速蠕动的菜花蛇。

每到深夜或者天气稍微变化，这些静脉里的血流被阻挡在血管里，痉挛发作了，疼得阿拉尔人彻夜长叫，犹如被夹断了腿的狼。

风湿和类风湿，也是阿拉尔人的亲密伙伴。阿拉尔人到了阿克苏，他们的衣服鲜丽，脸上也和阿克苏人一样被风沙掠走了青春，但走路的姿势，多多少少有些瘸，有些慢。阿拉尔人的膝关节，往往是肿大的，走路不利索。在路上点个香烟，肿大的指关节也暴露出了他们的身份。

风湿和类风湿都是缠人的疾病，关节不但酸胀，还让病人浑身无力，阿拉尔人用尽全身的力气想踏稳一个步子，却像踩在棉花上，步子是虚的，心里是空的。

苦痛犹如阿拉尔人的贴身内衣，分分秒秒和他们分不开。清晨起来疼痛，晚上躺下了疼痛；受了风疼痛，受了寒也疼痛；沾了水疼痛，有雾水也疼痛；冬季疼痛，春秋季节也疼痛。

病人晚上睡不着觉，白天也睡不舒服。他们四处抓药，西药只能打一些止疼针，或者吃一点止疼片，但只是头痛医头，脚痛医脚，仅仅管片刻。

中药要好些，但阿拉尔没有中医，阿克苏街头巷尾的中医，大多医术不高，装模作样地号脉，绞尽脑汁地开方，总也离不了红花、当归、羌活、桑寄生、半夏、威灵仙、蜈蚣、延胡索等几味中药，全然不顾女人的风湿大多与月子和月经有关，男人的与劳累和骨质疏松有关。

想开大方子的郎中，就加上些补药，多加延胡索。病急乱投医，阿拉尔的病人们不看药价的贵贱，只问疗效的高低，只要头三剂能止住疼痛，他们往往成为铁杆的患者，让贪心不已的郎中们慢声细气地揉上三五个月，直到腰包里瘪得拿不出一个钢镚儿，才坦然地找个理由推脱掉。

但类风湿和风湿能治愈的，只有少数几个侥幸的。更多的病人，还是煎熬在欲死不忍、想活不能之中。

有的病人实在受不了，只有选择了终止生命。每年冬天，阿拉尔总有病妇自杀，多与风湿和类风湿有关。

和阿拉尔人紧密相关的，还有各种心脏病、血管性疾病、神经性疾病……

一样一样的疾病将阿拉尔人与医院连在了一起。有些阿拉尔人还没有到退休的年龄，就因为胃癌或者心血管疾病而去世，女人则因为盆腔或者乳房方面的绝症而永远地告别了亲人。

那些患了慢性疾病的人，躺在病床上呻吟着。久病床前无孝子，病床边除了自己的老伴，几乎找不到子女的身影。

阿拉尔人的子女有的在外地工作，有的在本地上班。在外地上班的，匆匆忙忙地回来探望一番，又马不停蹄地回到了工作岗位。在本地工作的，地里的活儿让他们抽不开身子，只能忙里偷闲地将几顿饭递到床头，就算是仁至义尽了。

阿拉尔人没有时间照看孩子，让孩子们在潜意识中对父母埋下了怨气，对阿拉尔埋下了怨气，因此两代人之间的隔膜很深，父母与子女的关系并不紧密。不少子女愿意给父母提供生活的费用和治疗费，也不太愿意让父母住在他们身边。

待在医院的阿拉尔人，看到周围病床上热热闹闹的样子，一时悲上心头，浑浊的眼泪围绕着眼眶打转转，就是不敢掉下来。

大方的播撒

三五九旅的军人每到一个地方，就把那块地方当成了家园，哪怕是仅仅留存一天，他们也要肩负起一天的责任。

从进入阿克苏起，老军人们就把全阿克苏扛在了自己的肩上，似乎阿克苏农业上不去，是他们的责任；阿克苏工业上不去，也是他们的责任；阿克苏路通不了，是他们的责任；阿克苏人富裕不了，更是他们的责任。

看到阿克苏道路不通，阿拉尔人修通了从轮台到柯坪县的道路，让阿克苏人不再奔波在崎岖不平的尘云土雾中。

看到当地农民没有地种，阿拉尔人在温宿、库车、乌什、阿瓦提和阿克苏市等地开荒，将二十万亩荒地赠送给当地的农民，他们还把种子、耕牛赊欠给农民，把农具赠送给他们。

阿拉尔人还在阿克苏开办了棉纺厂、盐厂、机械厂，将这些厂子无偿地赠送给当地，帮助当地振兴工业。

各地遭受水灾，阿拉尔人是最早的行动者，他们往往带着医护人员和设备，还有各种机械设备，率先抵达受灾地，帮助受灾群众疏浚水道，兴修水利，恢复生产，建设家园。

阿拉尔人还是科技和文明的传递者。他们的农业刚刚创造出奇迹，阿克苏的农民就来了，和田的农民也来了，喀什的农民也来了，来到阿拉尔的田野里，一心一意地拜阿拉尔人为师，跟着阿拉尔人学技术。

和田人种植小麦，翻了土地，用手把麦种撒到地里，再将胡杨树枝绑到马尾巴上，在田地里来回拉一拉，就算种好了地。至于能不能出苗，是出一窝还是出一棵，那不是人的事情，那是老天爷的事情。

阿拉尔人教会了和田人新的种植方法，还不放心，亲自上门，拿来了耧耙，把土地耙平了，再让耕牛架起麦楼，把麦田播种得又直又匀，产量增加了三四倍。

“哎，那个阿拉尔来的嘛，麦子种得好，我们嘛，欢迎欢迎。”和田人伸起了大拇指，小胡子一翘一翘地说。

沙雅人种棉花，虽然面积在新疆最大，但产量却从来不是老大。因为他们种下去的棉花，个头和内地的差不多高，藏进去一个人露不出个头来，果枝也稀稀落落的，懒懒散散地生长着，好的坐两三个棉桃，不好的只挂一个。还有的果枝，只顾着长个头，却将生育的大事弃之不顾，连朵谎花也不开。

阿拉尔人让他们把棉花种得更密，一窝挨着一窝，一亩地下的种子是他们下的种子的三倍。沙雅人有些惊惧，一亩地一千克的种子，棉花都挤得结不了棉桃，四千克种子不是挤得连个子都长不起来了？

阿拉尔人笑着，教他们打缩节胺，让过去每天长四公分、五公分的棉花，一天只长两公分左右。棉花的野性得到了掌控，它们只有老老实实地生育，一个枝叶下，藏着一个棉桃，一株棉花上，竟然疙疙瘩瘩地坐了七八个桃。

七月十五日前后，阿拉尔人还要让沙雅人给棉花掐头。正热的天气，正长的棉花，为什么要掐头？一株棉花只有七八十公分高，再掐了头，能有多少产量？沙雅人满腹疑问，但他们相信阿拉尔人，因为人家是高产纪录的创造者和保持者。

掐了头的棉花，并没有影响坐棉桃。顶上的枝叶在八月的阳光中伸展开花，密密麻麻地坐了一批桃子，走在田间，这些棉桃就像洗脚店里的小皮锤，把沙雅人的腿敲击得轻松舒服，好像在享受着一次难得的按摩服务。

一个棉桃五克，一株棉花就是四十克，一亩地按照一万株算，也是四百千克的产量，那按照一万七算呢？

沙雅人蹲在棉花前，数数算算，算算数数，惊讶犹如那疙疙瘩瘩的棉桃卡在了他们的喉咙间，让他们久久合不拢嘴。

阿瓦提人种棉花，是从来不用地膜的。春天的脚步还没到，他们就急急慌慌地扒开了水口子，任由河水在地里漫延，待到满树皆绿，春灌还没有过去。棉花浇灌头水，他们也是这个做法。一块田里，地头的棉花被淹得奄奄一息，枝叶发黄，地尾的棉花却在焦渴中忍受着骄阳的肆虐，缩头收茎，叶干花枯。而他们长期抢占河水，使下游的胡杨林大面积死亡，也引来了不少非议。

阿瓦提人和阿拉尔人是邻居，也是好朋友，看到阿拉尔人的种植面积在不断扩大，用水却不断减少，他们干脆聘请来阿拉尔人的连长，做自己的科级副县长。

阿瓦提的棉花用上了滴灌技术，自动调节的滴管技术，不但节水，还让棉花享受到受水均匀、用肥合理的好处，一亩地的产量就增加了一百多千克。

阿拉尔人提高了周围地州的农牧业生产率，使当地百姓富裕了，然后，他们的苦恼却没人愿意接手，也没有多少人能理解。

金银川西部有一个艾西曼湖，是阿克苏地区最大的淡水湖，也是金银川镇和新井子镇的排水湖。湖面呈北西向，犹如一弯月亮，长约13公里，面积约9.3平方公里，湖底最深达7.5米，由阿依库勒湖、布亚赛日克湖、黄宫湖等8个小湖泊相连组成。

然而，阿拉尔人帮当地农民在艾西曼湖周围开垦了荒地之后，农民们出于自身安全的需要，堵上了金银川垦区通向艾西曼湖的排水口。金银川镇和新井子镇的盐碱水无处可去，地下水位骤然升高，数万亩土地荒芜。

新井子镇的盐碱化尤其严重，许多土地除了种植水稻，根本无法种植棉花，团场小城镇甚至连一棵树都难以栽活。

阿拉尔人协调了十多年，最终选择了放弃。

另一个让阿拉尔人心伤的事件也是在金银川垦区。位于叶尔羌河故道上的喀拉库勒镇，原本把故道当成了排水渠利用，可是，当农场尾部的农民们在喀拉库勒求取了丰收的真经后，立即堵上了叶尔羌河故道，封死了喀拉库勒排渠水的下泄之路。

好在，与喀拉库勒毗邻的也是农场，曾经饱受喀拉库勒的馈赠，堵塞了一段时间后，他们终于感到了羞愧，自己扒开了堵坝。

荒地镇的盐碱水也被周围的农民堵得无处可去，最终，荒地镇挖通了通向胡杨林的排水渠，让危害庄稼的盐碱水成为滋润荒漠的血液。

徒弟们围堵的不仅是阿拉尔排出的水，还一度将阿拉尔人创造的纪录堵在胡同里。

玉尔衮种植的苹果，个子大，口感脆，糖分一度位居国内苹果之首，成为新疆的一大果品名片，甚至被列为中南海的特供果品。

每到收获的季节，玉尔衮的国道边，车辆如织，人来熙熙。他们都是奔着苹果去的，阿克苏人来买苹果，库尔勒人来买苹果，乌鲁木齐人来买苹果。玉尔衮苹果成了阿拉尔的骄傲，成了阿拉尔的品牌。

阿克苏的红旗坡和实验林场的农民，从中嗅到了商机，他们在自家地里也种起了苹果，跑到玉尔衮，跟着一招一式地学。

玉尔衮还沉浸在苹果的美好商机之中。但苹果是有限的，人民币是无限的。为了获取更大的利润，他们在果箱上面摆放本地的，下面摆放外地的；箱口摆放个大味甜的，箱底摆放个小味涩的；更有心性迷失的，在上面摆上红鲜鲜的苹果，下面摆上冷冰冰的砖头。

美好的商机与玉尔衮同居还不到十年，就袅袅婷婷地荡到了阿克苏红旗坡，贴上了一见钟情的红旗坡苹果。红旗坡苹果恨不得将自己的一切都献给仰慕已久的情人，它们奉献了又脆又甜的身体，更拿出一颗真心——每个苹果内都有一个桃核大小的糖心，晶莹透亮，甜香沁人。

玉尔衮苹果拿不出这颗心，阿拉尔苹果也拿不出这颗心。玉尔衮苹果的脸蛋气得发青，也对红光满面的红旗坡苹果无可奈何。后来有人怀疑糖心是一种病毒发酵所致，不利于苹果长期储存，但此时的红旗坡苹果，已经依靠着市场的呵护，走向了全国，走出了品牌的价值。

阿拉尔人种植的天山雪米，属于难得的绿色食品，但是，当他们手把手地教会温宿人种植水稻之后，温宿大米迅速蹿红，与北疆的米泉大米并称为新疆两大稻米品牌，将阿拉尔大米甩到了身后。

面对超越，阿拉尔人骨子里并不认同，他们更加精耕细作了。棉花种植，一定要精良播种，一个穴里只有一粒种子。稻米种植，一定要插秧，插出的稻子产量更高，品质更好，味道更香。

玉尔衮苹果的名气虽然衰落了，但阿拉尔人发展起了两大苹果基地，尾随着红旗坡苹果的气势，借机向全国进军。

“我们一定会重新夺回属于我们的东西的。”人生字典里没有“输”字的阿拉尔人满怀信心地说。

沙漠里的情爱

阿拉尔是一片荒原，但不是一片爱情的荒地。红柳将爱情顶在头上，胡杨将爱情夹在腰里，蜥蜴将爱情藏在尾下，野兔把爱情放在野地里。生物们虽然生活在贫瘠的地方，但每时每刻都在演绎着爱情。

戈壁荒原上光身子的第一代阿拉尔人，仗打了大半辈子，侵略者打败了，军阀消灭了，国民政府赶到岛上了，匪徒清剿完了，本想着回到家中，分个一亩三分地，买头老黄牛，娶个脸大、腰粗、乳高、臀阔的壮实媳妇，生一堆调皮捣蛋的孩子，过上几天舒适日子，谁知一下子跑到了离家万里之外的塔克拉玛干沙漠守边疆来了，一群光杆儿军人，只好把梦想揣到怀里，捂成了黄澄澄的子弹头儿，吃不得，喝不得，打不得，玩不得。

生活中缺少了女人，就没有了滋味，犹如饭中没有盐，宴中没有酒。老军人们舌尖上搅打着女人，睡梦里搓揉着女人，胸腔里呼吸着女人，脑海里填充着女人，却看不到一个女人，闻不到一丝女人的气息。

血管里的涌动打破了这些三四十岁的男人们惯常的平静。

看到树上一公一母两只麻雀叽叽喳喳地叫着，男人们坐不住了，攒着头争往树梢上瞅，目光把树枝都压折了。

走路看到一棵胡杨树上有个中间阔两头尖的洞，有人捡起一根树枝，塞到了洞里，还有人看看前后没人，拿出刺刀，在树洞周围刻上了丝丝缕缕的飘逸线条。

运输队的母马发了情，老兵们个个成了编外饲养员，下班后都到水塘里割芦苇，争着抢着往马棚里抱草，给母马加饲料。结果，马棚入口被饲草堵住了，马也因为老兵们偷来的苞谷而胀死了。

兽医队要招两名兽医，听说是专门负责配种的，消息刚一传下来，部队就像接到了一场恶仗，老兵们纷纷写了请战书，沾着鸡血按上了手印。

就连那些不识字的老兵，也要人代写了请战书递交上去，谁知代写者长了个心眼，故意要弄起文字游戏，在请战书上写了：“我一定会发扬‘一不怕苦、二不怕死’的精神，坚决要求去给马匹配种，保证所有的马匹都按时怀孕！”

马自然怀不上孕。那些蝌蚪样的想法，游动在老兵们的脑海里，让他们头疼不已，让军官们也头疼不已。

按照规定，团级干部可以结婚，可以带家属，这不但是干部的福气，也是老军人们的福气。至少，在荒漠戈壁，大家可以看到几个女人，可以从这几个女人的身上想象自己未来的幸福。

女人们不敢出门了。她们刚走出门，老兵们的目光就如同一头头雄狮张开了血盆大口，尖利的牙齿伸向这些女人的脸上、乳上、腰上、大腿上。甚至连她们翩翩移动的双脚，老兵们也琢磨得仔细。团长老婆的脚大，十有八九是一个农村人；政委老婆的小拇脚趾甲一分两瓣，保准是从山西大槐树下迁移到河南的；副团长老婆的二拇脚趾比大拇脚趾长一截子，“二拇脚趾长，早死爹和娘”，老爹弄不好被她克死了。老兵们有时候还为了一根头发的长短而打赌，结果有的把两个月的工资都输进去了，还是不服气，嘟囔着下次观察仔细了再赢回来。

女人们的衣服也不敢出门。刚洗了的衣服，挂出去还没有半晌，绳上成空的了。臭臭的袜子，也成了吃香的东西，摆出去还滴着水，眨眼就不见了踪影。

丢了衣服，女人们不敢吭声，不过，她们倒不缺穿的。很快，就有老兵们到了首长屋里，左看右看，没有外人，就拿出一块花布来，有的是土布，有的是当地少数民族产的艾德莱丝绸，有的却是苏联产的高档纱。

大家的理由也很多。有的说，家中有个未过门的媳妇，与首长媳妇身材差不多，就买了布匹，想给媳妇做一套衣服，谁知家人捎信来说，未过门的媳妇跟人跑了，布料没有用了，就送给嫂子做衣服穿。有的说，到巴扎上去逛街，没有什么买的，看到这些布料便宜，干脆买了来让嫂子做衣服穿着称心。

女人们推三阻四，死活不敢收，谁知老兵们说着说着就跑了，女人们忙追出去，就见一群老兵站在营房外，都是单薄的身子、瘦削的脸，褴褛的衣服、破帮子的鞋，分不出谁是谁来，也就没有了主意。

女人们谨慎起来，再来老兵，女人们就躲起来。可是，来找首长谈心的多了。进到屋里，四处睃着，没有见到女人，目光却落到了角落里那个短短的内裤上，至于要跟首长谈什么，倒忘记了，不时地用手搔着头，遮挡着双眼，把那个内裤一个斑点一个斑点地往自己心里拉。

有家属的干部们的夜晚，也属于大家的夜晚。当干部们把自己的门刚刚拴死，窗台下就聚集着一群屏着气的汉子。干部们的隐私，成了人人皆知的秘密。

但掌握了秘密的老军人们更焦躁，伸手捉到一只蚊子，大家不是想着如何将它处死，而是聚在一起打赌这只蚊子是公还是母；捡到一个枯萎的鸡腿蘑菇，没有人想到把它交给食堂来改善一下伙食，而是放到营房中，拿来和隐秘器官做比喻。

没有女人不成家，没有家庭难长久。为了让驻守边疆的事业兴旺长久，部队要求大家给家里写信。不会写信的，由他人代笔。所有对家乡的思念只有一个目的——寻找未婚的女人。定了亲的，依然要写，写给亲戚朋友，看看能不能给战友物色一个。

只要有了回音，部队就给假期，要多少天部队就批多少天，但回来的时候，必须将一个人变成两个人，或者三个人——肚子里装一个肯定是最受欢迎的。

战争给了男人们一场婚姻的盛宴，但阿拉尔人除外，他们太老，大多数人四十多岁，回到老家后，可以当姑娘们父亲的他们往往在相亲时就将对方吓退。他们离家太远，想到一旦结婚离开家乡后不知道什么时候才能回来，很多姑娘毫不犹豫地退缩了。他们居住的环境太差，据说冬天尿个尿手里还要掂个棍子，边尿边敲，不然尿出的尿冻成了冰棍子，还能冻到身体上，姑娘们听了不寒而栗，匆忙退却。

他们对姑娘们说，尿尿打冰凌是北疆的石河子，离阿拉尔还有一千多公里，可姑娘们不信，说："那南北疆还不是一个地方，能有多大的差距，最多不过三五百里，你说一千公里，那不是跑到外国了?"

他们给姑娘们拿出一大堆军功章，让姑娘们看看他们的功劳。谁知姑娘们并不买账，将那些哗啦哗啦响的军功章推到一边，看都不看一眼。

把一个又一个硬汉杀翻在地的阿拉尔老兵遇到了前所未有的困难，他们被一个个看似弱不禁风的姑娘击溃。

任何事情都不是绝对的。当很多人垂头丧气败兴而归的时候，一个赶马车的阿拉尔人成功地带着一个娇媚娘回来了。大家围住他，让他传授经验。

赶马车的相亲故事让大家乐翻了天。

头一次见面，姑娘看不上赶马车的，扭头要走。赶马车的忙问："你坐过小车没有?"

所谓的小车，就是四个轮子张个绿皮篷子的212吉普车。新中国成立初期，一个县只有一辆，也就县委书记或者县长能坐。

姑娘停下了脚步，迟疑地问："你是?"

"我是给首长开车的。"赶马车的头一扬，不由自主地做了一个甩鞭子的举动。

但姑娘把赶马车的举动当成了电影中首长做报告的手势，她羞涩地说："我去了，能坐那屁股冒烟的车?"

"咱俩要是成了，你出门就坐，想坐到哪里就坐到哪里。"赶马车的从容镇定地回答。

就这样，两人结了婚。赶马车的等到确认了老婆肚子里装上了崽，才带着她往阿拉尔赶。

赶马车的老婆跟着丈夫住了一阵子后，问丈夫那个屁股冒烟的车子在哪里，赶马车的架好一辆马车，说："这个就是。"

"你不是说屁股冒烟的吗?"老婆气势汹汹地责问。

“我没有说错啊。阿拉尔不下雨，不要说坐着马车出去，就是骑自行车出去，屁股后面的尘土都八丈高。”赶马车的说，“对了，你要是坐车，还要带个围巾把头围住，不然回来就成泥菩萨了。”

“那你不是说，你是给首长开车的吗?”老婆拧着眉头诘问。

“是啊，我们营长和连长要到团部开会，都坐我的车。”赶马车的回应。

“骗子!”老婆恼羞成怒地将门一甩，突然捂住嘴，弯腰呕吐起来。

赶马车的忙凑到身边，轻轻地拍着老婆的背，说：“我哪一句说的不是实话，你莫要生气，气坏了咱的孩子，不值得。”

此时的女人也只好将就着过日子了。

赶马车的阿拉尔人不是唯一的成功者。还有人带着三个或者四五个人成功地回到阿拉尔。他们虽然没有赶马车的那么机灵，甚至舌大唇厚，不会说好听话，但居然毫不费力地带回了心甘情愿跟他们走的人。

他们带回的是拖家带口的女人们。她们的丈夫不是病故，就是在战争中失踪或死亡。在受尽歧视的环境中，这些寡妇们恨不得插翅而逃，现在，机会在她们眼前摆动起妖冶的红花，她们能轻易放弃跑吗?

带着三个甚至更多的人回去，显然不是阿拉尔人想要的。但长期饥渴的他们已经顾不了那么多，只要有一个女人，就已经满足了。其他多出的人，他们也都欢迎——毕竟阿拉尔那地方又多了一代人。

依靠八分钱的邮票牵连的爱情，毕竟是少数。多数的阿拉尔人还是光棍一个。看到别人享受着天伦之乐，他们心中掀起了汹涌的情爱热浪。

阿拉尔人对于爱情的向往，惊动了国家。这是自古以来，第一个因为婚姻惊动国家的群体。

一群来自山东、三湘、川府的姑娘，纷纷入伍，带着驻守边疆的梦想赶赴阿拉尔。

但她们的驻守是以流失的青春和一生的身体为代价的。当她们面对着第一代阿拉尔人，得知要和这些须发斑白的汉子们耳鬓厮磨相伴一生时，几乎没有不傻掉的。

戈壁荒原上的汉子们，经受着常年的风沙，经受着酷热和严寒，看起来很老——他们本来就老，头上荒草霜杀，脸上沟壑纵横。

来到这个孤岛上的女兵们尝试着返回。但她们来到这里后，唯一能做的事情只有服从。雄浑的塔里木河告诉她们，能够把湘江和长江当成一片坦途的姑娘，未必能够在塔里木河里踩住一个浪头。和田河、叶尔羌河、多浪河、塔里木河结成了一张实实在在的网，曲折蜿蜒，任由你挣扎，也难以挣脱它们的束缚。

女人的到来，点燃了第一代阿拉尔人心中的欲望，这股火炽烈地燃烧起来，涨红了他们的眼睛，涨红了他们的胸膛。他们顾不了姑娘们愿意不愿意，只要是女人，就是他们身体里膨胀起来的肌肉，就是他们身体的一部分。

只要这些老兵们看中了，自然会有人站出来做工作，一天不行，两天；两天不行，三天；三天不行，半个月。

一个人劝不动，第二个人就会站出来；第二个人劝不动，就会有第三个人站出来；第三个人劝不动，就会有第四个人站出来……

第一个站出来的人往往是一个年龄比较大的老婆婆，会讲许多旧社会的故事。讲一讲十三四的小姑娘被家人卖给七老八十的有钱人家做小的故事，讲一讲一个姑娘嫁给穷人家要伺候兄弟几个的故事，讲一讲童养媳干活挨打吃不饱的故事。

女人们都是从旧时代过来的，对旧时代的事也清清楚楚，老婆婆说的在理，但现在是新社会了，新社会讲究婚姻自由，讲究男欢女爱，虽然大家对于爱情的理解还不那么成熟，但还是要找一个年龄相当的。

老婆婆的话是软的，目光像一条会弯曲的虫子，蠕动着蠕动着，就爬进了女人的心里，将女人的心事琢磨得一清二楚。她会顺着女人的心思，让女人心里渐渐裂开一条缝。

丈夫下落不明的寡妇们爽快地同意了。遭受过旧社会的苦难的童养媳们含羞点头了。在城里偷偷摸摸地接客来到新疆企图掩盖丑事的女人故作娇羞地答应了。出身不好的也跟着动摇，最后不得不低下了头。

还有不肯埋身戈壁的，部队也有办法。第二个站出来的人是年龄比较小的小媳妇，她们不是来劝人的，往往会拿自身说事，讲自己嫁给了一个年龄大的人，怎样温存相爱，怎样知冷知热。声音却越来越低，目光却越来越软，最后居然声泪俱下，号啕大哭。

一些心软的女人，也开始跟着号哭，哭得头晕眼花，晕晕乎乎，小媳妇们趁机开门出去，推进来一个刮了胡子换了干净衣服的男人，反锁了门。第二天一早，心软的女人才知道上了当，但生米已经做成了熟饭，心里饱含着一肚子苦水，却也一滴倒不出。

面对倔强的姑娘，第三个站出来的人是年龄不大不小的中年妇女。她不讲婚姻，讲大局，讲个人与集体的关系，讲资产阶级的享受与无产阶级的奉献，讲革命的英雄主义。

被单独安置的姑娘们出不了门，见不了同伴，写不了信，连一个商量的人都没有。她们抠着墙壁上簌簌下落的灰土，心里乱糟糟的，脑海里雾蒙蒙的，想不出一点办法。她们知道中年妇女话里的意思，她们担心自己与资产阶级沾上边，她们害怕众人仇视的目光。这时候的女人，一害怕就点了头认了命，把住房当成了洞房。

然而，还有姑娘挺到了最后一关。第四个站出来的多是首长。首长面目威严，声音粗粝，没有那么多耐心。他们的话犹如一把把斧头，砍到姑娘们的心上。

姑娘们的心被砍成一小块一小块，小得犹如屠夫手中流干了血的肉片。她们蜷缩在床头，噙着泪水不发一言。

有了泪水就等于同意了。早已见惯不惯的威严男人一挥手，一个早就饥渴难耐的男子慌忙从门口跳进来，嘿嘿笑着，推出了威严男人，拴上了门。

但还有过了这四关的铁疙瘩，怎么也不肯屈服。

有个大胡子团长看中了一位山东的姑娘，可是，姑娘却不愿意找这个“爹”。团长就在请示了上级后，放弃了团长的工作，到连队做起这个姑娘的排长。姑娘所有的活排长干了，姑娘所有的事情排长包了，但姑娘始终没有松口。半年之后，连队只好将一百多只羊一分两半，一半扔给姑娘，一半扔给排长，让他们去放羊。

在沙漠的边缘，活跃着野猪、狼等大型凶猛的攻击性动物，还有成群结队的蚊子、烈焰腾腾的阳光、遮天蔽日的沙尘暴，姑娘终于吓破了胆子，主动扑到了弹痕累累的胸膛上。

有一位四川姑娘，来到阿拉尔后，由于家庭是地主，个子又小，领导要把她“介绍”给一位拄着双拐的残疾人，姑娘死活不同意，最后被强行锁进了新房中。可是，连续三天，瘸子都没有得手，诸多“好心人”不得不再次出面，将姑娘绑在床上，使瘸子得了便宜。第二天一出门，姑娘什么也不说，拿起锄头就下地干活。

“谁还管你同意不同意，只要‘组织’同意了，人往里一推，门一锁，第二天不就成一家人了？”很多阿拉尔的女兵笑着谈论这段经历，“一个人的一辈子就那么回事。”

强扭的瓜不甜。磕磕碰碰之中，一家人的日子还要曲曲折折往前行，但寂寞的心灵需要有人来填补。最著名的当属丈夫去放水，外来的男人临时填补了空白；丈夫外出探亲，一对情人可以短暂地做几天露水夫妻。

也有鸠占鹊巢的。有一对夫妻，妻子和情人睡在一起，丈夫反倒搬了铺盖，睡进柴房中。

阿拉尔人的情爱虽然很乱，但婚姻是不会乱的。因为半军事化的管理，没有单位的介绍信，很多有情人即便心心相印，穷其一生也难以领到一张合法的婚姻证明。

阿拉尔人知道妇女们的苦，对于婚外情有着罕见的宽容和同情。

我的邻居中，有一对夫妻，丈夫七十，女人四十多，女人在外面有一个情人，男人装作不知道，从来不说妻子一个不字。

还有一个女人，虽然找了一个比自己小的，但却没有和情人断绝来往，最后情人没有了地方住，女人竟然做通了丈夫的工作，让情人住进了家中。至今，我还经常碰到这三个人在一条街上散步。强壮的丈夫走在前面，走一走停一停，但始终不回头。女人挪着小步子，小心翼翼地走在情人的旁边。情人已经弯腰驼背了，走路也蹒跚着。女人看到不平的道路，就伸出手，扶情人一把，完全不顾忌丈夫在旁边。

据说女人的子女忍受不了女人，就叫父亲离婚，但是，这位丈夫却真真正正地做了一回大丈夫，他说："你们的妈妈嫁给我这个浪荡子，不知道受了多少委屈，你们不知道；她把你们一个接一个地养大，受了多少苦，你们也不知道。"

即使是现在还让世人不能容忍的事，在阿拉尔几十年前居然就得到了宽容。有一位兵团劳模，趁着上海知青回城的时机，居然把三个女人搞到了床上，其中，两个女人和他住在了一起。可是，单位照样没有人公开说一个字。就连领导见了，也只幽默一把，并没有正儿八经地批评过他，也没有批评过任何一位妇女。

"怎么能这样，她们的脸皮都不要了？"我问这个单位的一位非常传统保守的妇女。

"她们要劳动，还要能生儿育女，能活下来，就不错了，我们为什么还要去断她们的生路？"这位大字不识几个的妇女的回答让我敬服不已。

阿拉尔对于情爱的宽容，一直持续到今天。如今，你到阿拉尔去，还能听到一些男女的风言风语。不过，新时代的阿拉尔人，已经不是过去的阿拉尔人，他们在解除了半军事化管理之后，用痴情追求着属于自己的幸福。

我有一对邻居，男人俊朗，女人俏媚，是一对绝佳的恋人，但当男人当上军官之后，父母企图拆散这对鸳鸯。可是，男的不为所动，和女的悄悄地领了结婚证。女的患有先天性心脏病，不能生育，却悄悄地为男的怀了孩子，医生再三要她打掉，女人却坚持孕育，直到产下一个男孩，女人微笑着撒手西去，留下了一段凄凉的佳话。

上海知青回城之时，有很多第二代阿拉尔人，按照当时的政策本可以追随进沪，但他们为了爱情，毅然放弃了进入大都市的机会，陪着自己的另一半留在了边疆。

第一代阿拉尔人因为经历过太多的婚姻不幸，对于小辈的婚姻，一般不再干涉。只要子女看得上的异性，哪怕年龄大个十几二十岁，他们也是可以容忍的。有的女孩甚至看上了外来的一文不名的打工者，他们也不过多反对，反而欢天喜地地给孩子们准备嫁妆。

思想开放的阿拉尔人，从不反对未婚同居，甚至有未婚先孕的，阿拉尔人也不歧视。因为很多阿拉尔男人，并不像内地人一样歧视女人带来的孩子，相反，他们对女人带来的孩子视若己出，亲如骨肉。

但在改革开放之初，第二代阿拉尔姑娘，厌烦了天天灰头土脸的乡野生活，向往着远方城市的洁净。有能力的，考上了大学、中专，光明正大地进了城。没有能力的，只能凭着自身的条件，希望嫁给一个城里人，在城里找一份工作。

乌鲁木齐去不了，那儿的姑娘太多，竞争力太强。阿拉尔那时候还称不上是市，只是聚合在一起的一个大农场而已，除了农田，没有什么工厂，基本没有什么可以提供的悠闲岗位。

阿拉尔姑娘把目光转向了一百多公里外的阿克苏市。阿克苏市作为阿克苏地区的行署所在地，又是一师师部的所在地，还是有几家千人大厂的。

关键是有许多能够给她们安排工作的男人。

阿克苏市的青年男人却很刁，一般的农场女人，他们嫌人家土气，还怕给她们安排工作。因此，阿拉尔的姑娘虽然漂亮，他们不敢沾，也沾不起。

再说，城里和自己年龄相当的小伙子，相貌好的，因为无法安排工作而与她们无缘。有能力安排工作的，不是秃顶的老头子，就是三四十岁的离婚男人。

运气把她们冷落在一边。现实却犹如一张网，将她们的梦网在农场的田野里，让她们进退两难。

姑娘们却不怕。此时的姑娘不是当女兵时候的姑娘，她们有父母，有兄弟，谁也不敢逼迫她们屈从他人的意愿，谁也不敢来个霸王硬上弓将生米做成熟饭。

时光却是她们无法抗拒的。二十岁，三十岁，眼看着就要奔向四十岁了。姑娘们的脸上，苹果样的色泽慢慢地被生活的虫子啃噬掉，变成了黄白的粗糙纸张。

她们等不及了，她们顾不得世俗的风言风语了，她们扑进阿克苏那些老男人的怀抱，安心做了续弦，羞羞答答地当起了和自己年龄差不多大的青年人的后妈。还有的阿拉尔姑娘嫁给了一些家里有能力的残疾人，安然找到一份体面的工作。

就在阿拉尔姑娘寻找着当城市人的机会的当儿，阿拉尔小伙子们却着急起来。他们和阿拉尔姑娘青梅竹马，两小无猜，本想着能够过上男耕女织的美好生活，谁知另一半却迟迟疑疑，不进入男人的婚房。

男人们等了一年又一年，一直等到三十而立，才绝望了。他们托老家的亲戚或者朋友，到农村物色来一位姑娘，如他们的父辈一样，匆匆忙忙地结了婚。

本来烟酒不沾的阿拉尔二代，从此与烟酒成了亲家，在地里忙活完了，就坐在酒桌上，抽得天昏地暗，喝得酩酊大醉，摇摇晃晃地站起身，迈出门槛，对着远方的城市，直直地撒出一泡腥臊味十足的尿。

“狗日的城里人!!”阿拉尔男人们恶狠狠地骂。

迟来的时尚

三五九旅的老兵们喜爱绿色，他们着一身绿装，走到哪里，就把绿意带到哪里，不是种植些树木，就是庄稼。从延安一直到阿拉尔，这些老兵们把绿意带到了沙漠，让这块荒芜了千年的沙漠有了生气，使绿色成为阿拉尔最富有生机的颜色。

从全国各地赶来的女兵和知青们，受到了感染，也纷纷脱下自己身上鲜艳的色彩，换上绿色的外衣。

绿意装点着阿拉尔，绿色让阿拉尔人备感自豪。在那个特殊的时代，阿拉尔人无论到哪里去，身上都是一身最流行的颜色，让人不敢小觑。

阿拉尔的大地上只有一种颜色。阿拉尔人在沙漠边缘种植耐盐碱又耐旱的胡杨，在田间地头种植潇洒不羁的沙枣，在路边种植高耸入云的钻天杨，在房前屋后种满了果树，绿色蔓延得无边无际，罩住了阿拉尔广袤的土地。

阿拉尔的街道，被两条绿纱包裹着。街道延伸到哪儿，绿纱就延伸到哪儿，一点都不会少。阿拉尔的街头并不繁华，听不到声音，也看不到人，只看到一条条绿色的河流，流入一所所高大的房屋。

外地人来到阿拉尔，看到到处都是浓郁的绿色，惊异于阿拉尔人的力量，不得不悄悄地到街头寻找一身军装，不管合身不合身，褪下自己的衣装换上。

随着岁月的流逝，当神州大地变得五彩缤纷的时候，阿拉尔人身上的军装渐渐灰白了。但阿拉尔人已经沉湎在绿色之中不能自拔了。当我在 20 世纪 90 年代从内地农村来到阿拉尔的时候，这里的颜色还是千篇一“绿”——上至农场场长下至学校学生，所有的人都是一身军装，膝盖上加固一个大补丁，屁股上加固一个大补丁。

不少常年穿的衣服，烂了洞，找不到绿布来补，只有从里面贴了一块黑色或者蓝色的补丁，犹如一只只眼睛，探头探脑地看着这个世界。

看到我穿着一件的确良上衣，很多小伙子惊奇地围到我身边，问我在哪里买的。还有追求时髦的骑着自行车到阿克苏去，期望买一件回来，但最后失望满怀地回来了。

从东方大都市来的上海人，从来都是文明的播种者。男人们倒无所谓，女人们每次探亲回来，大包小包的都是衣服。

不过，她们带回来的衣服，在阿拉尔又派不上用场。上班的时候，大家在棉花地里，没有炫耀的机会。下了班回到家里，中午忙着做饭没时间穿，晚上做完了饭趁机换上，不超过半个小时，铺天盖地的蚊子就趁着黄昏的霞光而来，追着人叮，大家匆忙跑回家中，不敢在街上溜达。

“上海银”就是上海人，衣服穿不上，头发可以用捂着热水毛巾的夹子夹卷了，留一个好看的刘海。上班的时候，上海女人还要洒上几滴上海花露水，浑身散发着一股好闻的香味，惹得田地里的蜜蜂嘤嘤嗡嗡地闹。

后来农场开始了土地承包，虽然还须按时上下班，但大家有了相对宽裕的时间。上海人可以炫耀一下都市里的色彩了，回城风潮却让她们来不及换上已经在箱底压了多年的服装，就匆匆忙忙地将家中所有的物品处理干净，风风火火地往家乡赶。

上海人带来的时尚，犹如旋涡里的浪花，还来不及翻腾翻腾，就被卷入水下。

时尚始终要吹进阿拉尔的。由于塔里木大学的存在，知识分子们是不会将时尚阻断在塔里木河之外的。

阿拉尔流行起了尖头皮鞋和喇叭裤，流行起了烫头发，流行起了超短裙和裙裤。

开开服装专卖店是上海的知青返回来开的，他们还带来了斯尔丽。

范多伦来了，红豆来了，七匹狼也来了。阿拉尔建起了步行街和商业街，一个个时装店门口的音响，播放着大分贝的流行歌曲。

阿拉尔街头也亮丽起来。流行在内地城市的色彩，不超过一周，在阿拉尔街头就飘摇开来。

阿拉尔的女人脖子里挂着带有朱砂红的和田玉，肩上挎着 LV（路易·威登）的皮包，穿着圣玛田的连衣裙，带着镶嵌钻石的白金戒指，在街上招摇过市。

孩子更加时尚，脚上穿着的，不是乔丹的牌子，就是李宁的牌子，小小年纪，叼着香烟，扯着口哨，有的骑着名贵的摩托车，有的开着豪华的小轿车，停靠在咖啡厅前或者驰名的快餐店前，逗弄着过往的女孩，嘴里吐出几句网络上刚刚流行的脏话。

男人们虽然迟钝些，但也逃不过时尚的诱惑，他们穿着几千元一套的西装，脖子里挂着金链子，东摇西晃地在街头东张西望着。

不过，仔细看看，上衣的后背上，总带着深深的褶皱。裤子口上，也沾有不少泥土。靠近之后，阿拉尔男人奢华的服装里，透出的总有一股难闻的烟味，让人有些想呕。

可是，阿拉尔男人却不乏自信，看到附近有漂亮的女孩，就搔掉头发上的草屑，用袖子擦擦黄色的门牙，大模大样地往女孩身边靠，一边靠，一边掏出手机，随意按下几个键，粗声大气地说："你说地啊？我今年这三百亩地种的棉花，才弄了三十多万啊，明年要种红枣了，当年就能收入百十万啊。"

酒杯中的阿拉尔

阿拉尔人扎根到绿岛，绿岛就成了酒窖，各种各样的酒从各个农场冒出来，成为塔里木酒气最浓的地方。

阿拉尔人会酿酒，什么样的粮食都能酿成酒。有专门酿苞谷烧的，有专门酿小麦高粱酒的，还有酿大米酒的，金银川人甚至利用大米和小米，酿造出了黄酒和调味酒。喀拉库勒距离阿瓦提近，两家的关系也比较亲密，常常是你帮我播种，我给你送果品，因此，阿瓦提的穆塞莱斯，喀拉库勒人没有少喝。喝得多了，喀拉库勒人利用自己的包谷烧酒厂，居然也酿造出了原汁原味的葡萄酒。

不过，最会酿酒的，是包孜人。他们利用雪水和高粱、小麦，酿出了托木尔峰酒，号称南疆的小茅台。

酿造出托木尔峰酒的，原是三五九旅炊事班的三个老兵。这三个人一个是红军路过茅台镇时入伍的，一个是红军进四川时俘获的，一个是从山西光脚跑到延安参军的。

三五九旅在延安开荒种田取得了大丰收，他们就利用剩余的高粱和苞谷，酿造出了闻着像汾酒、看着像茅台、喝起来有点像五粮液的味道的烧酒，在缺医少药的战场上当药用。

然而，当 1949 年 9 月中旬三五九旅路过祁连山时，老兵们酿制的烧酒得到了崭露头角的机会。由于祁连山山顶大雪纷飞，气温骤降，一百多士兵被冻死在山上。但是，凡是带了烧酒的，却没有被冻死，也没有冻伤。

三五九旅的烧酒从此扬名。三五九旅的老军人们在阿拉尔建立小企业时，首先想到了建酒厂。

后来阿拉尔人回家，时常要捎回几瓶托木尔峰酒，内地人喝了，说别的酒喝到肚里，都火辣辣的，这酒怎么像冰一样凉，得知是雪水酿造的，方才恍然大悟。

进了肚子里的托木尔峰酒，却开始发挥出粮食酒的威力，渐渐地热起来，热得肚腹汗水成溪，顺着皮肤往下流淌，很快，脚下就汇成了一条小河。

托木尔峰酒好，但是不伤人。平时不会喝酒的，喝半瓶子托木尔峰酒也没有事。同类酒能喝半斤的，托木尔峰酒就得喝一斤。至于那些专门求醉的人，坐到商店里，往往对着老板娘大喝一声“来一箱托木尔峰”，引来目光无数。

外地人与阿拉尔人喝酒，看着阿拉尔人喝托木尔峰酒，和喝水一样，先胆怯了，谦卑地说着自己酒量小，小心翼翼地往嘴边送着酒碗，不知不觉间，才发现自己酒量见长，遂大了胆子，放开了喝，结果喝到月亮当头，肚子里咣当咣当地乱响，头脑却一点事没有，该想什么想什么。舌头虽然麻木了，却丝毫不乱，既没有伸到别人的嘴里，也没有搅搭出什么污言秽语来。

第二天起来，所有人都跟没有喝过酒一样，头不疼，胃也没有不舒适，浑身除了使不完的劲，再没有别的毛病。就连平时蔫头耷脑的小物件，也都和雨后的蘑菇一样，纷纷搭起了帐篷，惹得婆娘们嘴里吐着脏话，脸上却带着笑，食指按到了男人的胸膛上。

托木尔峰酒一下子出名了，不但挤垮了农场里所有的小作坊，还登堂入室，把阿克苏有点名气的酒都挤对成了桌下之物。

托木尔峰酒本该扩大生产走出南疆的，然而，阿拉尔人不会撒谎，当其他酒厂都在盛行酒精勾兑的时候，他们依然保持着自己的特色，迟迟不愿加入酒精兑水的队伍。酒不掺假，产量就提升不了。提升不了产量，就走不出南疆。

阿拉尔人全然不顾市场的呼唤，依旧沉醉在喝酒人的赞誉中，始终保持着稳定的产量，任由北疆的酒借着他们无法填补的空白，趁机攻城略地，打到了阿拉尔脚下。

“酒就是酒，既不是水，也不是酒精。”阿拉尔的酿酒人丝毫不为所动，不急不慌，不紧不慢，照旧在自己的酒坊中吟唱着酿酒的歌谣。

阿拉尔人会酿酒，却不会喝酒。限制他们的不是酒量，而是军纪和金钱。

半个世纪以来，阿拉尔人虽然过着日出而作、日落而息的生活，但他们把自己当成了军人，接受着半军事化的管理。军号悠扬，吃饭睡觉；军号急促，集合待命。对于部队的纪律，军人们来不得半点马虎，宁可管住自己的嘴，也不愿意挨领导一顿训斥。因而，即便他们有钱买酒，也没有时间喝酒，更不用说醉卧田野了。

阿拉尔人生产粮食，却不能随意得到粮食，只能拿着粮票，到伙房领粮食和食物。他们一般都是夫妻上班，养着一群娃娃，不多的工资，除了够日常吃穿住行之外，所余的钱不多。就是有几个零花钱，阿拉尔的男人也听得进老婆的话，把它们花到孩子的学习上，期盼他们比自己有出息。

任何事情都不是绝对的，特别是具有喝酒传统的中国人。阿拉尔人也不例外，他们在节假日期间，凑在集体食堂里一起喝酒。酒虽然不多，但我碰你一下，你敬我一次，一碗酒在手中端着到处飞跑，场面颇为热闹，却常常湿了嘴皮子，落不到肚子里。

有内地人来探亲，经常会带一瓶酒来。但阿拉尔人舍不得喝，又怕酒劲跑了，就在每天晚上拿出来，启了瓶盖，抿上一口，虽然解不了馋，腹部却暖烘烘的，解除了不少疲乏。

至于邀请邻居和朋友来喝酒，那是不可能的事。阿拉尔人虽然来自农村，喜欢热闹，但由于自小就是一个人在外面捞世界，枪林弹雨中历经生死，大漠荒原里饱受磨难，他们深知生活的不易，生命的脆弱，性格越显温顺，内心越感孤单。他们不相信友情，不相信爱情，不但没有朋友，就连夫妻，也是努力在容忍对方，为了孩子而凑合。

日子渐渐好起来，阿拉尔人走出去，才发现外面的世界，就是一个酒的世界。酒是认识世界的桥梁，酒是人们连接财富的小船。没有酒，就接近不了权力。接近不了权力，就不可能得到财富。

压抑的阿拉尔人终于得到了施展的机会。他们在自家生产的酒里，找到了自信，找到了雄风，找到了尊严，找到了财富。一杯杯酒泼出去，一把把钞票换回来，阿拉尔人尝到了会喝酒的好处、能喝酒的好处。

阿拉尔人醉了，醉倒在阿拉尔街头，醉倒在各个农场的小酒馆里，他们大着嗓门评论这个社会，评论身边的你你我我。

如今的阿拉尔，到处充斥着酒味。与其他城市大不相同的是，阿拉尔人全民皆喝酒，不但大人会喝，就连小孩子也会喝；不但男人能喝，女人甚至更能喝。

只要你在阿拉尔喝酒，就会看到，酒桌上往往少不了孩子。阿拉尔人接待客人也好，出去赴宴也好，总要带上孩子。大人们选择的是白酒，小孩面前摆的是果酒或者啤酒。有人要劝止，阿拉尔人呵呵笑着，举出李白、杜甫等人，说："小喝点没事，小喝点更聪明。"

女人在阿拉尔的酒桌上虽然坐不了上首，但绝对不会在下首，时常是紧挨着上首的位置，或者和男人们互相插花着坐。酒桌上的阿拉尔女人，比酒桌下的更加水灵，更有朝气，更有性格。她们的嗓门，犹如尖啸的大漠风暴，丝毫不输男人；她们的肚腹，往往能装下一个塔里木河，更胜男人一筹。你来我往之间，阿拉尔女人陪着男人将一杯杯酒水倒进肚里去，最后说不定还要来一个通关，让每个男人陪着喝一杯或半杯。

如果遇到小视或纠缠的男人，好戏就开始了，双方或者划拳，或者猜火柴，输赢之间，彼此都要喝下十几杯酒。男人们被喝得东倒西歪，吞吞吐吐连话也说不囫囵了，脸色微红的女人们还不罢手，仍满满地倒了两杯酒，缠着要和男人喝花酒。直到男人们扑通一声，倒在桌上，女人们才看着满桌的男人，自信地一笑，寻找下一个目标。

坐在下首的女人，常常是宴席的主人。阿拉尔女人摆桌请客，没有请陪酒的习惯。她们不会带能喝酒的人来给自己挡酒，也不会把酒瓶子交给他人来掌管，而是摆在自己面前，说好了规矩，自己来卖酒。

阿拉尔女人卖酒，靠的不是嘴皮子，而是实力。她们面前摆一个大酒杯，里面倒满了白酒，在殷勤劝酒的同时，也频频地往自己的腹中倾倒。满桌子的客人丢苞谷一样地往外走，往下倒，但你不会看到有哪个摆桌子的阿拉尔女人先把自己撂翻在地。

在摆桌子请客喝酒方面，阿拉尔的男人们与阿拉尔的女人们截然不同，与全国各地的规矩也截然相反。全国各地的请客者，都大同小异，均是争着抢着给客人敬酒，哪怕自己滴酒不沾，也要找来陪酒者给客人敬酒，生怕客人喝不好，喝不倒。

阿拉尔男人则不是这样，他们为了表现自己的诚意，总是最先端起杯子，和客人碰杯，客人往往没喝，他们就仰起脖子，一饮而尽。见面酒喝完，还有通关酒，主人就端着杯子，从上首开始，一个挨一个地敬酒，一杯接一杯地喝，一圈下来，别人刚喝一杯酒，十几杯酒已落入主人的腹中。

阿拉尔的酒风起来得晚，没有赶上时代。当全国人民都意识到酒是高血压、糖尿病和心脑血管疾病的罪魁祸首后，不再在酒桌上死缠烂打了，阿拉尔的酒风却像熊熊的大火，风头正盛，请来的客人不被放倒，他们就认为没招待好。

“客人喝好没喝好，看看主人喝饱没喝饱。”阿拉尔男人说着酒话，摇摇晃晃地站起来，照样满桌子敬酒，满桌子和人干杯。

在客人们敬佩的目光中，阿拉尔男人总是晃而不倒，倒下的倒是客人们自己。一次酒宴，没有几个客人被放翻到桌子下面，要阿拉尔男人倒下，是件不容易的事情。

阿拉尔人到北疆出差，石河子人拿出白杨老窖，奎屯人拿出奎屯大曲，奇台人拿出古城老窖，新源人拿出伊力特，热情洋溢地招待阿拉尔人，这会儿的阿拉尔人立即收起了在南疆酒场上的张扬，谦逊起来，连称不喝。

盛情难却，阿拉尔人在北疆人的敦促下，谨慎地端起了杯子。酒不过三巡，菜不过五味，阿拉尔人就慌忙吆喝着上厕所。

主人要亲自相陪，客人摆手辞谢，嘴里说着不用不用，双腿却摇摇晃晃地跨过了栏杆。

主人唬得魂飞魄散，忙蹿过去拉住客人，说：“这是三楼，不敢往下跳。”

阿拉尔人眼一瞪，口沫四溅地说：“胡说八道，我明明看到栏杆外是明晃晃的平地，就下去尿个尿，你们还捣鬼不让我去。”

从北疆回来，阿拉尔人一直郁闷着——在北疆喝的酒不多，怎么就被轻易放倒了？

在家门口也有被放倒的，倒下了再也甭想爬起来。

阿拉尔年年有喝死人的，所有的陪酒者只好自认晦气，凑钱免责。有的坐在车里，突然发病去世，直直地端坐几天，也没有人发现。还有的全车人都喝了酒，一起翻到渠水中，没有一个能浮起来。

“最近哪儿哪儿又报销了几个。”阿拉尔人凑在酒桌上，说着喝酒出事的新闻，脸上露出鄙夷的神色，手却没有停下来，拧开了酒瓶，汩汩地将自己及他人面前的酒杯斟得满满的。

烟雾缭绕的人生

一群人说着话，阿拉尔人突然犯了烟瘾，就往旁边让让，从口袋里摸索出来一支，叼在嘴上，拿出火机，掀开衣衫，低下头去引燃。

其他人眼看着同伴头上冒起了青烟，也纷纷掏出自己的烟点上。忘记带烟的，扭头四处看，不是看谁有烟，而是看有多少人没有带烟，只要有两个人不抽烟，他们就不会去借烟抽。要是全都点了烟，他就会笑容满面地叫骂:“你们他妈的太不是人了，都抽起来了也不给老子一根。”

有烟的面无表情地蹲着，谁也不吭声，但总有一根烟会穿过烟雾，飞到要烟者的怀里。不过，这绝对是最便宜的烟。

阿拉尔人早年没有嗜酒的习惯，却很少有人不嗜烟的。从树叶子到磨合烟，从七分钱一盒的“天池”烟到两块钱一盒的“雪莲”烟，再到十元钱一盒的“雪莲王”，阿拉尔人几乎没有断过烟。

一旦开会，不到十分钟，会议室里就烟雾缭绕。有纸烟的叼着纸烟，没有纸烟的卷着大喇叭筒子，里面卷着磨合烟丝。人人一杆烟枪，嘴巴成了挖痰的勺子，不断地吸着，不断地咳着，不断地吐着，面前一摊口水，上面漂浮着黄灰色的痰液，散发着难闻的腥味。

阿拉尔人从什么时候开始抽烟的，我访问过许多老同志，他们说，就是到阿拉尔后才开始抽的，过去从来不抽。

来到阿拉尔以前，老军人们日夜忙于行军打仗，阵地前面，明火如同靶子，随时可以丢命，因此他们是不会抽烟的；行军路上，口干舌燥，都把心思系到了水壶上，谁也没有想到抽烟。

直到没有仗打了，没有路跑了，老军人们的日子大把大把地堆积在大漠上，等着他们日复一日地去消耗，这些昔日忙忙碌碌的汉子们才知道了什么叫寂寞。

他们试图用劳动驱赶它，但它却是个死皮赖脸的家伙，在阿拉尔人休息时纠缠着他们，让他们寝食难安，坐卧不宁。

“抽口烟烧死它！”阿拉尔人恨恨地说着，从首长的口袋里摸出一支支烟，发到每个人手中，然后拿出火柴，引燃了，学着首长的样子，抽一口烟，低头吐一口气。

这招儿真灵，咳嗽之时，寂寞被震得支离破碎，蜥蜴一样逃跑了。阿拉尔人饭吃得香了，觉睡得安稳了，活儿干得更有劲了。

抽烟还有另外的好处。聊天之时，一个个烟嘴儿，堵住了嘴巴，把闲言碎语吐到了烟圈之中；开批斗会时，一圈人坐着，吭吭咔咔的，痰在空中流弹样乱飞，弹飞了应说但不想说的话；心里不敞亮时，抽几口烟，胸腔中的郁闷会随着长出的烟气逃出身体。

好处越多，阿拉尔的烟民越多。阿拉尔人抽烟，烟瘾是惊人的。两三包一天的人，在阿拉尔非常多。四五包一天的人，也经常见。

我见到一个朋友，早上起来，点上了烟，就不再熄灭。从早上到晚上，他最少要四包烟。吃早饭的时候，为了不让烟灭掉，他端起饭碗，呼呼啦啦地往喉管里倒，只要半根烟的时间，两碗饭就倒进了肚子，又悠然地接着抽烟。

这个烟鬼家中有三个孩子，只承包了一点点土地，穷得养不了家，但年底到商店结账，拿去的钱还不够结他的烟钱。

像这样把家抽穷的阿拉尔人，虽不多见，但一个烟瘾大的人，长年累月地抽，却也是一笔不小的数字。曾经有人算过，一个阿拉尔人，抽五元一包的烟，一天两包，一年抽掉的钱足以买一头牛。一个抽十元钱一包的人，不到五年，就把一辆小汽车丢到了烟雾中。

“那不抽烟的人，也没有见他们的腰包里有一分钱。”瘾君子们面对家人算的账，脸红脖子粗地为自己辩解。

嘴是两张皮，生来就不会闭着，不是吃饭，就是说话，饭吃多了，尚无大碍，但话说多了，麻烦就会不请自来。因此，男人们多一个嗜好，把闲着的嘴巴皮占住，让他吐不出闲言碎语来，是一件好事。阿拉尔的女人们明白这点，反而不大支持男人们戒烟。

烟鬼在家里吞云吐雾，没有人管，但要外出，却是一个棘手的事儿。

阿拉尔男人外出学习，路上是最痛苦的时刻。坐飞机，是禁止抽烟的，没有火柴，香烟自然点不起来，只好拿出香烟，在鼻子下摩挲着，闻着香烟的味道。下了飞机，匆忙找一个地儿，头对着墙根，屁股对外，狠命地抽起烟来。谁知所在的城市是一个文明卫生城市，环卫工人以为这人是在小便，静静地站在一旁，等待瘾君子的尴尬时刻。

坐火车还好些，两节车厢的接头处，就是一个抽烟的地方。阿拉尔人买了卧铺票，大部分时间却是在车厢接头处度过的，下车的时候，想想没有坐多长时间的卧铺，心里有些亏。

现在，大城市里“禁止吸烟”的牌子越来越多，但在阿拉尔，你根本不会看到一个这样的牌子，无论是在文化艺术中心，还是在幼儿园，阿拉尔人都不会给自己的烟瘾设置障碍。

反对抽烟的人还是越来越多的。凡是抽烟的人，家中没有不反对的。最坚决的反对者莫过于阿拉尔人宠爱着的孩子。孩子们肆无忌惮地诉说着抽烟的害处，拿着“禁止吸烟”的牌子贴到了家中的每一个房间，并用鼻子做监督。女人此时也动摇了，一身难闻的烟味，一排沾满烟垢的牙齿，让她们怀疑这是不是当初的求爱者。

成功劝诫，往往很难。至今，我没有遇到真正成功戒烟的阿拉尔人。有人曾经下了很大的决心，将家中的烟焚烧掉，但是，看到别人吞云吐雾，心里就像有一股火在烧，燎得浑身发痒，最后不得不购买了香烟，再次燃起。

也有人因为长期咳嗽，打了各种各样的针，吃了各种各样的药，最后都没有效果，只有主动要求戒烟。家人自然非常欣喜，购买了瓜子和糖果，塞到戒烟人的口袋里，等他们忍不住时拿出来分散注意力。然而，冬季的戒烟，都是以失败而告终的。因为冬季的天气太冷，冷空气刺激没有伸缩性的气管，就会引起痉挛，引发更加剧烈的咳嗽。

夏季的戒烟，则是以体重的增加为代价的。烟瘾大者，由于不断地往肺里吸入尼古丁和二氧化碳，降低了氧气的进出通道，削弱了肺泡的氧化能力，致使过多的养分被人体当作废物排出体外。但是，戒烟之后，血液与氧气的结合程度提高了，携带养分的能力增强了，过多的养分消化不掉，只有沉积在人体内部，让体重快速地增加。体重的陡然增加，打乱了瘾君子们身体内早已构建起的相对的生态平衡，使他们浑身乏力，难以入眠，食欲下降，体弱健忘。

还有严重的，戒烟虽然成功了，人脸色也红润了，食欲增加了，但人却突然没有了劲儿，见了外人不打招呼了，见了家人不再开口了，进到人堆里，头颈一缩，蹲在边上一声不吭了。时间一长，干啥都没劲头了，人如木偶一般，机械地生活着，日子成了挂在墙上的闹钟，静悄悄地走着。

家属心乱了，慌忙买了香烟，塞到瘾君子的嘴巴里，谁知，他们已经没有兴趣了，反而把嘴上的烟吐到地上，低头继续闷着。

在家人的哄逗之下，香烟不得不重新燃起，一个刚刚忘怀的恶习不得不又挂到了嘴上。

也有偏重某一个牌子、某一个时期的香烟的瘾君子，他们不追求价格的高低，不追求品位和享受，而是用烟雾为自己还原一个时代。

阿拉尔的本土画家陆志毅，也是一个烟鬼，一天要抽六七包烟。但他只抽两三元一包的红“雪莲”。他家的地下室里，常常塞满了烟。有时候来了一屋子尊贵的客人，他拿出软“中华”招待，自己却抽着红“雪莲”，坦然与客人谈笑。有时候他去赴宴，别人甩几包好烟给他，他摆摆手，平心静气地拿出自己的红“雪莲”，一根接一根地抽。有人要去给他买红“雪莲”，他笑笑，把烟盒扔给友人，说：“你哪里能买得到?”

友人们仔细一看，惊呆了，原来老陆抽的是十几年前的红“雪莲”，市场上早已没货了。

咀嚼的欲望

人活在世上，从生到死都是为了一张嘴。生下来第一件事就是张开大嘴，哇哇地叫着要奶吃，从此与吃结下了不解之缘。

三五九旅之所以名震中外，还是吃闹出来的。他们就是因为解决了自己的吃喝问题，成了世界上第一支不用别人为他们供给军粮的部队。

饥肠辘辘的毛泽东在延安视察这支能打仗也能种田的部队时，机警的大胡子王震做了一只烧鸡招待他。于是，在部队集中接受毛泽东的检阅时，他的口袋里还装着吃剩下的半只鸡。

世人皆以为毛泽东鼓鼓囊囊的口袋里不是装着护身的武器，就是他心爱的香烟，谁也不曾想到竟然是半只舍不得放下的烧鸡。

毛泽东由此记住了这支部队应对困难的能力，解放新疆时，他把这支部队放进了塔里木。

吃，在三五九老兵的眼里不成问题。千里沙漠，成了他们手中的良田；不毛之地，成了名闻全国的西域粮仓。

阿拉尔人种出了大批金黄的粮食，沉甸甸地压倒了塔里木的秋天。

阿拉尔人还养殖了大量的牲口，咀嚼着塔里木河两岸的风光。

他们期待着比延安更加丰盛的美餐。

然而，阿拉尔人是穿着军服的人，虽然没有闪闪的红星，但他们的骨子里流淌着军人的血液。军人的口粮，理应由国家供应。阿拉尔人由此也形成了一个全国独有的奇观：生产的粮食一粒不剩地交给国家，然后吃着国家划拨的粮食。

一张供给制的粮卡，卡住了舌尖上滚动的食欲。阿拉尔人虽然为全国人均粮食产量最高的生产者——一个人生产的粮食，足以供养五百个人。可是，他们每个月只能领取四十一斤半面粉，这已经是全国拿粮卡的人的最高标准了。

一张粮卡，也卡住了他们制作食物的双手。繁重的体力活让阿拉尔人的粮食仅仅能够维持自己的肚皮，可是，他们知道远方的亲人更需要粮食，节约出来一点，也许就能救回一个生命。

阿拉尔人几乎忘记了双手会做食物。他们远离了曾经熟悉的馒头、锅盔、煎饼、包子、烧麦，远离了清香爽脆的浙菜、生猛鲜嫩的粤菜、麻掉舌头的川菜、辣出眼泪的湘菜、白嫩高雅的鲁菜、香气腾腾的闽菜、色香四溢的徽菜、咸甜可口的豫菜、做工精细的京菜、口味浓厚的沪菜、浓郁醇厚的陕菜。但阿拉尔人总能找到补充的东西，将自己的肚皮填满。

阿拉尔是阿克苏河、叶尔羌河、和田河和塔里木河汇集的地方，河网密布，沼泽纵横，郁郁葱葱的芦苇和水草让河里的鱼儿又肥又美，有的一条居然有数百斤。

维吾尔族人没有吃鱼的习惯，因此，河道里的鱼儿自由自在地生活着，从来不忧虑人类的侵扰。

阿拉尔人驾着一辆毛驴车，晃晃悠悠地赶到任意一个水塘边，拿着叉子下去，只管往水里扎，提起来，不是一条，就是两条，总有鱼儿在叉齿上挣扎。

不喜欢吃大鱼的，春季来临时，找一个逆水沟，一脸盆下去，就会捞起半脸盆塔里木河特有的大头鱼。一虎口长的大头鱼苗儿，透明得连鱼刺有几根都数得出来。挤了白肚里的乌黑内脏，无论是放到清水里清煮，还是放在油锅里微炸，出来都是美味。一口一个，连刺带骨头，都吞了下去。

捞回的鱼一顿吃不了，就分两顿。两顿吃不了，就腌制起来，等冬天结冰的时候吃了抗寒。

当河道里的鱼影清稀后，阿拉尔人又养起了猪，养起了羊。每个连队还成立了一个蔬菜班，专门种植蔬菜和瓜果。

一亩园，十亩田。阿拉尔的春天来得晚，蔬菜的种植并不是一件简单的事。阿拉尔人没有害怕过任何事情，他们的骨子里有的是执着，粮食种出来了，棉花种出来了，蔬菜也应该种得出来。

阿拉尔人种出了争春风抢春光的小白菜，种出了长胃口的辣子和茄子，种出了弯弯曲曲的豆角，种出了清脆的芹菜，种出了隔年的韭菜，种出了被维吾尔族人称为皮芽子的洋葱，种出了越冻越水灵的菠菜。

阿拉尔人最钟情抗冻的大白菜。白萝卜红萝卜洋白菜一样抗冻，但白萝卜容易失水分，也受不了酷霜大雪。红萝卜皮实点，可是没有大白菜产量高，吃起来甜甜的，劳力们嫌弃它不长力气。洋白菜比大白菜还耐储藏，可是它们的生长期是大白菜的两倍，稍有不慎，不是淹了烂心，就是叶枯干心。

大白菜种起来一点也不费事。七月下旬，他们借着给棉花放三道水的机会，把土地浇透，深深地翻耕一遍，耙碎耙细，筑了田畦，撒进菜种，用扫把扫平，脚跟踩住底墒，安然等待着菜种发芽。

阿拉尔人种白菜，有一套绝技，八九月，正是白菜长叶的时候，他们十天一道水，水前一道粪，叶子青灵灵地长成了蒲扇，一片盖过一片，遮住了所有的地皮。

一遍霜打过，叶子成了黛青色；两遍霜打过，叶子低下了伸展的头；三遍霜打过，叶子开始收缩了，它们你搂着我，我搂着你，紧紧地包住菜心，犹如捧住了一个新生的婴儿。

阿拉尔人捡一两个拳头大的土块，放到霜打的菜叶上。

菜心在叶片的保护下，可心地吸着雪水，菜柄涨得咯咯响，很快就成了一个圆球。

大冻来临之前，阿拉尔人挖了菜窖，砍倒一棵棵白菜，去了老叶，码放在菜窖里。这是阿拉尔人一个冬季的菜品，从十二月开始，一直能吃到来年四月。

他们做出了素炒白菜、酸辣白菜、白菜炒肉、白菜炖粉条、白菜炖豆腐、白菜烩锅巴，还用盐把白菜腌了，掺和点大葱蒸包子，包饺子。

多水的白菜稀释了阿拉尔人的饥荒。阿拉尔人半夜里饿得睡不着，起来挑一棵白菜，撕下几片叶子，居然吃得有滋有味。虽然口里寡淡了些，夜里尿多了些，但肚子里却没有了咕咕的声响。

白菜也适合腌制。阿拉尔人家家户户都有几个菜坛子，釉子耐不住盐的咸味，都脱落了，然而谁家也舍不得丢。这个坛子是腌豆角的，咸咸的卤盐从釉子间分泌出来。那个坛子是腌白菜的，酸酸的味道弥漫在冬天的小屋里。

三月底四月初，青菜绝了迹，白菜断了顿，地里的小白菜还没有露出头，从这些坛坛罐罐里捞出点下饭的菜，还没有打开盖子，口水先悄没声息地流成了一条线。

中国人只吃了几年的食堂，就吃出了一场前所未有的大饥荒。阿拉尔人吃了二三十年的食堂，却没有因此而饿死一个人。肚里有粮又有菜，他们不慌不忙应对着日子，就像在放牧一群敦厚老实的绵羊。

阿拉尔人能安然度过大饥荒，主要归功于阿拉尔的政策灵活，也来自阿拉尔人的好胃口。阿拉尔人什么都吃，什么都能消化得掉。不管是生硬的米饭，还是半熟的馒头，到了阿拉尔人的嘴里，都是粮食。不管是干枯的菜叶还是腐烂的土豆，阿拉尔人都能做成菜肴。就是在路上冻死的乌鸦，或者几只瘦骨嶙峋的麻雀儿，阿拉尔人也会捡回家，拔了毛，去了内脏，放点盐来一次丰盛的清炖。谁家里死了猫，也有人捡去，酸得眼泪汪汪的，却不舍得骨头上挂着的一根肉丝。

土地承包了，阿拉尔人的日子红火了起来，他们住上了新房，菜桌被时令菜霸占了，菜窖也平了。搬家的时候，所有不值钱的东西都扔了，只有一个菜坛子，死活是要带上的，哪怕用不着了，放在地下室里，他们也宝贝一样舍不得扔，时常下去看看，回忆回忆过去的酸酸甜甜，念叨念叨从前的艰难困苦。他们每次外出吃饭，也总要点上一个白菜，品尝清淡的味道。

阿拉尔的大街上，菜馆子也多了起来，全国各地的菜，在阿拉尔都能找得到。就连远在东北的姑娘，也在阿拉尔开了一家炖菜馆子，一到冬天，阿拉尔人的食欲就热气腾腾地在炖菜里泛起来。

阿拉尔人的胃不耐饥了，动不动就饿了；阿拉尔人的灶台小了，烧出的菜不够填塞他们的胃了。阿拉尔人动不动就往市里跑，进到馆子里，屁股还没有挨着凳子，酸辣苦麻咸，就样样点了一溜了。

一个人吃着喝着，阿拉尔人总觉得少点什么，饭绵软得难以吞咽下去，菜不是咸了就是淡了，酒火辣辣地卡到喉咙里滑不下去。阿拉尔人左一声吆喝，右一个电话，一会儿桌子旁边就围满了人，热热闹闹地吃喝起来。

吃完了，喝醉了，一群阿拉尔人聚在吧台上，争抢着付账，一把把红红的钞票，伸到了结账员的眼前。结账员不知道要接哪个人的钱，刚想伸手接其中的一个，其他的人骂开了："你他妈的，是不是看老子没钱?!"

结账员要伸手接骂人者的钱，看到旁边几个赤胳膊光膀子的，眼睛瞪得像掉出来一个鹅蛋，"哇呀"一声，躲进了后台。

老板过来了，脸上赔着笑，说着你们自己看谁付账的话，身子一动不动。

阿拉尔人自己对着自己干开了，这个骂："妈的×，谁瞧不起老子老子×他娘!"

那个骂："谁要是不让老子付账，谁就是毛驴子生的!"

骂得口干舌燥，争得面红耳赤，什么结果也没有，到头来还是老板一句话结束了战斗。

老板说："要不轮流付账，今天你付账，明天他付账，不就完了?"

众人想想是那个理儿，就让其中的一个付了账，约好了第二天再聚会，然后才骂骂咧咧地摔门而去。

一群人前面走，老板后面捂着嘴笑，回头交代服务员，明天他们来了，嘴巴甜点儿，服务好点儿，菜上少点儿，但菜一定要香点儿，辣点儿，麻点儿，咸点儿，让他们吃得有味点儿。

阿拉尔原来被扔在塔克拉玛干沙漠的布袋中间，四处都是茫茫沙漠，只有一条路通到阿克苏，维系着命气儿，现在阿拉尔到各团场的乡村道路成了柏油路，到图木舒克市的道路也修通了，从和田到奎屯的国道也从家门口过了，阿拉尔成了一个交通中心，一下子繁华起来了，内地到阿拉尔的人多了。有做生意的，有打工的，有到附近的监狱看望家属的，有来投亲访友的。无论干什么，都少不了请阿拉尔人吃饭。

湖南人跑到新疆，觉得自己能吃辣椒。每顿饭，没有辣椒吃不下饭。请阿拉尔人吃饭，自然也少不了辣椒。阿拉尔人坐到桌子上，头也不抬，拿住筷子，夹住一个朝天椒，就塞到了嘴里，让湖南人有些惊讶。阿拉尔人却不咀嚼，继续下筷子，塞得腮帮子像两个鱼鳃了，才动起牙床骨，把这些让人惊惧的东西嚼碎咽下肚。一会儿工夫，饭桌上的辣椒都被阿拉尔人挑拣得一干二净。他们坐着不动，不喝一口水，不吃一口饭，不尿一泡尿，不流一滴汗。湖南人一只辣椒没吃，身上倒像决了堤坝，汗水河流一样。

山东人的大葱，阿拉尔人虽说不屑于吃，但只要有驴肉，阿拉尔人就来了兴致，那边厢摊着，这边厢吃着，风卷残云，一气儿干掉几十张大饼，让摊薄饼的来不及往外拿。

河南人做千层饼，一层面皮，抹一道油，烙得香喷喷的，可谓一绝。结果阿拉尔人像吃发面馍馍一样，一块一块地把肚子填塞得像倒扣了一个锅。河南人担心会把阿拉尔人涨坏，谁知，第二天阿拉尔人照常吃饭，照常干活。

河南人惊奇地问："昨夜没事？"

"没事。"

"没上厕所？"

"没有。"

阿拉尔人的胃口奇大，一桌酒席，从上午开始，一直能吃到云霞满天。一个桌子，坐十几个人，饭菜不够吃。坐七八个人，也是不够吃。坐三五个人，还是不够吃。一只只碟子，吃得好像刷过一样，连蒜泥都用筷子捻干净了。

门外卧着一两条狗，瞪得眼睛要出血，就是为了那几根鸡骨头，谁知坐席的人咯吱咯吱地嚼着骨头，嚼得狗的心都碎了，伸开腰身沮丧地拔腿而去。

门口钻进来一只鸡，一个桌子一个桌子下面找，看谁落下了大米饭，不料饭菜不够，鸡不但没有找到米粒儿，还被吃到兴头上的人踢了一脚，疼得咯咯叫着逃跑了。

阿拉尔人吃饱喝足，把腿抬到自行车上，摇摇晃晃地回家，路上碰见了朋友，寒暄一番，又坐在商店边喝啤酒，喝着尿着，尿着喝着，能把一个商店里储存的啤酒消减一半。老板都打瞌睡了，两个朋友还拍着肚子说没有喝饱。

大盘鸡是从北疆的沙湾坐着汽车浩浩荡荡来的，好多阿拉尔人认为沙湾大盘鸡的盘子肯定大，争相到大盘鸡店里去看个稀奇。

谁知，大盘鸡一端上来，阿拉尔人笑了："奶奶的，什么大盘鸡啊，还不如叫小盘鸡呢。"

从此以后，阿拉尔人再也不去沙湾大盘鸡店了。沙湾大盘鸡热闹了没几天，就门口冷落车马稀了。老板郁闷地到大街上溜达，结果发现了好几个大盘鸡店，进去一看，倒吸了一口凉气：乖乖，咱那大盘鸡和这孙子们的比，真成了孙子了。

阿拉尔人用的不是盘，用的是盆。不但有大盆鸡，还有大盆肚、大盆鱼，就连青菜也是大盆的。一只六七千克的火鸡，装进一个土盆子里，七八个人围着桌子，筷子穿来穿去，就不见盆子里的肉下去。一条塔里木河的大头鱼，盛到两个盆子里，一个是红烧的，一个是干炸的，剩下的鱼头没地方放，也被做成了满满一大盆子汤，张着大嘴漂浮在浓浓的白汤汁里。三四个盆子摆到桌子上，没有地方放碗筷了。

阿拉尔人惬意地脱光了上衣。光脊背挨着光脊背，和河南人五啊六啊地在酒店里划媒，和广东人叮叮咚叮叮咚地猜拳，和四川人啊啊啊啊地比指头，声音冲破了房屋，游荡在塔里木河上，河里浑浊的河水，被震得嗡嗡地响。

根

阿克苏河、叶尔羌河、老大河、和田河都是流沙河，舀一碗水半碗沙。它们远的跑上千里，近的跑几百里，驮着泥沙来到阿拉尔，困了，乏了，累了，没有劲了，就把自己撂在这荒漠上，舒展地敞开水口子，抛下泥沙，顺着低洼的地方跑了。

于是，就淤积出一个阿拉尔来。别看这里土地贫瘠，只要有水，就是铁锹插到地里，第二年也会发出枝枝杈杈来。阿拉尔的四周都是河，水不缺，树也长得快，林木茂盛，因此，阿拉尔被称为绿岛。

在陕西延安的黄土塬飙过力气的三五九旅人大多是乡下种庄稼的好手，跑到阿拉尔一看，布满老茧的手就痒痒了。这里的树木有几人抱不住的，有蹿到云彩里往下抛树叶的，还有裂着肚子任人进出的。

那位三五九旅的大胡子头头把他那把亮闪闪的铁锹往地下一插，对他的部下说，就这儿了。结果，没过几年，这里就齐刷刷地冒出了一片片庄稼，跑出了一批批孩子，渐渐长成了一片广阔的绿洲。

但阿拉尔人还是莫名其妙地显得有些底气不足。见了外面来的人，他们躲在一边不说话，悄悄地张望着，揣摩着对方的来历；到了外面说话，瓮声瓮气的话语后面总要带着一两个软软的字，好像风筝后面那根纤细的飘带；和外地人话说不上三句，他们就敞开了胸襟，露出胸膛上肋骨与胸骨的骨关节和一团粗野的胸毛。

想吵架的外地人在阿拉尔街头说阿拉尔的不是，哪怕说得满嘴白沫，他也找不到一个对手。阿拉尔人站在旁边，安静地听着那些与自己密切相关的话语，不但鲜有反对的，而且还有人点着头，对外地人投以赞同的目光。

阿拉尔人即便是生在阿拉尔，也不认为自己是阿拉尔人。他们不像石河子人，生来就有自豪感，以兵团的代表自居，谁要问是哪里人，石河子人回答的声音浑厚而响亮。有人要问阿拉尔人是哪里人，他们连考虑都不用考虑，要么爽快地说自己是四川人，要么吞吞吐吐地说自己是中原人，要么什么话也不说，羞涩地搓着脸上的两坨红云彩。

即便他们自己愿意与阿拉尔终身厮守，外人也不认可他们是阿拉尔人。他们在籍贯一栏里，填写的都是内地的某个地方。

我的女儿出生时，我到阿拉尔去给孩子落户口，漂亮的女户籍警连问都不问，就把我女儿的籍贯填写成“河南镇平”。

有性子倔的，跟人说自己是阿拉尔籍的，结果，对方一个白眼：“老军垦们没有开出阿拉尔之前，你家就来了，你们祖宗是黄羊还是野猪?”

一句话呛得再没有人说自己是阿拉尔籍的。

老阿拉尔人都有老家，老了，退休了，回到日思夜想的故乡了，他们却找不到家乡的感觉了。老家太冷，他们不习惯；老家太热，他们也不习惯；老家人情关系复杂，他们不习惯；老家没有人玩，他们也不习惯。在老家待上一个月，他们就烦了厌了，打点行囊回到阿拉尔。

房子还是那几间旧房子，水还是有点混沌的涝坝水，三四月还是一场接一场的沙尘暴，五月以后还是蚊子犹如轰炸机一样往家里扑，但阿拉尔人心里踏实了，饭吃得多了，觉睡得香了，呼噜也扯得圆了。

然而，中国人的地域观念很重，社会关系也往往以出生地为圆心构建，这就让阿拉尔人颇为尴尬，每每被问起是哪里人，他们总会思索半天，也说不出个所以然。

阿拉尔人虽说是生在阿拉尔，长在阿拉尔，生活在阿拉尔，工作在阿拉尔，但阿拉尔并没有永远属于他们的土地，甚至没有他们的一间房屋。

阿拉尔人在阿拉尔开荒、盖房，无论你开出多少土地，房子盖得再好，最后都姓“公”。20世纪50年代打的土块房，眼看着就要坍塌了，你补了椽子，换了檩条，勉勉强强地住着，最后公家要拆除，所有的东西都属于公家的，你修了也没有人领情，换了也是白换，眼看着是你的东西，你却不敢拿走。

中国改革开放十年后，连甘肃的农民都走出土窑洞，住进了新砖房，阿拉尔才推倒了土块房，盖起新砖房。虽然还是泥巴屋顶，虽然夏天比土块房热冬天比土块房冷，但阿拉尔人已经知足了，毕竟脸上有了面子，墙上也不再簌簌地掉土。

新砖房曾经推行过一段私有化，每户人家需要支付两万多元，那时阿拉尔人无论是退休的老职工，还是刚从内地来的新职工，都难以买得起房。那年头，全国都在抑农养工，一千克的小麦，甚至换不来一颗螺丝钉。阿拉尔为国家种着地，给国家提供着粮棉，经营着全国最先进的现代化农业，却换不来钞票，反而要倒贴钱。阿拉尔人辛辛苦苦一年忙到头，账簿上都是负资产。

但阿拉尔人就是想住新砖房，团场也想着办法，让大家住进新砖房。有工龄的，拿工龄折合房钱，算来算去，退了休的老两口，不用掏钱就住了进去。新来的职工，七算八算，这儿折抵一点，那儿减免一点，也就缴个几千元钱，照样能住上新房子。

房屋是中国人的根，没有房屋，中国人就没有归属感，就有了漂浮着的感觉。在全国农民都有了属于自己的房屋的半个世纪后，阿拉尔终于有了属于自己的房子，虽然没有房产证，没有土地证，但阿拉尔人还是自豪着，快乐着。

到了内地，身份证上写着多少幢多少号，不知道的，还以为阿拉尔人住着楼房，就惊奇地问："你们住的也是楼房啊?"

阿拉尔人绕开问题，驴唇不对马嘴地回答："我们的小，还不到五十平方米。"

居然也蒙混了过去。机灵的第二代阿拉尔人，说不准又利用自己拿工资住"楼房"的优势，领回来一个漂亮的姑娘。

真正的楼房在阿克苏诱惑着阿拉尔人。退休的阿拉尔人，子女在阿克苏的，跟着子女住进了阿克苏的楼房，不再住烟熏火燎的房屋了，不再担心煤气中毒了，不再喝有色又有味道的水了。阿拉尔人知道了楼房的好处。干了一辈子的阿拉尔人退休工资虽然比城里人差了一大截，但还是东挪西借，在阿克苏买一栋楼房。正在岗位上的职工，也利用手头的余钱，在阿克苏按揭了一套楼房。手头余钱多的，甚至在阿克苏买了两三套楼房。

阿拉尔人在阿克苏买房子，喜坏了阿克苏的房地产商，不断地涨着房价。阿克苏的房价犹如坐了火箭，一个劲地往上蹿，一千元一平方米买回来的，不到几年，就成了三四千元一平方米，阿拉尔人眼看着自己的资产涨得比在地里种庄稼还来得快，不由得笑歪了嘴巴。

新一代阿拉尔人是喜欢攀比的，你在阿克苏有了房子，我没有，就没有面子，于是，第一家买了，就有了第二家，第三家……有的一个连队，一个冬季几十家人集体跑到阿克苏订房。

“这样好，将来退休了大家都搬进来，可以互相照应，平时也有个玩的。”阿拉尔人的话让开发商捂着嘴偷乐。

工作生活在各农场的阿拉尔人，悄悄地把自己的身份转换成了阿克苏人。阿克苏的楼盘价格越来越高了，阿克苏的蔬菜也紧俏起来了，阿克苏的餐饮业也越来越多了。

上班的阿拉尔人，名下有着不菲的房产，却无可奈何地看着自己的楼房在城里空闲着，人却依然住在戈壁之上的砖块房里，穿着一身破旧的迷彩服，穿行在庄稼地里。

有人将房屋给在城里上学的孩子住，有人将房子租了出去，有人将房屋装饰一新，不舍得租，就空着，每个星期天开车进城，在新房子里住上两天，过过城里人的瘾，星期一再悻悻地回到农场。

有些农场知道了职工们的心理，也零零散散地盖了些楼房，不宣传，也不鼓励，反而没有激起阿拉尔人的购买热情。

每年都有一大笔进项的阿拉尔人，该买的地买了，该买的拖拉机买了，该买的金银饰品买了，该买的小汽车买了，该在阿克苏买房的买了，该在内地盖房子的盖了，再没地方投资了，手里握着一大笔钱，存银行里，也知道是给富人攒钱；放高利贷，又怕放飞了；投资股票，又不懂那玩意儿。

等到21世纪过了一个十年，阿拉尔才醒过神来：老百姓的吃住问题也是关乎阿拉尔长治久安的基础。

阿拉尔搞起了城市规划，开始大规模的城市建设，楼盘也跟着全国的形势，放开了产权。

阿拉尔人的购买欲望直接让城市的开发者们瞪圆了眼睛——只要有预售，房屋就遭到疯抢。

房地产开发商在快乐中有一点想不明白，就是阿拉尔人为什么那么热衷于买房。

他们不知道，阿拉尔是在为自己买一个根。

盛放躯壳的居所

地窝子是在我抵达喀拉库勒镇后才与我相识的。它是建立在地下的房屋，土地是它的四堵墙壁，不过，为了透气，它的肩膀露出地面，用土坯垒出一米多高，上面罩着一个泥顶。

地窝子的窗户不是开在墙壁上，而是开在泥顶上，奢侈的放一块玻璃，一般的都是铺一张塑料薄膜。有了这个窗户，外面有多晴朗，屋里就有多亮堂。每月十五前后的夜晚，地窝子里不用点灯，也如同白昼。

看到地窝子，有一种温馨从我的心里飘逸而出，让我想起了家乡的红薯窖。我们家乡的红薯窖，深有两米多，藏着农人一个冬季的粮食，堆满了大大小小的红薯。冬季，外面的寒风刀割一样，红薯窖口却冒着股股热气——那是土地在散发着体温。要不是担心蛇，我可以在红薯窖里度过一个冬季。毕竟，躺在土地的怀抱里，和躺在母亲的怀抱里一样温暖；吃着甜甜的红薯，比品尝世上所有的美味口感都好。

我对地窝子有了一种格外的亲切。地窝子和我想象的一样，是一台最智能的天然空调。冬天，阿拉尔的室外温度最低为零下 11℃，可以将人的脚丫子冻掉，地窝子里的温度却始终不低于 6℃，身体强壮点，不生火照样可以过冬。夏天，沙漠里的温度一般都在 36℃，地窝子里的温度一度可以下降到 14℃，正是一个凉爽的时刻。

但我也生出些许担心——如果来了大雨，这些地下的宫殿怎么办?

阿拉尔的天气告诉我，担心是多余的。阿拉尔的天空，就是飘着雨，也落不到地上；落到地上的，也难以湿了地皮。因此，地窝子根本不用忧心来自天上的多情骚扰。它们担心的，倒是地上泛起的春浆。每到春季，阿拉尔便开始了大规模的春灌，所有的土地都需要满满地灌一遍水——水浇灌得越多，土地的墒情越足，盐碱越少，虫子越少，就预示着丰收的希望越大。

地窝子距离田地不远，所以水也会渗过来。人在里面住着，墙上一块一块地掉土，好似水滴跌落在地上的声音。还有的人家，睡到半夜，突然觉得床在动，按亮手电一看，已经睡到了泥浆上。更多的是渗出的黄水，没住了脚脖子，鞋和盆子都漂到了水上，成了一只只形状各异的小船。

地窝子里的另一个烦恼，也是在夏季。蚊子们朝着凉爽而又充满人类体味的地窝子里汇集，对它们来说是一件快乐的事。不快乐的，是住在地窝子里的人家。用烟熏了，又点了蚊香，作用倒是大，但满屋子的烟和蚊香，却呛得人无法入睡。乏了，困了，合上眼睛，迷迷糊糊一阵，天就亮了，起床一看，地窝子几乎成了一个坟场，地下密密麻麻一层蚊子的尸首。突然觉得嗓子里痒痒的，吐出一口浓痰，却是黑的，犹如一块烧过的焦炭，在地下滚动。挥动挥动胳膊，却是无力的，这时候才发现，浑身都瘫软如泥，一点劲儿也提不起来。

女人们对地窝子的反感，来自墙上不断落下的土。这些墙壁土虽然沉甸甸地飞不起来，但每时每刻都在坠落，落到床上，落到衣服上，落到碗里，落到水桶里，容不得一点干净。

地窝子里上演的最恐怖的事件，莫过于冬天里的烟气杀人。每到冬季，地窝子里燃了红柳取暖或者做饭，谁知，这些长久埋在地下的树根竟然隐藏了毒性，燃烧了也跑不出去，盘绕在地窝子里，常常使人中毒身亡。煤炭更不行，二氧化碳也造成很多人窒息而死。

有了这样的悲剧，阿拉尔人就从地下钻出来，在沙漠里找一片红壤土，打起了土坯，盖起了土坯房。土有的是，打土坯成了第一代阿拉尔人的业余工作，他们“上班一担粪，下班一担草，顶着月亮打土块，见缝插针打沙枣”，人人都会打土块。

据说，阿拉尔人一天一夜可以打6000多块土块。一天干十六个小时，一个小时就是400块。一分钟的时间，从和泥，装泥，捶打，到脱土块，四道工序，就要打出六七块来，效率让人咂舌。

我的一个老上海知青朋友，一天打5000多块土块，很能吃，一顿要吃四笼包子，喝一瓶苞谷烧酒，身上却瘦得能数出肋骨。他是因为打土块而名震兵团的。我试着跟他打了半天，确切地说，是一个小时不到。我从小就是一个雨水里的玩家，因此，和泥对我来说是行家，我脱了鞋子，就要上去，却被朋友拉住了。他说，这里的泥盐碱大，长期赤脚，脚板要出问题，他年轻时没有注意，结果吃了亏，夏季脚板时常流黄水。

在朋友的劝阻下，我去打土块，把泥装到模子里，狠劲地捶打，然后抹平，看似简单又省力的事，手掌却在接连不断的捶打中发疼。端30多千克的泥模子，也是问题，来回往返几下不觉得，干一阵子后，手臂开始酸疼。

朋友家是上海闵行区的，从小就过着衣来伸手、饭来张口的生活，我问他如何受得了。他说，当时的环境就那样，不出人头地没有办法，就豁出去了，上班和别人一起上班，下班吃过饭就打土块，坚持了一年，名声有了，但还是脱离不了种庄稼。

我住在土块房里，看着每个土块，似乎都镶嵌着朋友那张瘦削的脸。

阿拉尔的土块房，墙壁都厚实，外墙都是80公分厚，内墙一般在50公分。就连房顶，也有20多公分厚，下面一层泥，铺一层土，上面再糊一层草泥，不但寒风透不进来，就连炎热也被挡在屋外。

阿拉尔人利用土块房，创造了不少奇迹。修建了大礼堂，大会议室，大俱乐部，还盖起了二层小楼。就连阿克苏大十字的仿苏联三层楼，竟然也是阿拉尔人用土块盖起来的。

虽然是土块墙壁，但抹了泥，涂了加盐巴的石灰，墙上结了一层洁白的壳，再也不用担心掉土了，芦花却成了屋里飘荡的仙女。红柳编制的屋笆，上面还有一层芦苇，那是冬季收割的，芦花常常来不及清除，结果成了屋里的游魂，做饭时它们要试试油的温度，换衣服时它们先琢磨一番，光着身子时它们沾到脖子上，就连抹点儿擦脸油，它们也要先跳到眼睫毛上。

小小的芦花，阻挡不了阿拉尔人对土块房的喜爱，毕竟，它比地窝子安全，比砖块房省钱，还保持了冬暖夏凉的优点。因此，当20世纪末阿拉尔的砖块房时代来临时，很多阿拉尔人都不愿意住进去。

新砖房看起来漂亮，好像一个个穿着一身红的女人，站立在绿野中，格外妖娆。但这女人虽然漂亮，却不实惠，外墙36公分，内墙24公分，都不及土块房的一半。烧制的时候，由于技术和土壤的问题，多数本地烧出来的砖不是红色的，而是黄色的。一块砖放在两块砖之间，中间架空了，用一用力，一拳头砸下去，也会收到少林武僧那样的效果——架空的砖就会断成两截。

不过，黄砖和土块比起来，要结实得多。说是建起来的房子是抗震房，但坐落在沙漠上的阿拉尔能够震几次，谁也不知道。但大家都知道，沙子具有自动弥合功能，就是地震来了，只要地基扎牢了，房屋就不会出现裂缝，更不会倒塌，除非地震把地球翻腾个个儿。

黄砖不结实，又不保暖，寿命也比土块房短。土块房还在阿拉尔稳稳当当地站了五十年，砖房只过了二十年，就站不稳了。

原因是阿拉尔要加快城镇化，要集中居住，修建楼房，让“是农民入工会”的阿拉尔人“生活在舒适的城市里，工作在广袤的田野上”。

楼房盖好了，一些连队开始拆迁。我赶到那里的时候，这些连队已经人去屋空，道路上起了一层盐碱壳子，犹如鱼儿吹起的一个个泡泡。每家每户的院门都挂着一把锁，已经锈迹斑斑。有的院门被人踹了个大洞，好像一张饥饿的嘴巴。门缝里长出些纤细的芦苇，看不到阳光的浅黄叶子，软软地贴在斑驳的门面上。

“这些要推掉，平整成良田。”连队的朋友告诉我。

那些地窝子，现在已经在阿拉尔没有了踪影；所剩无几的土块房，犹如一个个垂暮的老人，在风雨中飘摇着，即将倒下；砖房也要步土块房的后尘，走进沉重的历史。

沙漠，抹去了它们的脚印，甚至连一个影子，也要抹去。阿拉尔人走出地窝子，走出土块房，走出砖房，义无反顾地走进了楼房。

他们在新房子里看着大屏幕的彩电，玩着电脑，冲着温水澡，使用着天然气，忘却了在老房子里为了一碗饭而呛咳不已的日子，忘却了在涝坝里捉鱼洗澡的童年岁月。有时候，他们站在窗子前，向着自己出生的地方张望，但那里什么也没有了，没有了他们的影子，没有了布满蜘蛛网的房子，也没有了他们的童年，没有了对未来的向往。

睡不着觉的夜里，不知道哪里发生了地震，楼房晃了晃，阿拉尔人突然发觉自己没有了根，犹如那一朵朵芦花，在空中飘着，不知要飘向何方。

挖耳勺似的普通话

阿拉尔人不但庄稼种得出色，语言功能也同样出色。中国各地的方言，犹如堆放在阿拉尔人舌尖上的粮食，只要他们张开口，就哗啦哗啦地往下掉。东北话、西北话、中原话、川渝话、华东话，样样能行，就连叽里呱啦地听起来费耳朵的闽南话，阿拉尔不但有人听得懂，还有不少人说得来。

阿拉尔人的普通话，讲得比北京人都标准。北京人到了阿拉尔，听着满街的普通话，立即到处找老乡，拉住一个衣袖问是不是北京人，结果不是；再拉住一个衣角问问，还不是。北京人懵了——没有一个北京人，怎么满大街都飘着普通话呢？

阿拉尔的年轻人到内地去，当地人一看个头，一听口音，悄悄地互相耳语，这不是中南海那疙瘩出来的，还能是哪来的？就连卖早餐的，也低头哈腰地端着盘子，低声下气地探着口风，企图弄出一星半点小道消息来。

这两年国家要求媒体的从业人员说普通话，这可急坏了媒体主管们。全国各地都有方言，孩子们从小是说着方言长大的，舌头已经定了型，说起普通话来，总是带着那么点土味。从北京请一个来，北京人官面大，哼哼唧唧不愿意来，愿意来的说着一口带儿化音的北京土话，还伸手要高薪。媒体高管们正愁着，阿拉尔的大学毕业生应聘来了，普通话好像荷叶上滚动的露珠，滑溜滑溜地滚滚而出，一点儿土话都不带，喜得招聘主管直搓双手——从此解了后顾之忧。

媒体主管们好奇地询问阿拉尔人：“你们在塔克拉玛干沙漠里，怎么就会普通话呢？”

“我们不说普通话说什么话呢?”阿拉尔人回答。

阿拉尔人来自全国各地，都说着一口地道的方言，相互交流，自然成了难题，只好把普通话当成了交流的工具。

北京人说普通话，带着一口京味儿，每句话不加儿化音，似乎就不是天子脚下的人；上海人说普通话，夹杂着不少吴侬软语，不吐出几个外地人听不懂的词儿，显不出上海人的精明；新疆人说普通话，话语似乎想从鼻腔里冒出来，但钻进去后发现此路不通，转了个圈儿从嘴巴里窜出来，憋得它们在空气中直打滚儿，仔细听听，有些牛羊发情时的音调。

阿拉尔人说的普通话，既不是带北京方言的普通话，也不是带西北方言的普通话，多多少少带点儿上海方言，软软的，甜甜的，似乎一把挖耳勺，让人听着舒服。

阿拉尔人是上海人的亲戚。阿拉尔成立十年后，曾经有三千上海知青，来到广袤的阿拉尔，进入学校、工厂、机关、田野，给阿拉尔普及了二十年的吴侬软语，就连阿拉尔滨河公园的树木，也是上海知青林，经常听到来自上海的口音。

阿拉尔人到了上海，上海人一看一个满身土气的冒失鬼，骂了一句:“小赤佬，侬混枪势。”谁知阿拉尔人马上还了一句口音纯正的上海话:“瘪塞，阿拉册那!”对方立即傻了眼，不敢再吱一声。

一个二十多岁的阿拉尔人，在农场包地地亏，养鸡鸡死，种树遇风，开拖拉机翻车，无奈之下，带着五十元钱，扒上了到上海的火车。下了火车，身上只有三毛八分钱了，连买一个包子的钱都不够，可是，他竟然靠着一口流利的上海话，赚取了一个白领女子的好感，不但找到了工作，还开办了企业，把青春漂亮的白领女友发展成了家庭主管。

阿拉尔人不但舌头灵活，而且嘴巴也甜，说出的话也甜丝丝的像抹了蜜。他们看到人，还没有等对方开口，见到男的小的叫“弟弟”，大的叫“哥哥”，中年人一律叫“叔叔”，白胡子老头就叫爷爷；见到女的，大的叫“姐姐”，中年的叫“阿姨”，老年的叫“奶奶”。

阿拉尔人一叫，是敌人的心软了，多年解不开的疙瘩解开了；是朋友的更亲密了，本来还隔着一层皮的开始掏心掏肺了。因此阿拉尔人走到哪里，哪里就有他们的天下。人人都乐见阿拉尔人，人人都善待阿拉尔人。

阿拉尔人到了成都，吃着辣得成都人浑身冒汗的火锅，喝着落到肚里就发烫的辣酒，说着尾音上翘的四川话，和成都人打成了一片，不但融入了当地社会，还大多成了当地行业的头头脑脑。

精明的浙江人手里的钱可不是那么好赚的。但阿拉尔人赚得却很轻松。经常有做生意的阿拉尔人跑到浙江，几句话一拉呱，浙江人竟然带着一车皮货物，和阿拉尔人合伙做起了生意。

阿拉尔人会说各种话，听得懂各种方言，走到哪里都不怕上当受骗。当地人看着阿拉尔人高大憨厚的样子，自以为好骗，谁知当他们悄悄地用方言在商量事情的时候，阿拉尔人早已听得一清二楚。等他们商量出来，阿拉尔人早不见了踪影。

不过也有出问题的。

有一年一个阿拉尔人带着辛辛苦苦挣来的九千元到上海混日子，到了上海，他发挥阿拉尔人的优点，说着一口上海话，到处找挣钱的生意。正当他迷茫之时，有两个老板出现了，把他叫到锦江饭店里，点了八千多一桌的饭菜，和他谈论啤酒花的买卖问题，最后还跟他签订了一个合同。阿拉尔人一算，就这一个单子，就可以挣好几万，兴奋地频频举杯。

可是，当他酒醉醒来之后，服务员要他付账时，他才发现自己携带的现金不见了，口袋里只有一个小纸条，上面写着："来自塔里木的小兄弟，上海话说得好就想做生意，那就先看看你的嘴巴皮子能不能付了这顿饭钱。"

另一位到杭州做生意的阿拉尔人资本雄厚，几百万元的家底全部拿去了，和当地的一位老知青投资承包了一家酒店。这位老兄不但机灵，而且能干，什么事情都亲力亲为，就连酒店里的服务员，他也一个一个挑选，不是大学生的不要，不漂亮的不要，个子不高的不要，挑了半个杭州城，好不容易才挑够。挑出的美女，他还要亲自培训，第一个项目就是培训说话。北京话、上海话、浙江话、广州话，他每天培训半个小时。有客套话，也有幽默玩笑话。不会的，他单独开小灶。

老兄这一招可叫绝了。酒店一开起来，生意异常红火。不过，没有干到八个月，这位老兄的酒店就关门了。不是管理得不好，不是没有持续赢利的能力，也不是有人找碴儿，而是酒店里的女员工们，生性愚笨，这位仁兄越教她们，她们就越糊涂。没有办法了，这位老兄只有白天忙管理，晚上忙教学，口对口地给他的员工们传授知识，最后竟然把这些女员工们都教胖了，小腹像塞了一只只篮球，一个接一个地带薪休产假。

也有因嘴巴甜润遭受白眼的。有一年一位阿拉尔人回到安徽阜阳，朝着村里一位中年妇女叫“阿姨”，这位中年妇女脸当时就绿了，呛白说：“滚回去问你闺女叫去!”

阿拉尔人正要发作，旁边一大爷说了：“孩啊，你跟她计较啥，她还没有结婚哩，你一叫她肯定恼哩。”

阿拉尔人才知道，嘴巴甜也不能甜过了头，到处乱撒蜜糖，该收敛的还是要收敛，不然撒错了地方，收获的只有苦恼。

直杠杠的阿拉尔人

阿拉尔人在沙漠中待久了，考虑问题的方式就简单多了。因此，他们的脾性看起来很直。

“这个娃子直杠杠的。”这是对第二代阿拉尔人的赞美。

阿拉尔人有时候直得能比竹子还脆。有人找他们办事，能办的，他们绝不拖拉；不能办的，他们绝不开绿灯。他们也不会去找个莫名其妙的理由卡别人一下，然后从中渔利。

有一个小伙子，是第二代阿拉尔人，当着一个小官，过来一个民工找他，他问了一遍，民工吞吞吐吐说不出来。小伙子拧着眉毛，别过头再问第二遍，民工一紧张，更加说不出来了。小伙子被激得性起，站起来将一瓶啤酒摔碎，替民工说：“不就是老板欠你打工钱吗，怎么说了半天都说不好，老子过去问他要，不给砸死他个狗日的。”结果这家伙跑到那老板家里，将对方腿砸断了，官也当不成了。

“后悔啥，当不成就不当。”小伙子瓮声瓮气地说。

三五九旅的特级战斗英雄闫二娃，15 岁参加革命，在保卫延安的一次战斗中，曾经救出过毛泽东，后来被记者们搬上了书本，但是，老闫却对记者们瞎编的情节耿耿于怀：“那些记者长着四个眼睛（指戴着眼镜），咋分不清真假乱写呢？人家首长明明是猫着腰跟在我身后跑出来的，他们偏偏写成是我背出来的，首长个子一米七几，又胖又大，我个子一米六，又瘦又小，怎么能背得起来呢？”

发完了牢骚还不罢休，老闫还要去找那些记者算账，被人劝住了，但从此以后，阿拉尔人对记者就不热乎了，一说起来，无论哪里的记者，在他们的眼里只会吹牛、瞎编，比他们舞着坎土曼在戈壁大漠上挥汗如雨差得远。

农一师供销公司的老干部牛承杰，退休后借了几十万元，买了一台挖掘机，挂靠在一家公司门下闷声发起了财，谁知，钱还没搞到手，那家公司就破产了，他的挖掘机也被变卖了。老牛一下子掉到了井里，有劲儿使不上，坐在家中生闷气，被债主们围住了门。

老牛四处上告，法院和检察院的工作人员不敢接，私下对他说："老领导，你是知道的，没收你的是公家，那法院和检察院也都是公家的，你不等于到人家家去告人家吗？还是算了吧。"

老牛是个倔牛，每年都要上告，搞得法院和检察院的工作人员见了他都皱眉头，躲着走。最后，连他的子女都感到无望，劝他不要再告了，可是，七十岁的牛承杰就是不服输。

告了十多年，老牛终于告赢了，不过，法院的工作人员告诉他，法院没有钱，只能赔几万元。

"赔多赔少无所谓，我要的是个理。"老牛嘴咧成了瓢，还给法院送了一面锦旗。

阿拉尔人有个拉棉花的。每次拉棉花，只要主人不在，他就找几个人装好，再拉到花场去。有时候交不掉，他自己找关系交，等主人赶到，棉花已经交完了，他把条子塞到主人手里，换来的回报只是一碗饺子。有一次有个糊涂的棉农诬赖他倒卖了棉花，这个拉花的一气之下，拿起摇把子，一把子把自己的胳膊砸断，吼道："要是我卖你一斤棉花，这胳膊再不痊愈。"那糊涂的棉农醒过劲来，连声道歉，谁知，拉花的又一摇把子把棉农的胳膊砸断了，说："既然我白挨了一摇把子，那你就尝尝诬赖人的滋味，现在咱俩都去住院，住院费我掏了。"两人住院，床挨着床，棉农气恼得不和拉花的说话，但拉花的仍然嬉皮笑脸的，买饭两份，一人一份；打开水一个胳膊拎俩壶，一人一壶。俩人在病房没事，只好买了象棋，你吃我的车，我打你的马，每天为一个棋子而争吵，吵完一起出去喝酒。

还有直杠杠的阿拉尔人，演绎出了直杠杠的悲剧。

悲剧的主角是一个姑娘，个子高大，皮肤白皙，眼睛犹如两枚杏仁。她父母巴望着她在城里找一个人家，能够混出庄稼地，谁知，姑娘却看上了一个包地的哥们儿，结果她父母看这哥们儿长相普通，个子矮小，不会说话，老实得半天打不出个屁来，就不同意。姑娘问他父母："你们到底同意不同意?"父母说不同意。姑娘说："你们不同意，那就等于你们没有养我这个女儿。"父母以为姑娘是说气话，就没有在意，结果第二天早上起来，姑娘不见了，到那哥们儿家找，也没有见到，两家人四处寻找了一上午，沉水自杀的姑娘已经漂浮出水面。

也有为一口气杠的。

我的一个上级，姓王，性格直且倔，为了一口气和我杠了六年，到现在也没有彻底消解。

那是一个冬天，我在他手下干了两个月，最后提出要去投奔亲戚，他虽然不愿意，但也不明说，不动声色地放我走了。

可随后他卡住了我一年的奖金不给。我找了他几次，他的理由居然是我在他手里照样能得到关照，为什么不待上一年就走，分明是瞧不起他。后来很多农场的领导，去问他要钱，但无论是批条子过去，还是打电话，或者亲自上门问他要，他就是不给。

最后我要得急了，就在他门外大骂，他手执铁锹，我抢得一根棍子，准备对干。他的下属们围了一院子，按说他可以指挥他的下属们将我围住暴打的。那时候这样的事情非常普遍，只要领导一声令下，手下如虎狼一般追杀弱小的猎物，凶猛异常，场面火爆。我知道那样的场面肯定相当壮观。但我是个慢性子，如果对方不诉诸暴力，我是下不去手的，因此也非常渴望那样的场面，来一场你死我活的厮打。

但是，他始终不给他的下属们下命令，也不肯向前一步，只是站在门口叫骂。他的下属们不知所措，既不敢到他身边去，也不敢到我身边来，站在中间直搓手。

后来我俩僵持到天黑，我才被迫撤去。

事情过了六年，农场的领导迫不得已，只好在走账时直接划出来给我，他得知后，气得跳脚，跑到场部找领导大骂。此事虽然过去了很多年，但我一想起来，觉得这位上级虽然不讲理，但却倔强得可爱。

还有一个阿拉尔人，看到邻居请人喝酒，居然没有他的份儿，一气之下，买了几瓶子烈酒，在家里喝了个底朝天，结果再也没有站起来。

直杠杠的人中，还有不少倔强着不肯向道德低头的。

有一个老革命，养了两个儿子，在老婆死后却没有一个人愿意养他，原因自然是他的脾气不好，儿子们纷纷逃离了老人所在的单位。早年他时常因为一件小事把老婆和儿子们骂得狗血喷头。老革命能够走动时，也不愿意向子女们低头。他拿着几千元的工资，不愿意给子女们一分钱，也不会多花一分钱，更不愿意住养老院。

后来，老革命生了病，儿子们也不近前。他只得求助于邻居，一碗饭多少钱，一盘菜多少钱，每顿都买着吃。

众人明里不说，暗地里则斥骂那两个儿子。但儿子们宁可把抓到的野味送与领导，也不愿意在父亲的床前露面，以至于一个冬天，老汉下不了床，没有生火，活活被冻死了。

直杠杠的阿拉尔人，常常自视为英雄。自古英雄好美人。阿拉尔人既然自视为英雄，就少不了美人相伴。阿拉尔虽然出产美女，但数量稀少，自然是重点保护的对象，美女进入阿拉尔，等于掉进了宠爱之乡，时时受到关注，处处得到保护。美女受了欺负，他们挺身而出；美女穷困潦倒，他们仗义疏财；美女遭受苦难，他们代为受过。

在阿拉尔，有人为美女上学义务出学费的，有人为美女看病卖了自己的家产的，有人为美女丢官坐牢的，也有人为美女搭上性命的，就连到阿拉尔做人肉生意的小姐，也格外吃香。

新世纪初，温宿县在距离玉尔衮不远的地方设了一个开发区，专门做煤炭生意。做生意的不足二十家，美容美发店就占了十四家。做生意的不到五十人，小姐占了十之七八。

一到晚上，玉尔衮镇就沸腾了，打麻将的不打了，摇骰子的不摇了，推牌九的不推了，所有男人都去喝酒。今天你叫我喝，明天我叫你喝，大家轮流做东，坐在小酒馆里，放言不喝到天亮不罢休。身后的婆娘小媳妇们一个个耐不住寂寞，悄悄地开溜了。

这正是众人想要的。喝完了酒，有轿车的，开着车子到开发区了；

有自行车的，骑着车子也跟去了；没有车子的，步行二十分钟也到了。有钱的，挑来挑去，问问有没有新来的小姑娘；没有钱的，找偏僻的粉红店面问半老徐娘的价钱是不是附近最低的，然后一顿讨价还价，理论得急了，就掏光了所有的口袋，将毛票分币也叮叮当当撒到宽大的桌子上。

外来妹到阿拉尔市开了第一家美容美发店，两个看似十八九岁的小姑娘，长相俊美，打扮妖冶，时差颠倒，晚出早归，一时间男人们的头发都新潮了起来。短发的留了中分，长发的理成了偏分，光头的着了急，隔三差五地到美容美发店里去干洗。

有一天晚上，一个六旬老汉到店里洗刷完毕，在外面转悠一圈，总觉得什么东西落到店里了，就转回去，刚要进店门，看到儿子也提着裤子从同一个包间里出来，一时目瞪口呆，直到醒悟过来，才对儿子说："这里洗头挺舒服的，就是得花钱，回去不要告诉你妈我在这里洗头，免得她心疼。"

儿子连连称是，等老子的身影将要消失到暗夜里时，儿子也叮嘱一句："你回去也不要告诉我妈，说我在这里洗头。"

老子自然不会违背儿子的意愿。一对英雄，常常昂着头在人群中各自吹嘘："最早到阿拉尔来卖肉的那两个妞，咱没有放过一个。"

自豪之情，溢于言表。旁听的人，则羡慕地望着夸耀者，涎水湿了前襟。

直杠杠的阿拉尔人，也时常吃直杠杠的亏。

改革开放后，全国掀起了前所未有的移民潮，各地的民工纷纷来阿拉尔淘金，他们看到这里的种植并不麻烦，获益却多，各种保障又跟城市不相上下，遂拎着礼物，找领导落户。落了户的民工，又借着各种理由往领导家跑，去的时候总不空手。

而阿拉尔人，则鄙视这种行为，他们不但不给领导送一点礼，而且不断地伸手要各种待遇。结果自然是倾向于内地人的。内地人得到了实惠，有的还走上了领导的岗位，而阿拉尔人眼睁睁地看着被抢走的好处，骂骂咧咧的，找不到其他的办法。

吃得亏多了，阿拉尔人也意识到了直杠杠的坏处。他们也学着走弯弯路。阿拉尔人学其他东西难，学走弯弯路却容易。这主要是他们占着天时地利，手脚又大方，别人送东西，他们直接送钱；别人送一分，他们就送一块钱。结果，在比拼走弯弯路的过程中，得胜的总是阿拉尔人。

现在，在阿拉尔，直杠杠的事少了，直杠杠的人少了，只有那些拓荒者留下的道路，直杠杠的，延伸到远方。

蛋黄里的文化

有人说中国是一只鸡，塔里木是这个鸡尾巴下面的一枚红皮鸡蛋，而阿拉尔是这个鸡蛋当中最富营养的蛋黄。

阿拉尔人得到这个说法，对着中国地图左看右看之余，兴奋得拍着满是汗毛的大腿直叫，真他妈的像，真他妈的像。

文　化

阿拉尔还真是塔里木一个金灿灿的最有内涵的蛋黄。从第一代阿拉尔人扎根在沙漠之中开垦绿洲伊始，这里就涌现出独特的文化现象。

第一代阿拉尔人大多是扛着枪的农民，大字识不了几个。他们落到了阿拉尔，虽然和农民一样，干着农活，生产着粮食，但穿的是军衣，吃的是军粮，一切还是依靠供应，家里就比农民多了一个卡片，这就是被曾经的中国八亿农民羡慕数十年的“卡片粮”。有了这个卡片，每个月的吃穿都有保障。卡片维系着全家人的命根子，出现一点问题，全家就少吃一点。因此，不用别人督促，第一代阿拉尔人即便是头发花白，老眼昏花，也要配上一副眼镜，把自己打扮成一个文化人的模样，到识字班里去扫盲。

主动是最好的学习方法。要不了几天，第一代阿拉尔人就学会了千以内的数字和“千克”“尺”“寸”等度量名称，还有自己的名字。但是，扫盲教师发现，除了这些，要第一代阿拉尔人再学习其他的文字，真的比赶鸭子上架还要难。

没有文化的，吃了不少没文化的苦，让人代写情书，写着写着，心爱的姑娘竟然背叛了自己，成了代写者的新娘；念最高指示的，居然拿倒了红宝书，被红卫兵批斗个半死；写总结的，写来写去，就是那几个字，让成绩没有自己好的战友把功劳抢了去。

对文化的肃然起敬，使阿拉尔人无论是上地干活，还是回老家探亲，左胸的口袋上，总是别着两支新崭崭的钢笔，口袋上也总是带着一个洗不掉的蓝墨水印记。

老辈人喜欢让下辈人来弥补自己的遗憾，阿拉尔人也免不了俗。一辈子跑东跑西、打来打去的第一代阿拉尔人，一旦有了落脚地，就开始憧憬美好的未来。阿拉尔人的憧憬很实际，就是后代人比自己过得好点，比自己走得远点，比自己知书达理点。

而阿拉尔人意识到，这一切都要靠文化来实现。因此，阿拉尔人哪怕家家住着地窝子，也要空出一个帐篷来开办学校；哪怕自己累死饿死，也要把孩子送到学校学习。

没有学校，阿拉尔人盖起来了；没有教学设备，阿拉尔人省吃俭用买回来了，但没有教师，却成了一个难以解决的问题。

好在，众多的支边青年中，还有一部分识字的，筛出来完全可以当教师用。

这些支边青年中，识字的多是河南人，虽然文化不高，可教孩子们识一部分字，还是绰绰有余的。

于是，学校里的孩子们就念着“国（guó），国（guāi）家的国（guó）”，唱着带有豫剧情调的东方红，成了沙漠中的读书郎。

孩子们学得轻松，但老师们教得不轻松。有不少高小毕业的老师，带着孩子们劳动是内行，但要给孩子们讲解什么是二元一次方程，还真是愁掉了脑门上不少的头发。

好在，上海知青没过几年就来到了阿拉尔，成为阿拉尔最有文化的一个群体。

那个时代的人，都很自觉，中就是中，不中就是不中，不会打肿了脸充胖子。河南人自觉退居到二线，让贤给上海的“阿拉”们，自己跑起了后勤。阿拉尔的孩子们，每天见到上海老师，急忙立正站好，有礼貌地说："老师（sī）早，老师（sī）好！"

上海的年轻教师们头点得鸡啄米一样地回应："早，好。"

阿拉尔人建立了小学、中学，还不满足，他们还在塔里木河边开出最平坦的一块土地，盖起最好的房子，从北京请来教授，办起了塔里木有史以来第一座大学。

蛮荒之地洋溢着新风，教师成为现代文明的引领者，也是时尚的引领者。

穿皮鞋的是学校的老师，烫头发的是学校的老师，穿着连衣裙的是学校的老师，描口红洒香水的是学校的老师。学校成了人人向往的一个时尚部落。学校流行什么，阿拉尔流行什么；学校推崇什么，阿拉尔推崇什么。学校不但吸引着孩子，也吸引着大人。

这时的阿拉尔，听说过放羊娃成诗人的，没有听说过谁家孩子弃学当放羊娃的。

阿拉尔这个蛋黄，一时闪闪发光，成了塔里木人才的输出地。

那时候，随意到南疆的一个县去，没有不碰到阿拉尔人的。他们出入当地的政府部门，最闪耀的，往往是一支金光闪闪的钢笔。以至于时至今日，只要一说阿拉尔人，南疆人还是肃然起敬。南疆每个县市的主要领导中，也至少有一位是从塔里木大学毕业的。在阿拉尔求学四年，他们对阿拉尔饱含深情，说起阿拉尔，他们能细数每条街道，记得住每位有名气的文化人。

文　学

阿拉尔长庄稼，也长文人。随便摸出一个，都能写出像模像样的几篇文章，吟出几行抑扬顿挫的诗句。从第一代阿拉尔人踏上这片土地开始，他们就与文学结下了不解之缘。每个团场都有自己油印的文学小报，每个中学都有自己的文学社团。从小说、散文、诗歌到报告文学，无一不有。

居于塔里木中心的阿拉尔，离阿克苏一百多公里，离库车两百多公里，离和田四百多公里，前不着村，后不着店，孤零零地遗落在沙漠里。往前看，是一望无际的荒漠；往后看，还是一望无际的荒漠；往左看，依然是一望无际的荒漠；往右看，照样是一望无际的荒漠。

看不到风景的阿拉尔人，只能依着塔里木河的涛声，看自己的想象。阿拉尔人把世界想成什么样，世界就是什么样。阿拉尔人把自己想成什么样，自己就是什么样。

荒寥想象兴，想象出诗人。阿拉尔就是一个出诗人的地方。“文化大革命”时期，阿拉尔竟然出现了全民诗人的现象，人人都能吟诵几首绝句或七言。太阳与舵手结对，春风与战鼓相和，所有阿拉尔人都在这几个单词中寻觅佳句，连阿拉尔的七旬老人也春心鼓荡，吟诵出“东方有个红太阳，万丈光芒照四方。丢下饭碗进茅房，幸福生活暖洋洋”，俨然以诗人自居。

不过，这个诗潮并没有涌动多久，不到十年的时间，就渐渐沉寂下来。那些民间的顺口溜诗人们全都干瘪了嘴巴，吐不出一个字，只剩下政府部门的几个笔杆子，仍在摇头晃脑地发着诗兴，一会儿的工夫，吟出三五首来，署上不同的作者姓名，放到空落落的文学版上。

顺口溜溜走了，新诗真正露出头来，哪怕是一个放羊娃，也能成长为一位诗人。

彰德益就是这样。他在戈壁滩上放羊，放着放着，把自己放成了一个名闻全国的诗人。

彰德益不喜欢说话，别人说话，他坐在旁边听，听半天不说一句话，别人问他有没有要说的，他说没有。别人问他都听到些什么，他说不知道。

彰德益也不喜欢穿衣服。夏天一件沾满油腻的绿衬衫，冬天一件破破烂烂的军大衣，这两件衣服，长年不洗。其中军大衣穿的时间长些，能从秋天穿到冬天，从冬天穿到春天。有时候，他夏天也穿着军大衣。有人问热不热。他说不热。别人热得满身是汗，他的额头上却是凉凉的，好像刚放过了一块冰。

彰德益没有女人。不是他不喜欢女人，他从来没有说过自己不喜欢女人。是女人不喜欢他。女人哪会喜欢一个放羊娃？古代没有听说过。《西厢记》里的张生是一个书生，《白蛇传》里的许仙是一个半拉子医生，《天仙配》里的董永是一个砍柴的，《武家坡》里的薛仁贵是一个乞丐，与羊也不沾边。王昭君嫁到了牧区，但人家嫁的是放羊娃的头。现代也没有听说过。只知道一个张嘎很出名，但还没有到谈恋爱的年纪，就被日本鬼子给残害了。

没有女人的彰德益却不追女人，他追的是烟鬼。每天跟在吸烟人后面，瞪眼看着人家，似乎人家欠了他的钱。但彰德益不捡人家的烟屁股，而是捡人家的烟盒。他的眼睛瞪得灯笼一般，死死地盯着人家口袋里的烟盒，一个劲地问人家还有几支，还有几支。烟鬼被问得烦腻了，就点上两支，左一口，右一口，匆忙抽完，把烟盒给了彰德益。

"再不走就把我熏死了。"彰德益一走，烟鬼忙喘几口大气，说："我老婆说我嘴巴臭，晚上不让我亲，下次我把她叫到彰德益跟前闻闻，看到底是我臭还是他臭。"

彰德益不是一个烟标的收集者，相反，烟盒是他的诗歌的收集者。烟盒上收集着诗人一首一首的诗歌，带着它们飞向万里之外的城市。

后来彰德益成名了，成了在全国小有名气的诗人，阿拉尔人才知道，彰德益会写诗，是个诗人。

"诗人是个精神病。"阿拉尔人说。阿拉尔人大不以为然。

阿拉尔人说的一点没有错，至今他们还是这样认为。阿拉尔有个南疆唯一的精神病院，里面关着二百多人，大多是阿拉尔人。每次阿拉尔人从那里经过，都说，这是关诗人的地方。

我以为阿拉尔人是说着玩的，谁知走进去一看，才发现阿拉尔人说的话一点不假。

"我的腹下卧着一轮太阳，要把我的骨头炙烤得金黄。"这是一位老病人的话语，让我这个出过一本诗集的人听了，备觉汗颜。

"他用九十九把尖刀，把我的头戳成了天上的星空。我死了。我一边飞，一边看我的鲜血流淌。"另一位精神病人随口说出的话语，让我明白了自己有多么愚笨，也明白了自己为什么到四十岁还实现不了梦想的原因——我连个精神病人都不如。

阿拉尔的原野上，也游荡着阿拉尔人口中的诗人，在新疆颇有名气的诗人王峰，就是其中之一。

王峰在连队当文书，连长让写一个讲话稿。这位年轻的先生没有根据官样文章来，而是肆意地让自己的才情随意流淌，写了一篇鸟啊花啊美景啊的抒情性演讲，让连长念着念着，把自己念成了一个“之乎者也”的文人。连长是粗人，念不来这样的文章，干脆不再照着讲话稿念，“妈的娘的老子的”开始了自我发挥。

王峰和朋友逛阿克苏市，看到街上有一个腹高眼慢貌美如花的妇人，遂笑指妇人的肚腹，对朋友说：“她肚子里的孩子是我的。”朋友疑惑不解。王峰解释说：“去年我从这里路过，目光进入了她的体内，生根发芽，开花结果，因此今年我要来看我的目光发出的种子。”

王峰所讲的故事一时被当作笑谈，而他也被阿拉尔人称为“王疯子”。

在物质主义至上的今天，阿拉尔人还有不少这样的诗人，把贫困当穹庐，沉默当房屋，平静地享受着艺术的独特魅力，从而让阿拉尔人感到不可思议。

张豫生就是这样的一个诗人。他写的诗歌从不愿意发表，多是随手写出，随手丢弃。

他的心灵永远在童真的田园里安静地生活。塔里木野兔在他的心里跳跃着纯洁，芦苇在他的身体里飘摇着春天。他随意写出一首小诗，就是一所没有污染的精神家园。

诗人瘦弱的是身体，健硕的是头颅。他的意志铸成了坚硬的骨头，在没有火和温暖的冬天，驱逐着周围的严寒。

但世俗常常成为一枚枚钢针，刺着诗人的心。诗人经常拿着一块钱，到商店赚取一场大醉，用于对抗世俗的眼光。

“诗人是个精神病。”阿拉尔人说。

“诗人吗，头不梳脸不洗，整天摇头晃脑地弄整不明白的东西，不能吃也不能喝，不是疯子是什么？”阿拉尔人早已把诗人当成了笑料、废物、白痴。走在阿拉尔的大街上，你说你是个富豪，男人们用仇恨的眼光看着你，女人们用热辣辣的目光向你传情；你说你是个官员，男人们低眉顺眼地摆弄着庄稼，女人们摆弄身姿用余光招惹你；你说你是个作家，男人女人都不看你，只顾忙活自己手里的活儿；如果你说自己是一个诗人，男人们就会呵呵一笑，朝着空中吐出一个烟圈，脱了鞋子把臭烘烘的光脚丫子放到身旁的空凳子上，女人们则摇摇头，慌忙躲到男人的身边，探出个头来，小心翼翼地张望着。

一面是排斥诗人，一面是盛产诗人，阿拉尔就是这样一块深得诗人偏爱的土地。

诗人老点从河南到阿拉尔，走了不少路，写了不少诗。可是，一踏上阿拉尔这片土地，他就把这里当成了心灵的家园。诗歌一篇一篇从他的血脉中生长，粗鄙从他的身体里一点一点滤出。他的手指上，紧紧地握着一位圣贤；他的嘴巴里，书写着赖以成名的《沙之书》。

诗歌，在阿拉尔的大地上狂狷；文化，在塔里木河两岸繁衍。周非，李好学，施祥生，一位位从阿拉尔走出的作家，走出了这片土地的神韵。

艺 术

说起阿拉尔人，塔里木人颇为震撼——那里的文化人太多了，和塔里木河的芦苇一样，随便拉个阿拉尔人，都是一个艺术家。

下岗工人马贵先，执意作画，一天三五张，坚持了三十年之久，结果，他笔下的西域美女成为新疆一绝、全国一绝。

马贵先话不多，也从不与人争执，更不愿意做和事佬，他只是一个生活的旁观者。有一次，他和几个朋友一起喝酒，喝着喝着，两个朋友争执起来，扭打到一起，他安坐一边，笑吟吟地看着，不说一句话，好像看热闹的路人。后来打架的两人都埋怨他，他还是笑吟吟地、慢吞吞地说：“你们想打，要是我劝了，岂不是坏了你们的心情。”

不少人都生马贵先的气。他的好友陈启亮，在马贵先冠心病发作时，推着他在医院里到处检查，后来又亲自陪床三天。但后来陈启亮要换房子，问老马借钱，老马拿出来两千，说：“没有那么多钱，这点钱你拿去用。”陈启亮大怒，拒绝了，遂不愿和老马交往。但老马依然故我，时常到陈启亮处玩耍，时常请他喝酒。

和老马一起喝酒，他老是先端起杯子，说：“弄。”众人端起杯子与他碰，他说：“弄不进去。”再劝，他抿了一口，说：“弄不进去也得弄。”众人哈哈大笑。

马贵先走路，步幅不大，步子不急。他的画笔，集中于西域少女的眼睛。一双双西域美女的美目，鲜活、灵动、婉转，犹如昆仑山下的和田玉，闪烁着诱人的光芒。

起初，他的画卖三五十元一幅，阿拉尔人惊奇，就一个下岗工人，随便涂抹几笔，怎么值那么多钱？

后来，他的画卖到了两三百元一幅，阿克苏人惊诧，一个本地的人，就会画那几样，也值那么多钱？

再后来，他的画卖到了两三千元一幅，塔里木人撇着嘴说，就他那画？就他那画？

老马把他的画也看得紧，除了卖钱，一般不送人。经常有好友到他家要画，结果空手而归。就连当地的权贵，也常常吃他的闭门羹。某年某日，国内最牛的理工类大学的美术学院院长应邀到阿克苏来举办画展，马贵先被邀请去捧场，但他到场溜达了一圈，就跑回家里，关闭了手机。众人问为什么，他说不想交换画作。艺术家们纷纷跑去，看到这位院长在第三展厅里挂着的西域美女图，个个细腰，瘦臀，细眼。众人捂嘴而笑，鱼贯而出。

“我喜欢大乳肥臀的美女，就请求他按照我的想法，给我画上几幅。”但老马死活不干，把西域美女的美胸包得更紧，肥臀裹得更尖。

可是，老马到北京跟刘大为研修后，突然改变了自己几十年的想法，一个个豪乳美臀的美女，从他的手中接连走出。画的价格也开始蹿升到几万元一平方尺，如果不是好友，还根本拿不到。

阿拉尔的画家们找不到他，也不再对他评头论足了，而是拿起画笔，偷偷摸摸地模仿起了他的画，偷偷摸摸地雕刻了他的章子，在长着一双双细长眼睛的西域姑娘身上胡按乱戳。

平日艺术家们坐到一起，突然想起了老马，举起杯子，说声："弄。"一扬脖子，一杯酒灌进了脖子里。众人齐声说："弄。"桌上的酒杯变成了空的。

阿拉尔人不相信天才，但还是经常有天才冒出来。阿拉尔市美协副主席贾贺然就属于罕见的奇才。贾贺然的画，大多是倔强的新疆风情画，都以胡杨为主，有枝繁叶茂的，有昂头问天的，有俯首沉思的，有扭曲变形的，与其说是一株株古老的树木，倒不如说是阿拉尔的人生百态，是是非非。

然而，阿拉尔人看了，个个摇头，人人生疑。"胡杨怎么成了红色的?""胡杨怎么盘曲得像个玩杂技的女人?"

有艺术的地方，就有龌龊的事情发生。阿拉尔艺术家不多，但人与人的关系却难以恭维。艺术家们好不容易聚在一起挥毫泼墨，却各画各的，谁也不说谁的好，谁也不说谁的孬。一旦各自分离，不是你说我的不是，就是我说你的不好，传来传去，再见面恨不得身体融为一体，心里却隔着十万八千里。

倒是陈克勤、肖嘉伟等苦练书法的人，涉猎广博，固守一门，弄出了为人称道的好东西。

文化人

阿拉尔人建起了学校，培养了不少文化人。但由于阿拉尔的基础教育是小马拉大车，许多学历低的老师带出了高学历的学生，因此，文化人的基础往往不扎实。

身上背着部队传统的阿拉尔文化人，又深知纪律的重要性，崇尚做一些实际的事情，因此往往遏制了自己的想象，弄几篇通讯报道，写一些报告文学，在报纸上发一些名人逸事，赚取一点儿名头，成了津津乐道的事。

文人相轻，阿拉尔的文化人也不免俗，刚读过几本书，就觉得下笔如有神了，天下的文章数自己的最好，扬扬得意着，四处夸耀着，自我吹嘘着。见到文友，眼睛也斜睨着，一副不屑一顾的样子，似乎是京师大学堂里的长衫大佬，燕园里的国学大师。

古来文无第一，武无第二，既然你要小视我，我也瞧不起你，阿拉尔的文人们就在圈子里相互挤对起来，今天你说我的不是，明天我造你的绯闻，翘着个兰花指，在背后里掐来掐去，互不相让。

因此，阿拉尔的文化人坐在一起交流得很少。本来就缺乏先天禀赋的他们，又失去了后天滋养，与外面的差距越来越大。

但阿拉尔的文化人并不自知。他们躲在小屋里，不为蚊子的叮咬所动，不为酷热严寒所弃，苦苦地在方格纸上经营着自己的思想，把文学撰得似文件，把文件拟得像文学。

洋洋洒洒地写出几十万文字的文化人，在阿拉尔很多。大家把文章发往国内一些知名的出版社，谁知邮去数月，却如泥牛入海，再无消息。在网上搜了几个电话号码，试探着拨过去，对方也是文化人，说话委婉，拐着弯儿告诉阿拉尔的文化人，作品没有深度。

“没有深度?!我都几十万字了，要写多少才算有深度?”阿拉尔文化人不满地挂了电话，唠唠叨叨着，见到家人，忙换上一副笑脸，说出版社赞扬了自己的作品，鼓励自己好好地写下去，必定有大出息。

大部头不行，阿拉尔的文化人改写“豆腐块”。“豆腐块”是起家的本钱，文化人们并不陌生，今儿写一篇，明儿写一篇，三五年间也积攒出了不少东西。

有征文的，阿拉尔的文化人踊跃地应征，一个个摩拳擦掌，秉烛夜书。没有去过香港，也敢写铜锣湾的街道；不曾到过上海，竟写出黄浦江的风光。没有出过新疆的中年人，居然也武当山上练过剑，少林寺里学过拳，岳麓书院读过书，海南岛上种过田。

不管天南海北，都豪放地赠予几千字的颂歌，但大奖组委会对于阿拉尔的文化人太吝啬，常常连个鼓励奖也不给一个。

阿拉尔人生活在沙漠里，深知环境的残酷，格外珍惜生命，因此活得比较简单而又充实。当他们看到阿拉尔的文化人整天闷着头捣鼓那些既不能换钱也不能换饭的文字，还大言不惭地自我吹嘘时，脸上就有了些轻蔑的神情。

时间久了，阿拉尔的文化人心也虚了，处理起事情来，前怕狼，后怕虎，犹犹豫豫，畏畏缩缩，更加为阿拉尔人所看不起。

阿拉尔南市区的王伟林，痴迷于文学，搞出了不少作品，却难以出人头地。小伙子一气之下，离开了阿拉尔，奔到沙漠里，谁知人一出去，反而有了成就，今天这个刊物上发一个散文，明天那个刊物上发一篇小说，成了南疆石油文学的领头人。

好在，阿拉尔一直没有放松对文化人的眷顾，稍有成就的，就给一个职位，让阿拉尔的文化人多了一些慰藉。

嬗变

阿拉尔人善于学习，五十年代学农业，六十年代学揪斗，七十年代学诗歌，八十年代学承包，九十年代学下海，新世纪学科技，没有哪一次不学得有模有样。进入以经济为中心的年代后，阿拉尔人转瞬就领悟了上头的精神，立马发挥自己的特长，让雪一样的棉花变成哗哗响的钞票，充实起自己的腰包。

从来没有大口吃肉、大碗喝酒过的阿拉尔人，第一次尝到了做新疆人的好处，他们开始出入各大酒馆，研究起一种新兴的文化——酒文化。

酒精具有挥发性，因此，酒文化很短的时间内就充斥到了阿拉尔的大街小巷。其他的文化则被酒精脱水为一团废纸，丢到酒桌下的垃圾筐中。

新中国成立后的几十年间，国内外到塔里木采风的著名学者、作家、诗人、画家、音乐家，都绕阿拉尔而过，却不在阿拉尔歇一歇脚。

他们到沙雅去看塔里木河，到麦盖提找刀郎，到拜城去狩猎，到温宿看雪峰，到和田买和田玉，到塔什干去体验高原反应，到若羌去看楼兰文化，到库车看壁画，到新和去买乐器。

唯独把阿拉尔晾在了一边。

提起阿拉尔，他们眼瞪着，头摇着，不清楚阿拉尔是个什么所在。

“三五九旅在塔里木建立的根据地。”阿拉尔人忙提示，“新疆建设兵团第一师所在地。”

“三五九旅?”对方摇摇头，问，“是不是内蒙古的?”

阿拉尔人晕倒。

阿拉尔建市只有十多年，远不能比古老的西安，近不能比辉煌的石河子，风情不能比阿瓦提，胡杨不能比沙雅，又挖不出古老的文化和悠久的历史，因此，多年来一直名气不响。

说起棉花、小麦、稻子这些农作物，阿拉尔的单产虽然冠绝全国，然而面积不值一提，产量在全国占不了多少分量，话语权反而被近在咫尺的学生阿克苏抢了去。有的时候，阿拉尔还不得不说自己是阿克苏的，以便获得外地人认可。

阿拉尔人非常郁闷。既然是蛋黄，阿拉尔天生就是孕育文明的地方。就连很多欧洲人，都认为他们起源于塔里木的中心。还有很多基督徒认为，诺亚方舟就在塔里木河上游。这些说法，都与阿拉尔紧密相连。

但这些仅仅限于传说，并没有得到证实。眼看着鸡蛋壳旁边的龟兹文明、于阗文明、疏勒文明一个个开花结果，阿拉尔这个蛋黄却丝毫没有任何响动，让阿拉尔人怀疑，他们这里到底是不是塔里木文明的中心。

现代文化也让阿拉尔难以启齿，春节前文艺汇演，演出的剧目都不是阿拉尔的。二人转是东北的，大鼓是庆阳的，快板是山东的，豫剧是河南的，木卡姆是新疆少数民族的，唯独有一样属于阿拉尔，那就是表演节目的人。

阿拉尔虽然出了不少文学艺术名家，可是，除了彰德益，没有一个名动全国的。但彰德益的名气早在三十年前的20世纪末期就已挥霍一空。

画家马贵先虽然拥有新疆一绝，但却是迟来的新星，早年虽然在广州一带小有名气，但一直得不到京城名家的认可。最近两年，才披着刘大为弟子的外衣，在北京混出点名气，还不足以让全国的文化名流们认知。

阿拉尔没有什么能够拿得出来给人说事的。不像商洛人，别人一问哪里的，粗声大气地回答："俺和贾平凹一个村的。"对方立即哑声。也不像偃师人，别人问一声哪里的，低声细气地说："中国书协主席张海家乡的。"对方马上低头整理桌子，顺势把能写字的物件都收进桌斗里。

没有一个叫得响的物件，没有一个名震全国的文化名人，让阿拉尔人感到憋屈。

实际情况让阿拉尔更加忧心，他们的塔里木文学中心地位也岌岌可危。远方的库尔勒把中石油塔里木指挥部抢到手中之后，又以文化打造梨城，推出了一个遥远，中篇小说在全国响彻一时，把阿拉尔人恨得咬牙切齿，好在遥远的功夫不是在写作，而是剽窃，真相最终被揭穿，才让阿拉尔人大解了一口气。

但是，始终被看成西边小弟的图木舒克市，却出了个谢家贵，不声不响地连出了五本书，让阿拉尔的文人们谈之蒙羞，不敢再小瞧西南的小弟一眼。

近在咫尺的压力更让阿拉尔人透不出气来。拜城出了个任克良，库车出了个巴图尔，两人一个主推传记文学，一个撰写民俗文学，虽然没有在全国叫响，却还是在阿拉尔人的伤口上撒了一把盐。

就在这危难的时刻，觊觎塔里木大学的库尔勒市又出奇招，企图把塔里木大学挖走，学校领导都动心了，上面领导也打好招呼了，但阿拉尔人不同意，毫不犹豫地拒绝了。

塔里木大学虽然位居偏远的塔里木，但由于建立在中国第一大沙漠之中，在沙化环境恢复、节水等方面有着天然的优势，从而在国内掌握着独特的话语权。

由于是南疆唯一的一所大学，塔里木大学还能够与南疆各县市都连上关系——没有一个县市的人敢说他们县的行政骨干不是来自塔里木大学的。

阿拉尔人自然舍不得这唯一的一张与他们有联系的名片。说起塔里木大学，阿拉尔人便自豪地说：“那是我们阿拉尔人建的。”

不过，阿拉尔人毫不犹豫地留住塔里木大学，还有一个不可告人的目的，就是为寻找一点不同于本地的情爱。

本地发家的阿拉尔人，家庭的另一半大多来自阿拉尔，爱好和志趣都让小富起来的阿拉尔人腻味不已。即使有来自内地的农村漂亮妹，在阿拉尔打工捡棉花时被他们揽入怀中，由于得到得轻松，丢弃得也随便。

因此，富起来的阿拉尔人开始买起国内名车，频繁地出入大学周围的小酒馆、小舞厅、小酒吧、小商店，在那里消磨时光，一掷百金，吸引着懵懂的大学妹的目光。

考进塔里木大学的学生妹，大多是来自农村的品学兼优者，说她们是憨厚老实的农村人，她们身上有着一股文化人特有的高贵；说她们是水亮油滑的城市人，她们又有着一种农村人身上特有的纯净。

大学是恋爱的温室。和学长学弟谈情说爱，已经不是如今的大学生们的爱好。学校里有学问、有品位、有财产的教授就那么几个，早已被学姐们霸占，因此，与当地的小富翁们打情骂俏，或者消费点儿当地青年人的狂躁，也是学生妹们乐意的事情。

不论是不可告人的目的也好，还是当作名片也好，阿拉尔坚决留住塔里木大学，等于留住了自己的未来。随着塔里木大学生源的不断扩大，阿拉尔也渐渐在内地有了名气。

让阿拉尔人惊喜的是，塔里木大学的学者们居然搞出了一个西域文化研究所。就是这个研究所，在阿拉尔的眼皮子底下，挖出了阿拉尔深入古代文明的那根藤。

原来，公元前后，环塔里木盆地有三十六片绿洲，都是城邦之国，文明程度非常高。这些城邦之国被张骞一一征服，并收入历史之中，落到了纸面上。

在这个记载中，阿拉尔区域应该是一个重要的文明发源地。但是，民国期间国内外所有的考古学家们在这片土地上均无所获，个个满怀信心而来，垂头丧气而去。

第一代阿拉尔人倒是触摸过古老的文明，但他们被愚昧蒙蔽了眼睛。包裹着古尸的胡杨，一棵棵被推入鸿沟；挖出的质朴的陶罐，被一个个摔碎在坎土曼上当了磨刀石；长满锈蚀的金饰，被当作废物丢弃。

常常夸耀着自己辉煌的出身的阿拉尔人，没有谁能够看清楚这些先人们的足迹。

西域文化研究所的学者们在花桥镇搞回了胡杨棺木里面的尸体，经过仔细研究，确证了这是三千八百年前生活在阿拉尔的古人类。

阿拉尔从此有了一个长远的根，这个根穿越过荒芜的时光，将古代阿拉尔和现代阿拉尔串联起来，成为一个金光闪闪的珠链，挂到了阿拉尔的脖颈上，使阿拉尔人一下子有了底气。

阿拉尔由文明串联起来的珠链，其实可以更辉煌些。在新井子附近的胡杨林里，至今还能时常发掘出一些佉卢文的羊皮书。在喀拉库勒附近的叶尔羌河边，有一个汉唐的古墓，埋葬着不为人知的秘密。包孜是古丝绸之路的重地，遗落着众多尚待发掘的古迹。玉尔衮的河岸边，数十年前还曾留存着一座佛寺，一些洞窟，但在垦荒中被销毁殆尽。根据历史记载，那里应该是姑墨国的国都。

阿拉尔人顾不了那么多，也没有那么多钱去搞那么多事，一个花桥镇遗址，就足以让阿拉尔人消遣一阵子了。

“我怎么说阿拉尔的放羊娃都能当诗人，原来我们的底气足啊，三四千年前就有人在我们这里生活了，宝地，宝地。”阿拉尔人哈哈大笑着，走进酒馆，一边呼朋引伴地喝酒作乐，一边悄悄地打探着谁手里有从胡杨棺材中挖出的宝贝。

大胆的阿拉尔人

阿拉尔人身上，隐藏着子弹的呼啸，战争的浓烟，即使已经远离了战火，南征北战的尖锐响声还是会响彻在阿拉尔人的耳畔，让他们热血沸腾。

因此，骨子里流淌着英雄的血液的阿拉尔人，向来崇信“龙生龙，凤生凤，老鼠生来会打洞”这一谚语。

他们从来不否认自己是英雄。谁要说一句他们是胆小鬼，他们就会面红耳赤地争辩半日，甚至为此厮打起来，不打到头破血流，谁也不先罢手。谁要是想欺负他们一下，把他们压到身下，那比挖了他们的祖坟严重得多，只要有一口气在，他们就会战斗。

阿拉尔人能打架，能吃苦，能受罪，但不会为莫名其妙的事情做无谓的牺牲。一群人打架，阿拉尔人必先看清了谁对谁错，谁弱谁强，方才动手。如果搞不清楚，他们就会蹲在一边，静静地看着，任凭一方将另一方杀得鲜血横流，倒地不起。

同情从来不会在阿拉尔人的眼角装点红花，若是他们弄清楚了真理在强者的手中，对于倒在地上的弱者，他们往往会对着鲜血横流的头颅吐一口浓痰，向着那个一动不动的躯体踢上一脚，才得意地转身而去，似乎成了胜利者中的一员。

有时候双方正打得难解难分，阿拉尔人仓皇到场，没来得及分清对错，就挽胳膊撸袖，冲入了阵中。原来，这是阿拉尔人看到了阵中的同伴，就不管什么对错，只管把不认识的一方打得嗷嗷乱叫，抱头鼠窜。

阿拉尔人不是一般的胆大。

一般人走夜路，如果不是三五成群，则心里慌慌的，腿上软软的，担心有什么怪物出现，就鼓起勇气唱着歌给自己壮胆。声音在天上飘着，硬得如打出去的石头，惊得夜鸟扑扑地飞，至于唱的是什么，大半连唱歌人自己都不知道。歌名记不得，歌词更记不得，曲调也时常跑调，颤音多且重，翻来覆去地重复。

阿拉尔人从不会三五成群地走夜路，即便是跑几十里路看电影，阿拉尔人也是单人独行，匹马独影。电影散了，大家又各自散去，犹如一群乱七八糟的乌鸦，抢完了食，各自飞去，消失在暗夜里。

阿拉尔人在夜间不会搞出些叮叮当当的声响，也不会扯着嗓子瞎吼。他们鬼魅一般，在沙漠里飘逸。走到河边，感到燥了，脱了衣服就洗；走到墓地，觉得困了，抹出一块平地儿，躺下就睡。

沙漠里经常刮沙尘暴，埋着的尸首，时有被刮出来的。躺在墓地里睡觉的阿拉尔人，第二天醒来，才发现自己躺在棺材上，或者躺在一具干尸旁边。有的甚至是搂着干尸，做了一晚上的好梦。

阿拉尔人并不觉得晦气。相反，从干尸的头发到衣服，他们会一一研究个遍。如是干尸的身上带着什么稀罕的玩意儿，阿拉尔人瞅瞅周围没有人，也会顺手牵羊，捋下来当作自己的宝贝，挂在脖子里或者手腕上向同伴夸耀。

睡过墓地或路过墓地的，搞不到点东西，总有些心不甘。因此，清明节或者年关，墓地里祭奠的贡品，常常是摆放的人前脚刚走，后面就有人来替亡人消化。水果当场被消灭掉，小吃送给孩子，馍馍和米饭要带回家里去，可以少做一顿饭或者几顿饭。

有的人上坟，买了假花，明明是插到父母坟头的，过不了几天，到邻居家串门，才发现妖冶在邻居的花瓶里。

看到内地来的人，见了墓地总是躲着，阿拉尔人常常讥笑。

“这鬼地方，能有鬼？就是有鬼，也回老家了。”阿拉尔人说。

阿拉尔除了沙漠，就是沙漠，真是啥也没有。这么贫瘠的土地，这么荒芜的地方，这么单调的日子，即便真有鬼，怕也不愿意在这戈壁荒野中游荡，免得自己成为一个干鬼。

难怪阿拉尔人不信鬼神。

但阿拉尔人的生活离不了“鬼”。见到个头小点的，他们会热情地拍着人家的肩头叫“小鬼”；年龄大的做事不妥当的，他们会干脆地喊人家“老鬼”；牲口不听话，他们会嗔怪地说“鬼东西”；有人稍微想点点子，他们会不屑地说“鬼花招”；沙尘暴和冰雹来了，他们会对着天空叫骂“鬼天气”；就连夫妻在一起亲热，他们也会叫自己那位“死鬼”。

无论是刚生下来的，还是即将去世的，在阿拉尔人的口中，都成了鬼。不信鬼不信神的阿拉尔人，独独怕他们舌尖上的“鬼”。

阿拉尔人来自全国各地，刚到这里都是单打独斗，要在这里站稳脚，主要还是靠实力。有战友、老乡做靠山的，自然是最硬气的实力。没有关系的，靠耍嘴皮子，能说到领导的心坎上，也是实力，也有战斗力。嘴巴不能说的，只有靠拳头，拳头打东打西，只要镇得住人，也是实力。拳头的实力虽然镇不住有关系的，但有关系的往往是少数，当然也就不是主流。拳头只管镇得住那些耍嘴皮子的，就等于在阿拉尔赢得了天下。

塔克拉玛干沙漠干燥缺水，话说多了嘴巴皮子容易皲裂，拳头却不会皲裂，更不焦躁。再说了，嘴皮子柔软，经不起攥紧的骨头挤压，这是大人小孩都知道的真理。因此，拳头还是最大的胜者。稍微话不投机，阿拉尔人就拉开了架势，犹如沙漠里偶然相遇的饿狼，摆出一副要把对方吃掉的样子。

阿拉尔人无论多高的个子，都膀阔腰圆。黝黑的胳膊上，肌肉一疙瘩一疙瘩的，好像悬挂着一块块来自天山深处的鹅卵石。肱二头肌、肱三头肌、胸大肌，就像一条条粗大的绳索，牵拉着男人们的阳刚。漠风削割的脸庞上，怒睛流露出一股戾气，眼角斜挂着几多不肖。

这模样无论谁看了，胆子先怯三分。阿拉尔人打架，是不要命的。只要有口气在，拳头就不会软的，心也不会有缝隙。如果是阿拉尔人吃了亏，他们肯定要想方设法捞回来的。假如不捞回来，从此腰杆再也直不起来。

因此，你把我打住院了，我不要你的钱，住院养好了伤，趁你不备，非要把你打进医院。我把你捅了，你也要找把刀子，或者是一把烤肉签子，也要插进我的腹中。

若是三五成群的，想从一个阿拉尔人身上找个便宜，寻个乐子，又完全错了。

三五拳背后的代价，往往是每个人都会得到对等的报复。有耐心的，可以等上几个月，没有耐心的，当即回家取了利器，接着再干，不砍倒几个欺负自己的，绝不肯罢休。

阿拉尔人只认拳头。拳头最硬的，往往被视为英雄。因而，阿拉尔人不但在阿拉尔比试拳头，还常常跑到阿克苏去，和当地的人比拳头。比试的结果，阿克苏人还是服气的，要么把阿拉尔人收买做了自己的部下，要么让出一片天地给阿拉尔人。

阿拉尔人还到更远的地方去比试。库尔勒的地盘上，他们说打就打，不打不成交，打出了一片天地。乌鲁木齐也是，说起阿拉尔人，当地拳头硬的都直摇头，不敢说一句大话。

阿拉尔人到内地，内地的车霸把车开到半途，另外加钱，全车人都不说话，只有阿拉尔人站了出来。车霸们以为一个人好收拾，谁知乒乒乓乓之际，车霸们被打得鼻青脸肿，才知道碰到了一个厉害角色。

阿拉尔人四处挥舞着拳头，炫耀着武力，即便因为打伤人坐了牢，出来以后，众人依然买账，该借钱的借钱，该备置物品的备置物品，兄弟一样，骨子里多了一份钦敬。

阿拉尔人拳头硬了，挣起钱来也容易。一毛钱没有，拽起朋友的一车棉花，在沙漠中转来转去，拉到地方上卖了，一千克赚一两块，一车居然也赚得几千块。三五车下来，浑身也叮叮当当响亮起来。

身边未婚或者结婚的女人，也眉飞色舞地丢着媚眼，勾开了阿拉尔人的衣襟。

阿拉尔人自以为拳头硬，就能征服一切，跑到沙漠里，对着胡杨树干，咚咚一阵老拳，谁知那胡杨树纹丝不动，倒是拳头上渗出些红色，隐隐作痛。

“你能搞定沙漠，我也能搞定沙漠。”阿拉尔人不服气英雄树那两下子，非要和胡杨比试比试。

于是就有了穿越沙漠者，常常在金秋十月，从阿拉尔单枪匹马跑到和田。

十月的塔克拉玛干沙漠，犹如一个处女，娴静，温顺，静谧。一望无垠的金色，深入天际。就连胡杨树的叶子，也金光闪闪。红彤彤的太阳刚一露头，被这沙漠映照得失去了血色，羞涩地低着头，从沙漠中悄悄穿越。

太阳不直射，沙漠的温度就不会高，蒸熟鸡蛋的劲头没有了，烙煎饼的滚烫也不存在了，二三十度的沙漠，最适宜人行走。

穿了鞋子，沙子反而灌进去，磨脚，不如光着脚丫，让那些比小米还细的沙子舔舐脚底板，倒不失为一种最温柔的按摩。

带的水很快就用完了，没有关系，和田河的河床看似覆盖着一层沙漠，但这个聪慧的母亲，却把大量的水藏在了身下。找一个河床中间有树的地方，挥动手臂，下挖三五十公分，就会看到湿润的沙，再挖几十公分，水就会渗出来，静一会儿，浑浊的水便成了一面镜子，能映出人脸来。

此时的塔克拉玛干沙漠，成了最适宜人游玩的地方。不过，让阿拉尔人烦恼的是，沙漠里除了胡杨，实在找不到一个玩伴。哪怕一条狗，一只山羊，一个狐狸，一只小鼠，也能解解闷。

但是，行程中只有自己的影子，形影不离地跟着自己，却从来不说一句话，赶也赶不走，甩也甩不掉。

夜晚的沙漠，金光褪去，换了一身银光闪烁的素衣。寒意尾随月光而至。

钻入睡袋中，有点冷；穿上衣服睡，还冷。挖个坑钻到沙子里，学压在山中的孙猴子露个头，身上倒是不冷了，头却被风抽打得冷飕飕的，干脆把食品袋扣到头上，虽然闷点儿，却解决了大问题。

到了半夜，沙子也凉了，人钻入沙子里，犹如钻入冰窖里，冻得牙齿咯咯地打架。忙钻出来，到处抓些胡杨枝杈，架起一堆火，浑身才暖和起来。

一天，两天，三天……一直走到第七天，眼看着过了麻扎塔格山，激情在身上激荡，感觉自己是这个世界上最牛的人了，突然看到胡杨林里有一个维吾尔族少年，大约十五六岁的样子，穿着一件漏洞百出的羊皮大衣，身边围着一群毛茸茸的羊。

阿拉尔人以为这是和田来的牧羊人，急忙跑过去，想买一只羊解解馋，谁知一问，牧羊人竟然是阿拉尔托海乡的，当时就瘫倒在地上。

神圣感犹如沙漠里来去自如的风，突然就消失得无影无踪，穿越塔克拉玛干沙漠的壮举一下子变成了无聊的举动。

阿拉尔人匆匆地背起行囊，一鼓作气走到和田市，坐了车回来，面对庆功的朋友，黯然无色，默然不语。

从此后，对那些从阿拉尔穿越塔克拉玛干沙漠到和田的人，阿拉尔人再不看一眼。看到书店里摆着那些牛人们写的穿越大漠的书，阿拉尔人嗤之以鼻，连翻都不翻一页。

无聊地走过了号称中国最凶险的地域的阿拉尔人，实在找不到还有什么地方可玩，就可劲儿地从大漠里拉英雄树，把胡杨堆满了自己的院子。

有时候，满脸沟壑的阿拉尔人抱着那些扭曲了纹路的胡杨树，好像抱着另一个自己。

他们与胡杨有些惺惺相惜。

像父辈一样，在沙漠中干点事吧。投几个钱，开几百亩荒地，挖一条渠，做起了庄园主。

谁知，塔克拉玛干沙漠不是那么好惹的，收拾起胆大的人，不费吹灰之力。一场风过去，把阿拉尔人的魂都吹没了；两场风过去，吹得他们倾家荡产。

每年因为开荒或者租种荒地而破产的阿拉尔人都不在少数，但是，看着满地飘飞的地膜和枯死的庄稼，阿拉尔人并没有灰心丧气。

在阿拉尔，没有一个人会因为倾家荡产而上吊自杀，没有一个人会因为债务缠身而裹步不前。

阿拉尔人不相信鬼神，不相信天地，也不相信命，他们只相信自己，只相信运气。

虽然在马路上到处寻找着别人丢下的烟屁股，但阿拉尔人仍旧乐呵呵的，该吃就吃，该喝就喝，该在荒地上栽树，就在荒地上栽树，他们一点也不气馁，安心地和命运抗争着，耐心地等待着，等到好运像七月的冰雹一样，哗啦啦地砸到自己的头上。

急于逃离的未来

阿拉尔最适宜生长的是庄稼，最不适宜生长的是孩子。阿拉尔人天天忙于田间地头的植物，却常常忽略了家中正待浇水的青苗，致使一株株小树，从小就不贪恋土地，长大成人后更是义无反顾地朝着天空而去。

一旦成为阿拉尔的女人，就等于嫁给了繁忙。阿拉尔的女人没有多少休息的日子。结婚可以有婚假，但地里的庄稼，却没有婚假。它们该播种必须要播种，该浇水必须要浇水，该施肥必须要施肥，该收获必须要收获，活儿一刻也不休息，一刻也等不得。

人生难得的一次长休，就这样被庄稼给破坏了。阿拉尔女人不是不喜爱孩子，是没有时间养孩子。阿拉尔女人结了婚，一个月不怀孕，一年不怀孕，两三年不怀孕，都是正常的事情，没有人会说三道四。

相反，如果刚结婚就怀了孩子，会被大家嗤笑。女人从人前走过，不时有人盯着她的胸部和小腹指指戳戳，目光像钩子，恨不得把女人肚子钩开看看有什么粉红色的秘闻。怀孕后干部也不愿意，他们担心生产受影响，就指桑骂槐地借机骂人，让白天极度劳累的阿拉尔的女人们，晚上又用泪水浇湿了被窝。

什么时候怀上的，阿拉尔女人不知道。怀孕几个月了，不少女人也不知道。

月经几个月不来，在阿拉尔女人眼里，是最正常不过的事情。平整水田，在冰冷的雪水中来回奔波半个月，月经悄悄地躲了起来，阿拉尔女人不在意。三月里放春灌水，不小心掉到了水渠里，被冰碴子冰住了小腹，月经往后拖两三个月，是正常的事情。冬季捡棉花，身体虚弱的女人，月经延迟到捡棉花结束才会来，让阿拉尔女人颇感争气。

月经不来，阿拉尔女人是不着急的。她们不会去看医生，也不会询问身边有经验的老妇人。乃至吃了油腻的食物恶心呕吐，才慌里慌张地到医院去。

医生还没有开口，阿拉尔女人就滔滔不绝起来，不是说前天吃了某某家的冷饭，就是说家人谁谁谁有肝炎，说着说着，女人还捂住了自己的右胸，似乎肝部已经长了一个石头一样的肿块。

待到医生说出贺喜的话，阿拉尔女人脸上不但没有一丝喜悦，乌云还霎时爬满了面庞。

“妈的×，怎么这么倒霉呢?”阿拉尔女人骂着，转头朝着蜷缩在墙角捂着嘴偷乐的丈夫就是一脚，气哼哼地扭身就走。

医生大多是良善的，阿拉尔的医生也一样，只要女人们怀了孩子，最关心的人除了孩子的父亲，就是这些穿着白大褂的人了。他们交代了注意事项，但女人们听着听着没有了兴趣，就睡着了。医生们仔细寻找原因，才发现这些注意事项在农场一个也用不上。即便是用得上的，阿拉尔女人也没有时间去实践。

医生们只好在临走时给孕妇口袋里塞几瓶叶酸片，殷切地叮嘱：“一定要吃啊，不然得了兔唇、脑裂，可不是玩的。”

阿拉尔女人点着头，回到家里，吃了两三次，感觉这药片不苦不甜没有什么味道，就把几个瓶子抛到了墙角上，再也不肯看一眼。她们照常去地里干活，照常回家做饭，照常睡不到天明。

女人怀了孕，应该补一补的。阿拉尔女人却找不到什么吃的。在食堂里，就是简单的几样，除了米饭就是馒头，菜不是白菜就是芹菜，肉要等到节假日才能吃到。不过，阿拉尔女人们还是体会到了怀孕的好处。吃饭的时候，她们可以不用排队，直接到队伍的前面去。吃肉的时候，厨师本来打好了一勺子菜和两块瘦肉，看到她们走来，脸上笑着，把勺子里的菜倒进菜盆，重新捡几块肥肉，藏到勺子底，挖了满满一勺子菜，按到孕妇的碗中。

阿拉尔男人为了自己的孩子，不得不辛苦起来。他们制作了夹子，拿到果园里，夹兔子或者野鸡。好不容易夹到一只，拿到家门口，邻居阿婆说：“孕妇千万不要吃兔子，吃了就成了豁子。”阿婆的话说得男人站在原地犹豫起来，手里拎着兔子来回地看，想把兔子送给阿婆，有点舍不得，想把兔子拿回家，又怕老婆吃了对孩子不好。就在男人迟疑的时刻，掂着大肚子的老婆出来了，看到丈夫站在门口拎着兔子，喜得大叫着朝丈夫身边扑，差一点撞到了木门上。

男人还制作了鱼钩，到河里钓了一尺左右的大鱼，也拎回来给老婆吃。这次他们没有听阿婆的话，直接炖到了锅里，不担心老婆吃了鱼后未来的孩子身上会长鳞甲。

“都是些迷信。”阿拉尔男人说。

鱼和肉虽然不经常吃，孕妇也已经非常满足了，她们到了庄稼地，常常在人前夸自己的老公，诉说着自己的幸福。结果，没有怀孕的女人，羡慕地看着孕妇的肚腹，心里暗暗地埋怨自己的肚子不争气。

怀孕的阿拉尔女人，在庄稼地里并没有得到特殊的待遇。有时候干了重活，累得手脚都肿了，她们照样请不到病假，还要拖着身子下地去。

最后两三天，实在撑不住了，阿拉尔女人跑到领导面前，扒开裤子，拿手在腿上按压，一按一个白色的小坑，一按一个白色的小坑，一会儿就把腿按压得密密麻麻的净是坑。

领导老婆在旁边，心疼得吸溜着嘴，直骂领导狠心。领导不敢往跟前凑，扭过头胡乱地瞄一眼那明晃晃的腿，忙摆着手，说：“行了行了，回家去吧。”

阿拉尔女人利用假期买了大包的卫生纸，买了红糖，买了痱子粉，找出过去用旧的花袋子和烂衣服，丢到大盆子里，清洗清洗，撕成一块块尿布，拿开水烫了，在门口的晾衣铁丝上挂满了万国旗。

肚子疼了，阿拉尔女人让男人叫来单位的马车，拉到医院里，以为马上就能生出来了，谁知，妇产科医生一看，腹部也没有收缩，产道还没有扩大，就爱理不理地忙乎自己的事情去了，把阿拉尔女人疼得浑身是汗，躺在床上只喊娘。

等了十多个小时，宫缩开始了，宫口扩开了，妇产科医生早已回家了，助产士正要把阿拉尔女人往产房扶，阿拉尔女人却抓住病床的护栏，大呼小叫起来，助产士正要呵斥，突然觉得哪儿不对，低头一看，已经有一个毛毛头从产道里露了出来。

原来，这些一直在庄稼地里干着活儿的孕妇，生产起来，特别的快捷。

助产士醒过劲来，忙叫医生和护士拿消毒用品和包裹。

孩子顺利生出来了，由于营养不够，一般的婴儿都是两千克多，也有一千克八九的。三千克以上的，比较罕见，除非孩子爹是个司务长。

瘦弱是瘦弱点，但阿拉尔的孩子比较壮实，刚生下来，就哇哇地大哭，声音犹如正在上坡的拖拉机声，震动得墙皮都簌簌地往下掉。

助产士惊喜地把孩子抱给产妇，说："是个蛋儿。"

阿拉尔男人乜了助产士一眼，纠正说："俩蛋。"

是个女孩，阿拉尔人也不忌讳。他们不是庄户人，他们是吃卡片粮的城市人，是军人，也是工人，他们响应国家的号召，不在乎绝后不绝后的问题。他们真和农村人不一样。农村人生了丫头，老了丫头嫁了人，自己没有退休金，又干不动活，生活就困苦起来。阿拉尔人不用担心，他们有退休金，生不生儿子，都有人养着。因此阿拉尔人不在乎生不生儿子。

阿拉尔人既然不稀罕儿子，生了儿子，也不会给他的脖子里挂长命锁，不会给他起一个低贱的小名来保平安。

家人不会起小名，庄稼地里的婆娘们会起，不论男女，他们一般都是根据身体特征来叫的。生下来三千克多的男孩叫"小胖子"，女孩叫"胖丫"。耳朵没有发育好的，叫"小耳朵"。生下来整天大哭不止的，叫"大嗓门"。有的身体没有特征，就按顺序叫，"小三子""小四"，不是太监的名字，是一家人中的老三和老四。

有了孩子，受苦的是女人，受累的是男人。女人日夜被孩子咬着，睡不好，吃不好，身体越来越瘦。男人们忙完了地里，骑着一辆没有铃铛没有闸皮的自行车，急急忙忙窜回家里，给老婆做饭，给孩子洗尿片。

新鲜劲没有几天，就蔫了。女人把孩子放到被窝里，任由他嗷天嗷地地哭，没了兴致在怀里晃。男人们洗尿布的时候，尿片子搓巴搓巴，只要不黄即可。有时候，尿片子在水里摆几道，连搓也懒得搓了。

后来，男人干脆利用庄稼地里的事找个借口，晚晚地回家。月子里的女人们饿得眼睛发花，自己烧了一碗米汤，把肚子灌得咣当咣当直响，还是觉得肚皮是空的。

自己饿着不要紧，要紧的是孩子马上就没有尿布换了。女人们把孩子裹到被窝里，忙在冷水中搓洗起了尿片子。

“该死的，怎么能在月子里洗尿片子啊，是要得风湿的。”隔壁阿婆看到，慌忙来阻止。

女人说着没事，心里却突然想起了万里之外的爹娘，眼睛里的泪珠子像棉花叶上的露珠一样往下滚。

女人一伤心，奶水就少。清水一样的奶水让孩子不敢离乳头。但女人们的产假却到了，她们不得不把孩子裹起来，抱到幼儿园里，自己去上班。

连队的幼儿园，常常与办公室紧挨着。幼儿园的保育员，也是连队里受到照顾的身体羸弱的女人。

幼儿园里的孩子，一般都在三四十个，大的五六岁，小的几个月，但保育员却依靠一根棍子，就把幼儿园管理得井井有条。孩子们看到保育员拿着一根棍子，正在调皮捣蛋的，马上收住了手脚；吃了一小碗饭的，不敢再说饿；要出去撒尿的，死死地憋到了裤裆里。

唯有墙角上那一排三四个月的婴儿，不知道棍子的厉害，哇哇地叫着，似乎要把哭声传递给庄稼地里的母亲。

母亲们听不到孩子的哭声，但乳房却憋涨着，好像要把胸口撕裂，看看时间，到了喂奶的时候，跟领导说一声，火燎般地往连队奔。

到了幼儿园，跑到自家孩子的床前，看到孩子正在呼呼大睡，抱到怀里，把乳头塞了进去。

饥饿中昏睡着的孩子，突然触到了乳头，触到了奶水，忙啪嗒啪嗒地狂吮起来。

女人们正喂着奶，一个三四岁的孩子跑到跟前，说：“弟弟在床上哭了一上午。”

女人张口正要问，幼儿园阿姨就声色俱厉地呼起了那孩子的名字。孩子针扎了一样，惶惶地耷拉着眼皮，顺着墙角往门口蹭。

女人低头看看自家的孩子，脸上挂着两道深深的泪痕，再看看孩子的屁股，被尿液渍得像两只熟透了的红苹果。女人用目光数了数袋子里的干尿布，只比自己拿来的时候少一片，脸颊的肌肉抽搐了几下，面皮上像卧了两只青虾。

保育员晃过来，说：“你们孩子真厉害，抱着怎么哄也哄不住。”

女人恍惚地应了一声，再也没有了话。

再走的女人，脚步就黏滞了，三步一回头，五步一折腰，甚至走到了庄稼地边，声称忘记拿东西了，突然又折了回去，在孩子的小床边搜寻了大半天，眼看着就要到下班时间了，才恓惶着离去。

孩子送到幼儿园没几天，小家伙眼睛似乎大了些，个头也似乎高了些，人也似乎变乖了，不再无缘无故地哭闹，就是突然睡醒了，也不声不响，自己伸出小手指头，塞进嘴里吮吸着，好像在吃一块奶酪。

阿拉尔的女人就整夜整夜地把乳头塞到孩子的嘴里，但感觉手上的分量还是越来越飘，于是就把熟睡中的丈夫踹起来，说：“咱宝宝咋就瘦得那么厉害。”

“孩子长个子呢，能不瘦点，有啥大惊小怪的，毛病。”阿拉尔男人嘟囔一句，倒头又睡。

女人揭开被窝，仔仔细细地看，看了半夜，看得头脑恍恍惚惚的，却看不出个所以然，迷迷瞪瞪地睡了过去。

再到庄稼地里，有婴孩的女人们就喜欢扎堆，看看周围没有干部，就悄声地说：“我的孩咋送到幼儿园变乖了，不哭也不闹了。”

另一个说：“我的也是，回到家也不吃奶了。”

孩子稍大点的女人揭开了盖子：“这有什么大惊小怪的，孩子在幼儿园饿了就哭，尿了也哭，谁管？哭累了，也没有人管，就不哭了。”

生了三四个孩子的女人说："孩子么，你管得了那么多？等你生几个后，你自己看着就烦，躲都来不及。"

女人笑起来，说："谁和你们一样，属兔子的，一窝接着一窝，屁股还湿乎乎的，肚子里又装上了。"

生了三四个孩子的女人们一听，齐齐地围过来，说："我们把她扒开看看，看看她那儿塞了木塞子，还是缝住了。"

女人吓得一声惊叫，连忙逃之夭夭。

说话归说话，义务还是要尽的。女人们扭扭捏捏地，任由男人摆弄。反正正在哺乳期，月经没来，也没有什么怕的。某一日女人正给孩子喂着奶，不成想胃像被人捏住了，里面的食物急往上涌。她忙鹅一样地伸长了脖子，张开了嘴，但没有食物出来，出来的是一股酸水。

也许是吃多了酸菜的缘故，女人并没有在意。可吃饭的时候，却没有了食欲，看到丈夫像割开了喉咙往里倒，胃里的酸水又出来了。如此几次三番，女人心里犯了嘀咕，难道是又怀上了。

匆匆忙忙地去看医生，医生给了个喜信儿。

"这不是还喂着孩子吗，咋就有了。"女人急赤白脸地说。

"地壮呗，一边长着苗儿，一边不耽误下种发芽。"

"这，咋成呢。"

女人难为情地回到家里，干啥都没有了心情。

"给孩子断奶吧，奶水清稀得不成样子了。"女人说。

男人就买了奶粉，一日三餐给孩子喂奶粉。孩子闻到膻味，不肯张嘴，转着头颅找母亲。女人在乳头上抹了辣椒，给孩子噙。

孩子急不可耐地叼住乳头，却辣得哇哇大哭。喝几口水，还找乳头，刚刚噙住，又辣得松口哭叫。

三四次过后，孩子只好去噙橡胶乳嘴。

刚开始，孩子眼角还有几粒眼屎，过几天适应了，孩子也吃得咕咚咕咚的。

女人的奶水缩回去了，胸口憋着一块硬硬的东西，有时候憋得眼泪汪汪的。

孩子虽然长了记性，知道母亲的乳头变辣了，但有时候忍不住还要噙一噙，却吸不出来奶水，遂就成了一双小手里揉捏的玩意儿。

吃奶粉的孩子耐饥，长得也快，没有几天，孩子就会岔着双脚在地上乱跑了，还会咿咿呀呀地说着含混不清的语言。

会跑了的孩子，不愿意到幼儿园去，每次女人拉着小手送，到了门口，孩子却突然扭过了头，急着往家跑。

“这孩子，恋家。”女人说着，拉回孩子，要往里抱，孩子却像进入了一个黑暗的洞窟，哭得鼻涕哈喇子的，就是不愿意往里进。

“咋了，乖乖，这么伤心啊。”幼儿园的阿姨听到哭声，来到门口，伸出了手。

孩子正哭得哽哽咽咽，突然住了声，低下了头。

女人把孩子递给阿姨，匆忙到地里去了。

孩子会四处乱跑了，受伤害的机会多了，今天眼睛上方被抓了几道，明天脸蛋上有几个紫痕。

女人问：“谁打的？谁打的？”

问了几遍，孩子说不出来个什么，只会说两个字：阿姨。

这谁家的孩子，咋就这么黑呢？女人心里嘀咕着，不知道该不该去追究。

第二天还是对幼儿园阿姨说了。阿姨笑笑，说：“这么多孩子，擦屁股都来不及，稍微愣怔点，他们就打架，难免有个磕磕碰碰的。”

孩子的眼睛越来越好看了，头也越来越大，个子也越来越高，就是话语越来越少。回到家里，很少和母亲交流了。四五岁的年纪，就拿着砍刀，削木头，七削八砍的，居然砍出一个手枪的样子来，用绳子系了棉袄，别上木头，在院子里练起了正步走。

再到幼儿园，拉着弟弟妹妹，孩子跑得快了。有时候还找一根长棍子，拿到手里。

“上幼儿园，拿个棍子干啥？”女人不知所以，害怕惹出是非，就让孩子把棍子放下。

“阿姨让我管大家，我不拿棍子，怎么打人。”小家伙振振有词地说。

“这孩子，怎么从小就学打人呢。”女人不高兴了。

孩子并不理会母亲的抱怨，从小学到中学，总是要从外面带些伤痕回来，不是眼睛青了，就是脸颊肿了。衣服也时常烂一个洞，不过孩子们回来得早，常常在母亲回来之前就歪歪扭扭地用针线缝了。

几个孩子，母亲管不过来，就懒得管了，孩子每天在外面干的啥，她也不知道，只要老师不叫她，她从不到学校去。就是老师叫了，有时候活儿忙，母亲也会借故推托掉。

学校一般都离家远，孩子们上学，骑着自行车，也要一个小时，因此中午都不回来。中午学校里不开伙，但有食堂，是给娃娃们蒸饭用的。

孩子们用饭盒把米饭或者馒头带到学校，放到食堂里，老师会把饭盒放进蒸笼，中午热一热。

孩子们像鸟，早上飞出去，晚上飞出来。晚上回来，除了做作业，还会烧烧晚饭。拾花的季节，父母亲回到家里，孩子早已做好了作业，也吃过了晚饭，带着弟妹们钻进了被窝。

学校里也有拾棉花的任务。第一代阿拉尔人，哪一个不是从小就干活的？在他们眼里，阿拉尔的孩子只要上了学，就是一个劳力了。每年的十月，眼看着棉花捡不完，农场立即就想到了孩子们。

十多岁的孩子，背着铺盖卷，下到棉田最多的连队，住在会议室里，稻草一铺，睡一两个月，捡一两个月的棉花。

农场的孩子手快，争胜心也强，你今天拾三十千克，我就捡五十千克，大家的成绩一天比一天高。孩子们个子小，体力又恢复得快，再苦再累，睡一晚上，劳累就还给了夜晚，第二天照样生龙活虎的。

一学年中的整个上学期，孩子们几乎都是在棉田里度过的，但他们的学习成绩照样落不下。

相反，孩子们越辛苦，学习成绩越好。阿拉尔的大人们一天到晚见不到孩子，拿回的成绩单，却让他们把心放回了肚里。

学校的校舍都是土块房，除了一个天平和一个地球仪称得上仪器之外，其他的没有一件可以称得上仪器了。数学的直尺、三角尺和圆规是木匠做的，物理的天平是上面发的，化学的炸药是老师用硝酸铵炒出来的，语文只需要一本课本，凭借的是老师们的口才。

老师的文凭也不高，最常见的是高中。高中教小学，高中教初中，高中教高中。也有初中教高中的，虽然文凭低，但水平并不低。教学的大多是上海人。上海人善于学习，回家探亲，想方设法地找到当地的学校，跟着人家学。回来后除了不是一口上海话外，教学水平却和上海没二致。

不管校舍好坏，不管教师水平如何，孩子都是自觉的。

老师们教育孩子的方法也很特别，最管用的不是教鞭，也不是奖励，而是一句最朴实的话——你们想在棉花地里待一辈子吗?

谁也不想在棉花地里待一辈子。阿拉尔人的后代生在阿拉尔，长在阿拉尔，却始终想着要离开阿拉尔。

阿拉尔的老师都知道孩子家里的事多，因此从来不布置过多的作业，但孩子们没有懈怠过，每天都做到深夜。

“孩子，别累着。”看到孩子们夜晚也在看书，家长心疼了。

“没事，我要考大学，我可不想和你们一样，在这里待一辈子。”孩子们说。

阿拉尔的孩子们抱着共同的想法，从小就比拼学习。农一师高中在长达五十年的时间里，高考成绩在阿克苏地区一直遥遥领先，学生接连不断地考进了清华、北大。

没有考上名校的，只要是大学，也争着走。没有考上大学的，找一个中专，也走了。实在走不了的，只有复读了再考。

阿拉尔的高中里，困着不少学生，有连考三年的，也有连考五年的，还有连考七年的，从十几岁考到将近三十岁。

做一个外地人，是阿拉尔人从小的梦想。北京、上海不容易考取，内地任何一个城市，都愿意去。内地去不了，乌鲁木齐也是可以的。乌鲁木齐去不了，库尔勒和阿克苏也是可以的。

为了留到阿克苏，阿拉尔考不上学的孩子们求家长找人托关系，一个远亲，去找；一个老乡，也要去找，只要能留到阿克苏，就是有面子的事。

阿拉尔的孩子回到农场，总有熟人问："孩子，现在在哪儿啊?"

"阿克苏。"

"总算跳出这个坑了。"熟人呵呵地笑着，露出赞许的目光。

没有跳出阿拉尔的，在农场里就抬不起头来。从小青梅竹马的，考上大学走了，只剩下自己一个人在灰突突的田野里，干什么也没有意思。

相恋十多年同样没有考上大学的，本来指望着结婚生子，可是，女的迟迟疑疑的，就是不表态，踢腾着踢腾着，嫁给阿克苏的一个四五十岁的老男人，把自己甩了。

在农场待着的男孩子，只有借当兵的机会出去。千方百计地当兵，千方百计地考军官。考上了军官，就不回农场了，但农场的姑娘还是要的。因为新疆的兵，大多在新疆服役，不是在山沟里，就是在戈壁上，不要说找个女人，就是找个蚊子，一看都是带把子的。

女孩子则欢天喜地的，毕竟，她们可以和自己的意中人结婚了，还可以跳出这个农坑了。

阿拉尔的孩子，虽然心比天高，时时刻刻都想出去捞世界，但由于在阿拉尔久了，已经适应了阿拉尔的环境，出去的孩子，都有些水土不服。

内地雨多，一场雨比阿拉尔下一年的雨都多。雨水湿透了阿拉尔孩子们的衣服，心里也不清爽。

内地人多，一个接一个的关系网，往往把阿拉尔的孩子漏到了外面。阿拉尔的孩子嘴巴甜，出手大方，讨人喜欢，可是不会看眼色，对于钩心斗角的事情，看得明白，倒是插不进去。

在阿拉尔跑几百里路，还能办很多事，到了内地，就是一个几里地的小县城，办事情的效率也不及阿拉尔的百分之一。阿拉尔的孩子们心像一块刀片被压到了磨石上，一下一下来回地蹭。

就连上海人的子女，回到上海，也难以融进那个东方大都市里。上海人吃东西，很斯文地品一点点，就说饱了饱了。阿拉尔的子女们却不知道其中的道理，吃瓜要吃整个的，吃饭要挑碗大的，坐桌子一屁股坐到了主要人物的上首，别人怎么暗示也听不出来。亲叔亲姨急得干瞪眼，堂兄堂妹嘟嘟囔囔地说没教养，外公姥姥尴尬地说不出来话。

阿拉尔的子女在上海找工作，找一个单位，人家要的是硕士，再找一个单位，人家要的是博士。越找，阿拉尔的子女心越凉，底气越不足，想找一个地方擂几拳头，看看四处都是人，四处都是玻璃，担心擂错了地方，又不知道如何应对。

好在阿拉尔出去的人，听到是一个地方的，左一拉呱，右一攀扯，就能扯上关系，抱成一个团，共同担当风雨。

他们把阿克苏的上海知青子女连起来，把来自兵团的上海知青子女连起来，把来自新疆的上海知青子女连起来，成立了联谊会，设立了互帮基金，有了困难，大家一起帮，有钱的出钱，有力的出力，没有钱没有力气的，也到了场，说是烘个人气。

在外面怎么热闹，阿拉尔的孩子总想家，想阿拉尔的苹果，想阿拉尔的西瓜，想阿拉尔的托木尔峰酒，想张着大嘴满街乱喊没有人管的日子。

要回到阿拉尔，阿拉尔又没有他们的地方了。阿拉尔的孩子出去上了大学的，回到阿拉尔，想找一份工作，却没有一个空闲的岗位，眼睁睁看着外地来的大学生在各个地方展示着能力。

阿拉尔的孩子们想包一份地，那些从小看着他们长大的头头脑脑，却搔起了头皮，吭吭哧哧半天，才吐出一句话："地都被人家抢光了，你们看看谁愿意退出来，我立即给你们办。"

阿拉尔的孩子收拾了行李，无奈地站在前往阿克苏的路边上，来了一辆车，是个拖拉机，突突地冒着黑烟，烟尘落了他们一头一脸，让他们几乎睁不开眼睛。

路

塔克拉玛干沙漠是举世闻名的大沙漠，这里有33万平方公里茫茫的大漠，滚滚的流沙，随时可能吞噬所有的生命，因而千百年来被人们看作是一块死亡之海。

当地有一个传说。古时候，塔克拉玛干沙漠南部有一座金碧辉煌、高耸云霄的城堡，城堡的周围有茂密的胡杨林，有清澈弯曲的河流，还有片片绿草。城堡的四周散住着不少人家，享受着田园牧歌的生活。也不知从哪一年开始，突然刮起大黑风，一刮就是十天十夜。城堡、田园、河流、树林……都被沙粒埋掉了。田园阡陌消失了，取而代之的是每天夜里，沙丘下的人喊马啸、鸡鸣狗叫。如有人走进这个城堡，会发现到处都是金银财宝，但若想拿走，城门马上就会自动关闭；如放下那些东西，城门又会立即打开。所以，当地人把沙漠叫“塔克拉玛干”，意思是“进去出不来”。

谁敢挑战这片自然设立的禁区，穿越世界第二大沙漠呢？

我在沙漠边缘居住，尝到了沙漠的厉害，若是在一处沙包上玩一玩，尚可，要是说深入大漠，却是万万不敢的。

我的胆怯是正确的。我身边常常有朋友迷失于沙漠，踪迹全无。我在喀拉库勒居住的时候，有一位青年，是个拉柴的能手，一天一趟，拉回一车红柳根，能卖五元钱，相当于我们月工资的十分之一，让人羡慕不已。但是大家吃不了那个苦，更担心在沙漠中迷路，都不愿意随同。

有一年冬天，这个拉柴的青年在一个早晨出去以后，再也没有回来，我们组成队伍，开着拖拉机在沙漠中寻找了很多天，也找不到丝毫踪迹，不得不放弃了努力。

他的母亲却不相信儿子失踪了，天天站在通往沙漠的土路边探望，一日，两日，双目深陷，头顶如雪。天长日久，干涩的眼角生出两坨肉，鲜红鲜红的，如血珠一样暴出眼眶。

每次经过老人站立的地方，那两坨鲜红的胬肉就如两颗子弹，打穿了我的眼睛，落入我的心底，沉甸甸的，压得胸口闷闷的，上不来气。

我的父亲也曾经在沙漠中迷路过，那是一个寒冷的冬夜，年过五旬的父亲到沙漠中挖甘草，由于贪恋一处新发现的甘草地，到了深夜，竟找不到回家的路了。

我们虽知父亲一辈子走南闯北，见多识广，越遇难处越冷静，不大会出什么意外，但暗夜打开了恐慌的闸阀，还是让我们揪心不已。

和父亲相濡以沫几十年的母亲端着一盏罩灯，站在门口的大路上，不断地自言自语："咋还不回来？咋还不回来？"

声音变成了一把榔头，敲击得夜空瑟瑟发抖。灯光似一条条狂舞的蛇，顺着夜色扑向母亲忧愁的面庞。

我的脑子像一台高转速发动机，一遍又一遍地筛选着各种办法，前所未有地高速运转着，但却常常被母亲的榔头卡住，瞬间死机。

急急火火的妹妹则急忙找了不少好友，做着去寻找父亲的准备。

我们准备点燃干柴，给父亲引路。这是沙漠里寻人的惯常做法。敲锣打鼓，或者点燃大火，让迷路人循着声音或者火光找到归途。

然而，父亲在我们还没有准备充分时，就走出来了。父亲在沙漠中迷路后，一点也不惊慌，他冷静地根据天象判断方位，又站在沙包上寻找光线，经过一番折腾，终于回到家中，让我们虚惊了一场。

而让我胆寒的，却是一峰骆驼的死亡。那是一个夏季，炎炎烈日下，沙漠如火，就连绿洲的上空，也烈焰蒸腾，我和朋友们在大渠边的树荫下乘凉，这时候，一个黑点从远处缓慢地飘过来，越来越大。大家以为是海市蜃楼，就没有在意，谁知黑点飘到近前的时候，才发现是一峰干瘦的骆驼。它浑身汗如雨浇，泪道深陷，目光覆翼，驼峰犹如一只掏空的布袋，无力地垂奄在肋骨一侧，随着骆驼的喘息微微地晃动着。

看到水后，骆驼突然加力，快速朝我们冲来，但就在距水源不到三步的地方，扑通一声，一个趔趄，摇摇晃晃地倒在了地上。

犹如一只树叶落到了水上，沙漠连涟漪也没有，只蹿起几粒尘珠，一蹦又落入了沙中，砸出几个豆粒大的小圆坑。

骆驼的后蹄伸出去，用劲扭动身子，臀部翘了翘，试图站起来，但前半身却无动于衷。

它的头无力地晃了几下，也不动了。脖颈上土黄色的驼毛湿漉漉的粘成一团，刚挨着地，就没有了水分，在沙子上轻轻地抖动。

我们忙向骆驼跑去。来不及穿鞋子的，脚一落地，就弹簧似的跳起，缩回绿荫中。穿着鞋子的，也踮起脚尖，袋鼠一样跳到骆驼面前。

忍着烫脚的疼痛，大家匆忙抬起骆驼的头，把水朝着它大张着的嘴中倒去。

骆驼的喉咙仿佛堵塞了，它没咽下一口水。水倒进去多少，流出来多少。流到沙中的水，很快就没有了踪影，只在沙上留下一个壳。

那双灰白的眼睛，也慢慢变蓝了。

苍蝇却顾不得酷热，在我们头顶上飞来飞去，趁人不注意，就落到了骆驼的眼珠上，可骆驼的眼皮眨也不眨一下，浅灰色的瞳孔犹如一粒炒熟的豌豆，没有了鲜活和灵气。

经过一通忙乎，大家经不起热浪的蒸烤，又对骆驼失去了信心，缩回到浓荫里，把骆驼完全地交给了苍蝇。

两天后，我从那里路过，骆驼只剩下了一堆白骨，还有一些粘在上面的驼毛。高大的骨架横陈在田地边上，灰白的颜色和周围的苍黄截然不同。再过了几年过去，那副骨架还在，但白色的骨架上面布满了针尖状的黑点。一个黑点，就是一个黑洞，里面藏着无尽的恐惧与哀伤。

从此后，我再也没有单独一个人深入到沙漠十公里之外。有时候遇到闹心事了，也是在沙漠边缘的小沙包中转一转，坚决不敢深入大沙梁中。

说起横穿沙漠，许多在沙漠中摸爬滚打了一辈子的阿拉尔人，也都把他们习惯高昂着的头低下来，不敢多发一言。

但塔克拉玛干沙漠中还是有路，从古到今，一直没有中断过，时常有脚印踏过。

一

1949 年 12 月 5 日，1850 余名三五九旅的嫡传部队，踏入了这个禁区。

当时，为了彻底解放南疆，三五九人急于快速到达和田，就走了这条最危险的路。

阿克苏到和田有三条路线可走：一条是沿公路经喀什到莎车，折到和田，是一个三角形，全长 998 公里；另一条是过巴楚顺叶尔羌河到莎车，再往和田，这是一条弧线，比第一条稍微近一些，但路况要差很多；第三条路线则是沿着和田河，穿越塔克拉玛干沙漠，直奔和田，这是一条直线，全长只有 790 多公里。三条路相比，前两条路都是通行大道，沿途有人有水，可要绕行几百里路。第三条是直线，比第一条近了 205.5 公里，但是，古来就没有大部队通行的记录，何况是在沙漠中行走，一旦失去水源，将面临全军覆没的危险。

倔强的三五九人毅然决定选择第三条路线——直插塔克拉玛干沙漠。

他们要穿越塔克拉玛干沙漠的消息传出后，众多当地的百姓都赶到驻地，纷纷劝阻。然而，坚毅的三五九人不为所动。

12 月 8 日，部队正式踏进了塔克拉玛干沙漠，战士们每人都肩负着 1 条步枪、40 发子弹、4 颗手榴弹、1 把圆锹、5 斤炒面和背包，浩浩荡荡地向着沙漠行进。

广袤的塔克拉玛干沙漠打开了死亡之门，拥抱着远来的挑战者，一个个沙包，犹如一座座坟墓；一道道沙梁，好像一条条银蛇，随时都要把将士们吞进去。

欢送的刀郎老大爷眉头却拧成了两个疙瘩，他神色凝重地对身旁的年轻人说：“胡大（真主）也不敢走的地方，这些巴郎都敢去，这要伤亡多少人啊?”

老人的担忧不无道理，行军难，沙漠行军更难。一进入沙漠，首先遇到的问题不是劳累，不是干渴，竟然是小小的沙粒。这些小小的沙粒一旦灌进鞋里，走不了多远，双脚都会打起“高射炮”（战士对血疱、水疱的戏称）。这些“高射炮”少则一两个，多则七八个，严重的连脚趾缝里都是水疱。

部队里年轻的都是二十出头的人，年长的也就三四十岁，年龄虽然不大，可都是久经沙场的人，对于急行军是家常便饭，一天跑个一两百里，也不当回事，“高射炮”更是习以为常，司空见惯。当天夜里，战士用热水泡过脚，拿火针和马尾挑过疱后，该说说，该笑笑，还有人唱起了秦腔和豫剧。

但是，密集的“高射炮”却不利于远征，要持续在沙漠中行走千里，没有一双硬实的脚板，是没有胜算的。部队经过研究，总结出了几条经验：走路鞋要大，袜子底要填平，落脚要稳，切忌小跳小蹦，在袜子上再裹一层布，防止沙子进入。

需要解决的问题一个接着一个，沙层松软，不能承受压力，按照惯常的纵队行军，前面的战士走过去，留下两个小沙坑，后面的战士再踏上去，沙坑会越来越大，战士的脚就越陷越深，甚至会被沙子埋住脚板，挪动一步都很吃力。

战士只有改变行军习惯，五花八门地走，有整连整排成方阵向前走的，有一字排开横着向前走的，人人走的是新路，再也不会陷下去了。

塔克拉玛干沙漠的风多，突然刮起大风，滚滚黄沙把塔克拉玛干沙漠搅得昏天黑地，飞沙走石。

沙子如浊浪一般，瓢泼碗倒般的从天空降下，打在战士们的身上、脸上，大家东倒西歪，头昏眼花，站不住脚。战士们捂住了耳朵，但风沙掀开进了嘴唇；捂住了嘴巴，又窜进了鼻子；战士们从补丁缝里掏出棉团，塞住了耳朵，又取下帽子捂住了嘴巴、鼻子，但眼睛受不了了。闭上眼睛，又走不了路。

一座座小山似的沙丘，一瞬间就杳无踪迹；一条条山坡样的沙梁，顷刻间成为深沟。大自然展示出了挪腾大法，排山倒海，舞风蹈浪。

骆驼、马群在风中狂奔乱跑，装着器物的垛子被摔得到处都是。没有见过世面的驴子卧倒在沙梁下面，怎么打也踟蹰不走，就是抬起它的蹄脚，它也畏缩在地下，不敢动一动。

战士们抱成一团，头顶着被子，牵拉着向前走。但刚一抬步，脚下的沙子旋即被卷空，一脚踩空，摔倒在地，所有人都跟着倒下去。

好在沙漠里的寒风不太长久，一到黄昏，风就停了，沙漠也恢复了宁静，如一头温驯的母羊，安静地卧在夜空下。

沙漠里行军，真正要命的是水。和田河是一条融雪形成的季节性河流：每年四月，太阳变暖，才有雪水流下来，顺便将山上的和田玉也裹挟到水中；八九月，气候炎热，河水滚流而下，溢满河槽，有时候还冲破河堤，在河岸两边形成数十里的滩涂；到十月后，山上天寒地冻，大雪飘飘，所有的水都结成了冰，不再流动，和田河下游就断流了，河床成了一条低凹的沙流。

此时，宽阔的和田河道，除了漫漫黄沙，就是孑然挺立的胡杨，再也找不到其他的生物。动物早已尾随着水源，逃之夭夭。

就连南下的候鸟，也躲避着这千里荒漠。

部队是顺着和田河的故道向前走的，穿越沙漠前，共设计了 15 个宿营站点，都是缘水而居。可是，宿营点是根据向导们的印象划出来的，只标明了大致的方位，并不清楚到底有没有水。行进到第七天，部队从夜间 3 点钟出发，一直走了 12 个小时还找不到一滴水。战士们一个个嘴唇干裂，眼珠发涩，张张嘴，嘴上就拉开一道道血口子，连话都不敢说，笑也不敢笑。

干渴之极的战士们一路上只要碰到有个长草的地方，或者遇到个干水坑，就要停下来，取出背上的铁锹挖半天，直到失望地离去。

指战员身体上还出现了一种极其罕见的怪病：密密麻麻的小米大的小黑疙瘩，从皮肤上长出来，紧接着患者就皮肤发青，眼窝深陷。这是由于缺水，心脏出现的功能障碍，造成血液循环不畅。

正在治疗时，有几名战士眼看着身体支持不住，昏迷过去，处境十分危险。

就在此时，前方出现了一大片小黑点。但这是传说中的海市蜃楼。

由于塔克拉玛干沙漠的沙丘类型复杂多样，复合型沙山和沙垄，宛若憩息在大地上的条条巨龙，塔形沙丘群，呈各种蜂窝状、羽毛状、鱼鳞状沙丘，变幻莫测，在白天的太阳下，银沙刺眼，蒸发氤氲，地表景物飘忽不定，沙漠旅人常常会看到远方出现朦朦胧胧的海市蜃楼。

干渴严重地威胁着战士的生命。

急中生智的驼工不知从哪里找来一种叫胖姑娘的植物，撕开根部让战士咀嚼。这植物的汁液虽然苦涩，却能解渴。

当这些汁液滴入生命垂危的战士口中时，他们喉头滚动，很快就睁开了眼睛。

战士们一窝蜂样地在沙漠上到处寻找，果然找到了这种胖姑娘草，虽然挖出的根没有那么胖大，但筷子粗细的草根成了生命最珍贵的滋养。

12 月 20 日，部队准时到达和田城外。战士们理完了发，洗过了澡，把身上的衣服搓洗过后，放到了开水锅里煮。

一时间，锅里响起哔哔啪啪的声响，不时有水泡溅出。不一会儿，开水就变成了血红色，翻滚的水面上，漂浮着一层黑乎乎的跳蚤和臭虫。

虽然顺利穿越了沙漠，但塔克拉玛干还是吞噬了一名战士的生命。这个叫李明的战士是一营二连的一位排长，年纪不到三十岁，但作战勇敢，工作有方，深得大家的喜爱。然而，由于常年作战得不到休养，还时常把自己的口粮分给胃口大的战士，患上了严重的胃病，造成营养不良，一米七五左右的个子，却瘦得只剩下了一张皮，面色蜡黄，眼窝深陷，颧骨高耸，下巴如同斧削。

经过连续行军，李明的胃病日趋严重，但是，他尽量忍耐着，不让别人看出来。他常常瞒哄大家说：“我这个老胃病，卫生员治不好，可是沙漠行军治好了，看我这身体不是越来越棒了吗？”

大风初期，李明正在犯病，但他捂住左腹部，在风中指挥着战士“一个拉着一个前进”。但胃部的不适却犹如刀割般剧痛起来，他弓着腰，双手紧紧地捂着，仍然不能缓解，只好拄着一根红柳棍子继续往前一步步挪着，走了数十米，就栽倒在沙漠里，再也没有站起来。

和田城锣鼓喧天的热闹声中，少了一位悲怆的英雄。

二

个人要穿越艰险的塔克拉玛干沙漠，让人感觉有点不自量力。

19 世纪 90 年代，瑞典著名探险家斯文·赫定来到新疆的麦盖提，雄心勃勃地要征服塔克拉玛干大沙漠，妄想成为穿越大沙漠的独行者，独揽沙漠腹地的宝藏。不料，他的几十峰骆驼中途毙命，同伴渴死。要不是一只乌鸦从头顶飞过，给他指明了道路，让这个狂妄无知的家伙爬到了和田河边，斯文·赫定怕早就葬身沙漠之中了。

死里逃生的斯文·赫定在探险日记里写道："可怕，这不是生物所能插足的地方，而是死亡之海，可怕的死亡之海。"

但就在喀拉库勒的一个边缘小村，却有着一位传奇人物，据说是穿越了大漠，从和田的监狱逃出后，顺着沙漠逃到喀拉库勒的。

这是一个年过五旬的人，已经在小村里隐姓埋名了几年。小村在我居住的学校的南边，距离学校有三公里多。有一次，老汉和好友喝醉了酒，大大咧咧地吐出些实情，立即被逮捕了。

老汉个头不高，只有一米六多一点，身体也单薄，怕连六十千克都不到。一双大手布满老茧，虽然垂着，但却没有什么不安生的动作，也不抖动。他的眉毛也掉落得差不多了，但眼力却好，识别能力也强，无论是什么人，只要走到他的近前，他都能猜个八九不离十。

"这样的人怎么能是杀人犯呢?"村里人不相信。

在众人的想象里，杀人犯多是体格高大、浓眉重目的人，这老汉实在与想象相差太远。

与想象相差太远的，还有老汉的为人处世。老汉话不多，但对人很好，无论是谁，只要见到他，都会被他慈爱的笑所感染。他对人实诚，问他借东西的，无论是什么，只要他有，就拿出来先给别人用。老汉还爱帮人，谁家有事招呼一声，他都人前人后地忙乎，从来不计较什么。村里的果农缺少篮子，他爬上爬下地砍了不少柳枝，也不惧摔伤，编出一大堆送给人家。

老汉见到小孩，无论男女，都慈祥地弯下腰，从口袋里摸出一块糖，剥了纸，塞到孩子嘴里，快乐地逗着小孩说："叫个爷爷，叫个爷爷。"

但事实却不容置疑。老汉是甘肃人，他用自己十几年捡羊毛、出苦力挣的钱，娶了一个比自己小十几岁的老婆，但是，老婆却给男人戴了绿帽子。悄悄在外面偷人也就算了，老婆还把汉子偷到家中来。把汉子偷到家中来也就算了，居然还朝丈夫挥舞拳头。挥舞拳头也就算了，野汉子还仗着人高马大打他的儿子。老汉终于忍无可忍，趁着野汉子在老婆身上忙活，用刀插入了他的腚门、大腿。

老汉自然被判了重刑，但在老老实实服刑几年后，老汉瞅了个机会，逃了出来。

从和田到喀拉库勒，八百多公里路，老汉一路上扛着两个大南瓜，在如火的八月走了过来。

我费尽了脑筋，也想不出一个人在温度达到七八十度的沙漠里，是如何生存的。人在四五十度的环境中，一旦没有水，就会危及生命。

"挖沙漠，挖一个深坑，躲到里面，把南瓜放到头上，就这样，白天躲一天，半夜再走。"老汉说得很简单，就像他在庄稼地里种庄稼，几乎看不出有什么难处。

就靠着两个不到十千克的南瓜，走了将近一个月，走出了塔克拉玛干，不但我不相信，连狱警都感到不可思议。

老汉被抓走后，我才得知，老汉的儿子跟着打工的姑姑，一直在喀拉库勒，就住在我居住的学校的北边，距离学校也是三四公里。上初中的他每天骑自行车往返六七公里，中午饭无法解决，就带着一个饭盒，装了饭菜，在学校食堂蒸了吃。

出人意料的是，儿子竟然不知道父亲就在自己的身边。他只知道有一个个子矮小的老汉，老坐在他经过的桥头，神态安详地看着他从身边飞驰而过，从来不和他说一句话。

我听说的另两个穿越塔克拉玛干沙漠的人是一对恋人。

一个到阿拉尔拾棉花的小青年，与棉花种植户的女儿谈起了恋爱，但拥有300亩棉花地的老板怎么会选择一个穷小子做女婿呢？夫妇俩死活反对，无奈之下，小青年带着女友私奔了。从阿拉尔到阿克苏，只有一条路，老板夫妇卡住了这条路，任何车辆都要检查检查，然而，几天之内，始终没有找到小情侣的蛛丝马迹。

十年之后，当发达了的小青年携带妻儿回到阿拉尔后，人们才知道真相——他们是顺着即将干涸的和田河逃离的。

十月的和田河，照样是一个大蒸炉，热浪依然会把皮肉烤焦。

“我们顶着树枝走，可顶不住，不大一会儿就闻到肉的焦煳味了。”既丰满又漂亮的妻子想起当年的场景，眼皮上拧出了一个又一个破折号。

“喝了一肚子的水，没有用，一会儿就感到肚里空了，刚开始还觉得身上黏糊糊的，没多久身上也不黏了，衣裳都烫人，我俩就脱光了衣服，几分钟胳膊就被烫得崩裂出渔网一样的纹。”丈夫一边说，一边抱紧了妻子，在她的额头上轻轻地吻了吻，“我几次问她，说不行我们拐回去吧，死到这里不划算，但她使劲地摇头，嗔怪地用目光剜我，朝我翘嘴巴。”

两位在爱情之火中燃烧着的年轻人，也采用了与越狱老汉相同的方式——昼伏夜行。白天，他们挖一个坑，把身体埋进去；夜晚，趁着月光携手向前摸。

但是，到了深夜，两人又被冻得瑟瑟发抖。恰恰小青年又因为不会抽烟而没有带火，看着成堆的柴火，两人却无法换取一丝温暖。

“他把衣服都给我了，我还抖，他就抱着我跑。”妻子说着，脸上露出幸福的笑容。

但危险终于像凶猛的狼群，渐渐地围住了两位年轻人。走了六个晚上之后，两人弹尽粮绝，又在宽阔的河床中偏离了方向，走入了沙漠中，迷了路。

“我们说不行，往回走，但走了一段，感觉到周围都是沙山，是一个我们没有走过的区域，沙子没到我们的膝盖上，刚一拔腿，沙梁上的沙又流下来，将我们埋得更深，没走几步，人就瘫倒了。”男的摇了摇手，说自己先崩溃了。

“我就说你不能这样，我还依靠你带我到口里呢。我挽着他的手，说咱们继续走。”一旦遇到困难，女人的耐力往往超越男人，成为前进的主导者。

她的心上人却指了指自己的喉咙，想说什么，只咕哝出一个含混不清的字，绝望地闭上了眼睛。她拉他，他不动，身体软如稀泥。

她就把嘴唇贴到他的唇上，用舌头顶开了他的双唇，将一丝热流通过舌尖送入他的口中。

他灼热的口腔里突然就多了水，虽然这水又咸又腥，但他感觉这是一股清泉，是一股甜流，并没有多疑，他认为这是自己爆裂的嘴唇的血口子崩了的原因。他搂住她的头，用劲吮吸起来。

突然就有了力量，他站起来，揽住她的腰，说：“我们走！就是死，我们也要死在家乡！”

他仔细地回忆了他们走过的道路，在地上划拉了半天，又对着天空的星星比照着，校正了方向，牵着情人的手开始了新途程。

走一段，她搂住他，吻他，将咸腥的液体送入抿入他的口中。再走一段，他搂住她，吻她，将咸腥的液体抿入她的口中。

爱在这液体中滋长着能量，爱在这液体中延长着顽强。爱的血液，通过苦难，深入到对方的身体中，让两人变得更加坚强。

终于，他们听到了一声狗叫，兴奋地互相搂抱着，狂叫起来，虽然他们的声音喑哑，和流沙差不多微小，但他们却感到浑身都充满了力量。

两人飞起来，朝着狗叫的方向狂奔。

是一处房屋。翻过一道最高的沙梁，两人看到了一处用木头搭建的房屋，亮出一缕温馨的灯光。

两人扑到了门口，却悄无声息地倒在门槛前。

屋主人——一对年过五旬的老人救了他们。

两人向这两位老人说了他们的遭遇。两位老人默默地听着，微笑着，点着头，却不说一句话。

当两人在这房屋中住了七天之后，他们才知道，这一对老夫妻，是看护胡杨林的老人，已经在这里住了近三十年了，因为寂寞，他们都快失去语言了。

但两人却不愿意别人替换。他们在这沙漠里住着，日暮而息，日出而作，于平淡中品尝着爱情的滋味。他们先后有三个子女，但是，子女稍大，他们就将孩子送给爷爷奶奶照看，两人依然居住在沙漠深处。

两位老人一起下地，一起做饭，一起纺麻绳，一起祷告……他们似乎是一个人，无论干什么都一起做。爱让两人合二为一，但四只手却在诠释着精妙的默契：一个锄地，一个拔草；一个烧火，一个拉面；一个纺麻，一个盘绳；一个跪地，一个遮面……

两位年轻人被这无视岁月的爱所感动，想留下来，和老人一起品味相依为命的爱情，但老人将他们的干粮包成了一个包，并送给他们四个葫芦——里面全是甘甜的清水。

以后的穿越就方便多了，顺着河到了红白山，休整两天后，一鼓作气到了和田。

到达绿洲的男人在玉龙喀什河给人开挖掘机装砂石料，女人在家守着艰难的日子，勉强度日，但是，两人却感到分外的甜蜜。男人在忙碌之余，经常从玉龙喀什河捡回一些带有颜色的玉石，逗妻子开心。

两人以为这样的日子可以过一辈子，谁知道经过了一个奥运会，和田玉的价格猛涨，玉龙喀什河里什么石头都是钱，两人拿出他们积攒的石头，打量打量，竟然呆住了。

女人试着将一块白中带黑皮的石头拿到河滩上，谁知，别人竟然一开口出了八十万元的价格，女人愣怔了，她没有交易，而是慌里慌张地回到家中，和丈夫匆忙收拾收拾，连夜带着两箱子石头和两个孩子，回到了阿拉尔。

看着一身寒酸的女儿带着女婿和两个孩子回到身边，身价千万的岳父母并没有消除他们的恼怒。

小夫妻俩并没有忌恨岳父母的绝情，他们租了两间房子，默默地过起了小日子。

但是，住下来后，小两口既不打工，也不做生意，而是过一段时间，出去一次；再过一段时间，再出去一次。谁也搞不清他们出去搞什么。但随着他们出去次数的增多，全家人身上的行头换了模样，他们还在街面上买了一套楼房、两个门面房。

等到岳父母得知自己的千万资产只是小两口资产的零头时，一家四口早已住进了阿克苏的豪宅。

“我知道老婆当初吻我的唾液是血，因而我也将唇根咬破了，来支撑老婆的生命。”回想当初，亲吻着手上大钻戒的丈夫，眼里的泪水立即漫出了眼眶。

三

一个人一生穿越一次塔克拉玛干沙漠已经不容易了，何况要多次穿越，更加不容易。

但沙漠边就有不少这样的人。刘勇就是其中的一个。至于他穿越过多少次，熟悉他的人不知道，他自己也数不清了。

刚开始穿越，来自一个念头，这个从小在摩托车上玩大的小伙子，是个摩托车修理工，自以为车技了得，又对坐骑无所不通，就想创造一次奇迹——骑着摩托车穿越和田河。

小伙子做了精心准备，在一个金秋从阿拉尔出发，逆流而上，他计划用四天骑到和田，再顺着公路骑回来。

但他的计划却被冷酷的现实打得七零八落。第一个黄昏，他就翻到一个沙包里，腿受伤了。他只好放弃了摩托车，跟着一个牧羊人走回阿克苏。

挫折并没挫伤勇者的信心，两年后，他又卷土重来。这次，吸取了上次教训的年轻人取得了成功——他将车速降低了一半，又提前在前半程沿途设置了导向标和保障用品。

成功留给准备充分的人。他用了不到两天的时间，就驶到了和田。

后来，他作为向导，无数次带人穿越塔克拉玛干沙漠。

我的第一次穿越，也是在车轮子上完成的。坐在“老狼”的车上，悠闲地看着他人的穿越赛。“老狼”的本名叫郎黎光，是个沙漠通，开着一辆改装的“北京 213”，在沙漠里任意驰骋，就连价值几百万的车子也无法通行的地方，他依然如履平地，进出自如。

虽然领略了沙漠中的大部分风光，但我觉得自己并没有穿越，而是车子在穿越。

这几年，塔克拉玛干沙漠修通了沙漠公路，公路就像一把黑色的利剑，刺穿了沙漠的身体，刺破了沙漠的悬念，前来玩穿越的人也越来越多，规模也越来越大，沙漠里有时候真的人流如织。

我也记不清自己多少次穿越塔克拉玛干沙漠了。因为前两次的新鲜劲一过，以后的穿越就了无意义。每次穿越，我都躺在座椅上，陷入香甜的梦中。而原来高耸的沙梁和沙漠，也成了脚底下的蚯蚓和甲虫，不低头，几乎感觉不到。

四

在和田河边行走，有时会看到一个草棚，或者一个低矮的土包——那是民国时期遗落的驿站。

有时，这些人类留下的痕迹又踪迹全无。明明应该有的，怎么会没有了呢？在记忆里苦苦思索，甚至拿出卫星定位，方位和地点都没有错，可就不是记忆里的样子。

河道边也找不到路，千百人踏过的沙漠，瞬间就能恢复如初，雄浑的沙漠静谧如水，水面上镌刻着细微的波纹。

路，在塔克拉玛干沙漠或许从来没有存在过。

笔直的大街

阿拉尔的大街犹如把把刀子，直直地划过城市，把每个小区切成了一个一个生长人群的庄稼地。

“新疆地斜，没有直路，只有阿拉尔例外。”一位阿拉尔的朋友说。

新疆的地形像一个菱形的长条桌，不明不白地摆放在鸡尾巴上，随着金鸡的摇摆，也跟着摇摇晃晃起来，把太阳都摇歪了。早上的太阳一出来，也不是从正东方出来的，似乎是从东南方出来的。吃中午饭的时候，太阳又晃到了西南方，不到西北方，就吐出一团红光，摆一个大尾巴，溜进了广阔的大漠里。

人到新疆，找不到正南正北的地方，用太阳来丈量时间，一量就量斜了，十点变成了八点，十二点变成了十点。

那位朋友说的是实话，阿拉尔像在矫正这个错误，街道四方四正的，就连庄稼也四棱四正的，闭着眼睛走，也走不出歪道来。

但那位朋友说的也不全对，因为除了阿拉尔之外，还有一个石河子，什么“经一路”“纬二路”，连名字听起来都是四四方方的。

两个城市一南一北，成为新疆的定向标。因此，到石河子去的人，必定要参观军垦博物馆；到阿拉尔来的人，肯定要看看三五九屯垦纪念馆。

找不到方向感的新疆人，来到这两个城市，心里就踏实了，眼睛也有了着落。

造型奇特的三五九屯垦纪念馆，似乎是一座炸裂的雪山，晶莹而又尖利的冰体冲向天空，冲向沙漠，冲向我们五颜六色的幻想。

惶惑和迷茫终于冰雪消融，我们才发现人生是错的，时间是错的，道路是错的。

我们的人生，似乎都规划好了的，走仕途的，都想朝山上走，越走越高；想发财的，就想铜板像沙子一样，越来越多；想出名的，都朝着天空望，恨不得自己就是天空中最大的那片云，覆盖住所有仰慕的光芒。

人在阿拉尔，始终不愁找不到方向，但面对一个一个方格，看到方格路上自己微小的身影，人在刹那间将所有的勇气缩成一粒脱水剂，吞进自己的肚里，顺着尿道尿了出去。

笔直的大街，刀锋闪闪，光芒四射。

礼 物

“孩子是上天赐予的礼物。”这是新疆人的一句谚语。

因此，在新疆，你很少看到有孩子被家长抛弃的。男孩也好，女孩也好，瘦弱也好，残障也好，只要是孩子，没有不被好好养着的。

我记得刚刚进疆时，有一个叫吐尔洪的中年维吾尔族人到我家拾棉花，赶着一辆小小的驴车，车上伸出大大小小七八个脑袋，睁着黑黝黝的大眼睛，满是惶惑地四处张望着。

我说了个价钱，吐尔洪也不讨价，只说能不能先给几斤面。

我询问之下，才知道他们赶了几十公里的土路，连早饭都没有吃，中午饭更不用提了。

我惊异于吐尔洪的孩子之多。后来才知道，这七八个孩子里最大的十八岁，最小的刚半岁，当中不但有他的儿女，还有他的外孙。那个刚半岁的小男孩，就是他十八岁的女儿的孩子。

然而，让我更加想不到的是，吐尔洪四十多岁的妻子肚子里，居然还装着一个四个月的胎儿。

“没有办法啊，这都是上天赐予的礼物呀。”吐尔洪抽一口烟，呵呵地笑着说。

在金灿灿的夕阳中，我侧过脸去，在一圈圈薄薄的烟雾中，看到吐尔洪青铜色的脸上，透出一股金色的光芒。

把吐尔洪搞成穷光蛋的，好歹还是他自己的孩子，而阿拉尔市包孜镇的维吾尔族妇女卡小花，养的十个孩子都与她没有多少关系，却折腾得她穷了大半辈子。

卡小花二十六岁时，一双儿女已经能满地抖擞欢乐了。可是，她的婆婆的继女撒手人寰后，一对三四岁的孤儿走进了她的家门。

卡小花并没有想到有什么负担，她爽快地收留了这小哥俩。然而，两年之后，卡小花的妹妹告别了精神病丈夫，将三个最大才十岁的男孩丢给她，自己选择了自杀。

上天似乎在考验卡小花。次年，丈夫的弟弟、表弟均因家庭变故失去了生命，五个已上小学的孩童相继走进了卡小花的家门。

“十二张嘴，每日嗷嗷待哺，不是要‘饭’，简直是要命!”卡小花这时候才发现，上天的礼物不是那么好接的。

为了能让自己的孩子们像正常家庭的孩子一样有衣穿，有饭吃，有书念，卡小花把自己的小院当成了养殖场，饲养着十二只羊、几十只鸡和同样多的鸽子。

每日天蒙蒙亮，卡小花就割回了一大捆青草，而后洗手、做饭、喂孩子，伺候完孩子，她匆匆忙忙去上班；中午下班后，她四处转转，在垃圾点上捡拾一大包碎玻璃、旧纸壳、废瓶子；夜晚，当别人休闲散步之时，她又用小车推出了自己精心打制的凉粉、馕饼叫卖……

为了十二个孩子，身单力薄的卡小花在工地上卖过苦力，在农贸市场贩过小菜，还包过土地，开过馆子，收过酒瓶。

“只要是钱，我都要一分一分地挣回来，缺钱哪!”一个妇女对于钱的渴望，是任何人都无法比拟的。

年过半百的卡小花，在孩子们都成家立业后，才舒了一口气。她坐在房屋前的石头上，粗粝的双手紧攥着一张照片给我看。

照片上面是她刚结婚时的青春照，风华正茂的卡小花，皮肤白皙，身材苗条，脸庞如月，美目流盼，是一个难得的美女。

我看看照片，看看卡小花，看看卡小花，看看照片，觉得自己的眼睛似乎有些花。

距离卡小花家不到百里的阿克苏市，维吾尔族母亲吐尼沙汗却不知道自己的那口气什么时候能舒得和卡小花一样轻松。

吐尼沙汗收养着三个孩子，其中两个汉族养子是永远的“孩子”：一个是小儿麻痹，另一个是脑瘫。

由于孩子的缘故，老人的家中时常弥漫着一股难闻的味道，炕上也常常有粪便藏匿。

月薪不足千元的吐尼沙汗却把上天的礼物紧紧搂在怀里，舍不得放弃。

“他们永远是我的孩子，我永远是他们的妈妈，不是很好吗?”吐尼沙汗很满足做一个永远的母亲，脸上的笑容自然而和蔼。

老人的话让我汗颜，不得不将口袋里攥着几张钱币的手抽出来，安然地坐在了老人家的炕上。

植

一位年过七旬的老人，推着一辆破旧的独轮车，蹒跚在一条鸿沟边，独轮车上绑着一只筐子，里面装着一筐黄土。

老人的面前，是一望无际的沙漠，大大小小的沙包，犹如一座座坟茔，风沙在坟头盘旋着，在坟间穿梭着，形成了一层灰蒙蒙的雾，让世界扑朔迷离起来。

老人的背后，是长长的一片树林，犹如一条绿色的虫子，把鸿沟里的水啃绿了。树林里种着五种树，有沙枣，有杨树，有苹果树，有香梨，也有葡萄。树有胳膊粗的，也有刚刚植下如手指般粗细的。

树林的背后，藏着好大的一片庄稼，大约是树林的二三十倍。不过，这些庄稼个子低矮，不是棉花，就是麦子，好像树林的小弟弟。

老人那双浑浊的眼睛，在风沙中微眯着，但两块黄豆大的红白相间的胬肉，却撑破了毫无光泽的眼皮，从外眼角凸出来，犹如两坨让人作呕的眼屎。

老人头上裹着的一条将失去颜色的灰纱巾，却没有全部束住她的头发，一撮儿花白的头发从纱巾的缝隙中钻出来，遮挡在老人额前，把风儿当成了跳绳，调皮地蹦跳着。

树林是老人的，是她一个人种出来的。为了栽植这一百多亩果园，老人用了将近二十年。

我从侧面了解到了老人的历史。老人是一个老军人的家属，老军人到阿拉尔开荒造田后，就把她和女儿接来，在塔克拉玛干沙漠安了一个家。女儿长大后，跳出了农田，在农场场部当教师。老军人去世后，女儿多次叫她去住，可是，老人拒绝了。

老人在她居住了大半辈子的沙漠边开始了开荒行动，她推出自己多年不用的独轮车，修理修理，绑上了柳条筐子，带着坎土曼，每天在沙漠里奋斗着。这时候，老人退休还不到一年。

“干了一辈子，还没有干够？就算开出来，还吃得了几个果子？”身边的老人们议论纷纷。

女儿得知后，匆忙赶回来，给老人说，如果实在想植树，可以雇一辆推土机，不到三天就能帮她推出一片土地，但老人拒绝了。

老人坚持着最原始的开荒方式。一小片一小片土地在老人的脚下延展，老人开出一片地，植上一片树，边上的是易活的沙枣，中间是杨树，最里面是果树。

每年春季，周围田地里春灌时，都将压碱水排进鸿沟，鸿沟里的水漫到了距离林地二十公分高的地方，盐碱借着水头往上浮，地里的树，都泡到了盐碱中，大片大片地死亡。

老人并没有放弃。不耐盐碱的果树死了，她就栽耐盐碱的。终于，十多年后，这里成了一片果林。

我到这片果林里去的时候，是九月上旬的一天上午，老人正在修剪果枝。她低矮的个子，已经够不到果树的高枝了，就把剪子绑到一个两米多长的木杆上，剪尾系了一根绳子，通过牵拉绳子来修剪果枝。

她的女儿正拿着筐子，在一边摘葡萄。

“这葡萄刚熟，还没有上糖，怎么就摘了呢？”我问。

“摘了给我们班上的孩子们补一补，他们正是长身体的年龄，刚刚从内地来，家里也没有多少钱，买不起水果。”这位已经五十多岁的教师说，农场有不少农民工的孩子，学习成绩都不错。

我知道这位老师的话不假，因为她是我弟弟的班主任，听我弟弟说，她是一位优秀的教师，最擅长的，就是因材施教，不但成绩好的孩子喜欢她，就是成绩差的孩子，也喜欢她。前些年农场里拿不出教育经费，教师的工资都发不下来，可是，这位老师却常常自己掏腰包，给学生们买吃的和学习用品，每年还无偿给大家发水果。我弟弟在她的班上，经常吃她提供的免费水果。

“你不是已经退休了吗，怎么还在干?”仔细算来，这位老师早就该退休了，怎么还在教学，我有些疑惑。

老师头一歪，笑笑，告诉我：“我本来已经退了，但学校和学生都让我继续干，我就多干了几年，干着干着也就离不开了。”

我们聊着聊着，就起了风，风沙打得果园的树叶沙沙地响，果子在树叶间来回摆动。有些硕果累累的果枝，已经弯曲了，这阵儿经不起风吹，匍匐到了地上，几乎要折断。

我抬头向着果园外面望去，在果园的旁边，绿油油的庄稼一望无垠，但它们似乎没有感觉到风的存在，笔挺地站立着，吐出黄的花、红的花，娇俏地说着悄悄话。

川妹子

女人是一朵花。女人三十五六岁了，眼角却没有一点儿皱纹，皮肤也白白净净的，好像没有生过孩子的姑娘，但又比姑娘丰满，该凸的地方，绝对不是沙包，而是一座山岗。该凹的地方，犹如一湾鸿沟，细得似乎要断了。

初见的人，谁也不会想到，这女人竟然有两个十多岁的娃儿。

女人是四川人，却有着高挑的身材，个头不低于一米六，但两肩窄小，穿件衣服，晃晃荡荡的架不起来。四川人来到阿拉尔，多少都被这里的干热天气烫出一层皮来。女人却没有。连队熟悉的人都说，女人好像从来没有变过，要是非要说变的话，就是越来越好看了。

女人也是被一张邮票骗到阿拉尔来的，但女人笑吟吟地说："不后悔。"

女人找的男人，是上海人。高高大大的个子，却带着一副厚厚的眼镜，好像蒙着一层白纱。气气派派的国字脸上，鼻子高挺，嘴巴厚大，让人以为是个东北大汉。

男人说话，一口标准的普通话，几乎听不出来有上海口音。男人走路，也一步一顿，好像要跟土地爷斗气，地皮儿被震得颤颤地。

但男人却不是一个干活的料，男人干活，磨磨唧唧的，只见动作，不见活儿。

别的上海人要么往上爬，当了官儿；要么有文化，进了学校；要么逃回上海，在农贸市场里当盲流。

男人却好像一根钉，钉在了连队的一个旮旯里，几十年不挪窝儿。

有人拿当官的和他比，男人撇撇嘴，说："早年我们一起来的时候，那家伙被我端着屁股举起来，塞进了车里，要不然来不了阿拉尔。”

有人拿当教师的上海人和他比，男人说：“看我眼镜都这么厚了，读的书能少吗？当个教师还不是简单容易的事情吗，但教师是没出息的人干的事情，有出息谁跟一群娃娃打交道?”

有人拿回上海当盲流当到了银行行长的上海人和他比，男人说：“上海有什么好？看着穿着比较阔气，楼比较高，吃西瓜是一芽儿一芽儿吃的，一个西瓜全家能吃一个星期，实在不过瘾。上海人小气的把袜子穿烂了，头上一剪，又当起了袖套。”

大家觉得男人的话有道理，就仰着头看男人。男人出手阔绰，今天请这个到饺子店吃一碗饺子，明天请那个到商店喝点酒，慢慢地大家都觉得男人不像一个上海人，倒像一个新疆人了。

当上海人在阿克苏聚会游行，要求回上海时，男人却闷在家里，带着娃娃玩。

上海人都看不起男人，不和男人说话。男人也看不起上海人，不和上海人说话。

有一年夏天，男人到乌鲁木齐和阿克苏转了一圈，回来后找到平时吃吃喝喝的朋友，神秘地拿出一份合同，上面要么是甘草购销合同，要么是棉籽购销合同，出的价格都高得离谱。男人的朋友想找出什么破绽，看着打印的纸张，鲜红的印章，却挑不出一个问题来。

“妈的，这么赚钱的玩意，咱就是没有钱，要是有个万儿八千的，不就赚大了。”男人满脸遗憾地说。

朋友就说：“不急不急，我给你凑。”凑了几天，果然凑齐了钱数。

男人一脸感激，说：“我给你们打条子，到时候赚了钱，咱们按照谁出的钱多少分。”

朋友们慌忙摆手，骂男人外气。

但是男人出去以后，再没有了信儿。有人说是死了，被人暗害了；有人说是在外面找了一个相好的，不回来了；有人说是赔了，没有脸见人了；有人说是带着钱回上海了。

朋友们就去问女人，女人也一脸茫然，只是歉意地笑笑，不说什么话。该干的活照干，该做的事照做。

男人的朋友见男人长期不回来，就借着讨债为名，到女人家去赖着不走。女人也不恼，该吃饭时间，做了讨债人的饭，端到桌上；该上班的时候，拿着工具就走，把讨债人一个人留到了家里。碰到手脚不干净的，在身上摸来摸去，女人既不火，也不叫，挣扎着，总会摆脱对方的纠缠。

有讨债人半夜上门，女人依然开了门，把孩子搂得紧紧的，让讨债人下不了手。

有领导也想趁机占个便宜，偷空摸缝往女人身边凑，女人却总能找到合适的理由，既不得罪领导，也让他们没有机会下手。

三年以后，男人回来了。朋友恶狗一样围满了屋子，却问不出个青红皂白，只知道男人是拿不出钱来还大家了。

从此后，男人说话也不利索了，干什么也没有精神了。谁问他出去干什么了，他说做生意去了。问生意做得怎么样了，他闷着头不吭声了。

女人却不管不问，把两个孩子送到了上海，回来后每天只顾干自己的活。男人跟屁虫一样，跟着女人，女人干什么，他干什么，女人走到哪里，他跟到哪里。有一次女人上厕所，男人竟然也跟着走了进去，女人进去了，才发现男人在尾巴上挂着，忙一把推了出来。

讨债人对男人没有办法，不知道是把他告了好，还是就这么放过他。但后来没有一个人告他，也没有一个人再上门来讨债。

有人说，是女人出面做的工作。

就有人拿了树叶编个帽子，戴到男人头上取笑他，男人傻子一样嘿嘿地笑着，说："你们知道个卵。"

时间长了，大家也就对男人没有了劲头，但对女人的劲头，依然不减，却没有听说一个男人得手过。

众人就觉得奇怪，说："这两口子，上海人不像上海人，四川人不像四川人，邪门。"

失

这是一位来自河南的阿拉尔女人，圆圆的脸庞上，经历了太多的风吹日晒，有着一块块小米样的黑斑，犹如一片片鱼鳞。

她是被众人推荐出来的道德模范候选人。因为她的刚强，因为她的坚韧。

说她的儿子，她的老脸上绽放着笑容，说她的孩子一个考上了大学，一个学习成绩优异，一脸的幸福，好像当初嫁人时的模样。

可是，说到她的丈夫，这个看似刚强的女人却低下了头，眼泪吧嗒吧嗒地落了下来。

二十年前，她的丈夫去稻田收稻草，从行驶的小四轮上不慎掉了下来，当场摔得不能动弹，经过两年的治疗，脖子以下身体部位仍然恢复不了知觉，只能永远地躺在床上。

男人是一个家庭的顶梁柱，这不但是河南人的谚语，也是中国农村的真实写照。失去了男人坚实的臂膀，女人柔软的肩头，如何扛得起一片天?

一个瘫痪在床的病人，一对英俊的儿子。一半苦难，一半希望，掺和成生活的全部，注满了她的日子。

二十年啊，我想象不出来，她是如何渡过一个个难关的。我也想象不出来，这位当年风华正茂的女人是如何忍受苦难的煎熬的。

我只能想象，这位将自己投放在塔里木的女人，身着粗布衣裳，包着一个把头裹得严严实实的围巾，套着一对深色袖套，穿着一双布鞋，在泥水之中深一脚浅一脚地望着远方。

即使饱经沧桑，但岁月仍然难以掩饰这位女人二十年前的俏丽，当初的容颜，肯定让许多男人为之倾倒。然而，这位女人却选择了坚守。我想，她肯定悲伤过，徘徊过，痛苦过，甚至绝望过。

难道她真的没有欲望？难道她真的不想靠在另一个肩头诉说衷肠？

不。也许，她尽力压制着自己的身体，却放任精神的出轨；也许，她早已被苦难磨去了欲望。

面对苦难，欲望成了一种可望而不可即的奢望。她把自己放在奉献的祭台上，压榨着肉体内的能量。

二十年的眼泪，流成了一条麻木的河。二十年的孤寂，铸就了一个坚韧不拔的形象，如今，她被当成了道德模范，要被人颂扬，要被人学习。

当我们围观着这个女人的苦难并为她喝彩的时候，我不知道，这个女人是不是一种动物，而我们，是不是一种更为残忍的动物。

可是，我知道，动物从来不知道什么是道德，它们因而不压抑自己的欲望，压制自己的幸福。

船

有一天，朋友说阿拉尔有人为了防洪水，正在造一条船，把自己的家当都变卖了，船还是没造起来。

前些年，塔里木河没有大桥，河两岸的人过来过往完全靠船。阿拉尔曾经有过一条大船，可以摆渡几辆汽车和行人，塔里木大桥建起来后，那条船失去了作用，就不知了去向。

这些年，铁的价格飞涨，有人到内地买了小船，在塔里木河吸铁砂，但时间没多久，这些船老板一个个亏得提不起裤子，河上再也没有见过船的踪影。

生活在沙漠里的人，什么样的想法都有，有造飞机的，有造电动汽车的，但是要造船的，却是破天荒第一次听说。

阿拉尔在塔克拉玛干沙漠的腹地，是一个干旱区，如果没有塔里木河水，将成为一片不毛之地，哪里又需要船呢?

我在想，这个造船的人脑子可能有些问题，也就没有在意。

塔里木河作为一个季节性河流，依赖天山融雪，每到夏季，河里的水量就大，冲击着阿拉尔的堤岸。有一年我到幸福城去，看到洪水拍击着河岸，一夜之间掠去了几百亩土地，但也没能窜到河岸上。

可是，2010 年 8 月，塔里木河的一次洪水，却让我意识到了害怕。

这场洪水是清晨来临的，冲垮了防洪堤，将四个连队淹没了。我赶到阿拉尔的时候，河水已经灌漫了四公里宽的塔里木河，掀起两米多高的巨浪，撞击堤岸的巨响传到了一公里之外。河中的电线杆，有着房屋一样大的底座，可是，这会儿却东倒西歪的，抵挡不住洪水的冲击。

有一群抗洪的职工，拉来废旧的电线杆，用铁丝连起来，推到堤岸边，可是，这些电线杆刚站住跟脚，一个浪头又将它们推进水里，不见了踪影。

被淹没的四个连队，受灾最严重的水已经漫到了房檐下。地里的棉花，被洪水抹去了踪影，连个头儿也露不出来。一人多高的玉米，有的露了个头，有的连根带叶漂在水上，在水中打转转。

齐腰粗的胡杨，有的被冲倒在地，匍匐在房顶上，有的歪倒在洪水里，耷拉着脑袋。只扎着一根老桩的新疆杨，齐刷刷地倒下了，从水中伸出一两个枝干，叶子哗啦哗啦地摇晃着，像是在向人求救。

从连队里逃生的人们，诉说着洪水的迅猛，一个浪头打过来，水漫到了床沿上，再一个浪头打过来，水已经到了腰里了。

有一个维吾尔族老乡，正在放羊，看到水过来，就赶着羊往沙包上跑，刚跑上沙包，水就包围了过来，沙子不断地被洪水冲走，老乡脚下的土地越来越小，他慌忙打电话求救，被武警救了出来。

另一个小伙子本来是开着挖掘机去加固堤坝的，结果一个浪头打来，将挖掘机掀翻到水中，小伙子差点被洪水吞噬。当他从操纵室里钻出来，游到了安全地带时，立即号啕大哭。

看着洪水，我想起了那位造船的人。

造船的人姓陆，个子高大，虎背熊腰，说话声音和他船上的发动机差不多，震人的耳朵。他说他是阿拉尔二代，大学毕业以后，一直在阿拉尔生活和工作。

他的船是一个铁壳船，船不大，有一百平方米的样子，能容五十个人生活一个月。但装油的位置却很大，据造船人说可以装两百吨柴油。

“为什么要造船呢？”我问。

“防洪水啊。你看这场洪水，要是有船，人们就不至于这样狼狈，财产也不会被洪水冲跑了。”这个憨直的汉子说。

“要是没有洪水呢？”我又问。

“一定有。总有大家无处可逃的一天。”汉子坚定地说，似乎发多大的洪水，洪水什么时候来，他都知道一样。

造船者的话让我想起了阿拉尔的一位文人。这个文人默默无闻地干了很多粗重的活，种过庄稼，洗过酒瓶子，做过临时工，一直没有放弃文学。

“你觉得自己会成功吗？”我问他。

“一定会。”这个文人毫不犹豫地回答。

当时，我不大理解，脸上甚至浮现出了蔑视的表情。可是，后来我自己却迷上了文学，顺着这位文人走过的路独自朝前走，我相信文学就是清水，可以洗涤我污浊的灵魂，我在文学的道路上走得越远，我的灵魂就越纯净。就像这位造船人相信洪水一定会到来，造出的船装的柴油越多，生命就可以延续得越久一样。

后来，我又接触了很多人，他们有的拼命地工作，说一定要把事业做得出色；有的四处奔波挣钱，觉得钱可以带来美好的生活；有的写书绘画，梦想着成名成家；有的闭门修道，认为可以延年益寿；有的涉猎名山大川，要把自然当成归宿；有的在河边种植树林，说要造福后代……

我觉得，他们都和造船人一样，在造着一条属于自己的船，承载着自己的未来。

船上的日子，斑驳多彩。

沙漠的春天

塔克拉玛干的汉语意思是“死亡之海”，塔克拉玛干沙漠真的就是死亡之海吗？其实，死亡只是塔克拉玛干沙漠丑恶的一面。33 万平方公里的沙漠，除了死亡，还孕育着勃勃的生机，上演着生命的奇迹。

沙漠是圈养月光的地方。月亮将光芒投射给沙漠，沙漠毫不客气地收下。沙子瓜分了月光，就像一群饥饿的孩子瓜分一个金黄的馕，你撕一块，我扯一缕，月光被撕扯得丝丝缕缕，零零碎碎，完全变了形，有的像一面明净的湖水，平稳地卧在沙床上，安静地注视着头顶的天空；有的像一片片金色的鱼鳞，贴附在起伏的沙梁上，金光闪闪；有的如一群入眠的绵羊，安卧在浅浅的沙坑里，咀嚼着梦中的日子；有的像一缕缕飘浮在空中的轻纱，朦朦胧胧地着不了地，在空中飘来飘去。

月光被沙漠圈养得越来越肥，肥胖得走不动路，只好一辈子待在沙漠中。

沙漠不但圈养月光，还圈养沙生植物。胡杨是沙漠的骄子，经过风沙的磨砺，这些骄子不怨不馁，养成了坚韧不拔的性格，成为沙漠中最长寿的物种。

红柳是塔克拉玛干沙漠的美人鱼，它们在沙梁上匍匐前行，身躯行走在黑暗中，弯弯曲曲地追逐着自由。梭梭与世无争，有水活百年，没水百年活，洒脱的情态可爱有趣。骆驼刺的叶子坚硬无比，它刺破所有的妄想，包括阳光，只为留下一点属于自己的血液。在死亡之海，骆驼刺知道，自己拿出一点点液体，非常容易，可那一点血液，和沙漠里的沙子一样，改变不了什么。直到腐朽，这些植物的锐利武器都保持着尖利的形态。

白蜡树对抗风沙的程度虽然轻，但白蜡从来没弯过腰。

死亡是所有生物的另一个目的地，植物们在奔赴死亡的道路上，无论是美的，还是丑的，无论是坚韧的，还是脆弱的，它们都相当从容。动物则有些担心自己的命运。沙鼠是最胆小的，白天不敢活动，躲在洞穴里，等待着夜晚的降临，它钻出鼠洞，东跳跳，西跳跳，直到碰到一株植物，才停下来，挖掘出植物的根，津津有味地享用。不过，红柳的根是苦的，胡杨的根太深，白蜡的根有些不符合胃口，跳鼠只看好草类的根，比如说骆驼刺、梭梭和芦苇，比较起来，还是芦苇的根好一点，芦苇的根有些白，又有点甜，是跳鼠们天然的食物。胆小的蜥蜴天生一身彩装，见到沙漠变黄，见到芦苇变绿，往往蒙蔽了许多天敌。遇到危险，这些潜行者逃避不及，就快速地钻入沙子，不见了影踪，给天敌们一个空空的惊喜。塔里木兔子是沙漠里最不怕饥饿的食客，只要有植物，就能找得到它们的印记。所有的植物都是它们的食物，没有叶子，还有茎；没有茎，还有埋在沙中的根。只要沙漠存在，塔里木兔子也就生活得有滋有味。太阳跑不过兔子，月亮也跑不过兔子，这些短腿的长跑健将往往跑到了欲望的前面，足迹遍及塔里木的所有土地。只要有绿色，它们的四肢就不会停止。没有玉米，有芦苇也行，虽然沙漠中的芦苇味道苦，但只要有吃的就行，总比饿着肚子好；冬天里的兔子有些苦闷，绿色没有了，不过总有干枯的食物，叶子也还可口，胡杨叶子，芦苇叶子，都是美味的午餐。最牵挂兔子的是狐狸。沙鼠虽然容易捉住，可连糕点都算不上，只算打个牙祭。刺猬也常常遇到，可是这个刺头身体一缩，千万条锐利的针刺朝着来袭者，让你下不了口。鹅喉羚和黄羊也是食草动物，但这些动物畏惧的是狼，对于个子矮小的狐狸不屑一顾，胆敢攻击的话，不但换不来一顿午餐，说不准还被它们一蹄子踹翻，落得筋断骨折。因此，狐狸关注的猎物只有兔子。守株待兔毕竟是个传说，与运气有一点关系，还是四处转悠吧，比如找到一片绿色，或者一片沼泽，是最好不过的事情，潜藏在此地，守株待兔的概率要高得多。不过，螳螂捕蝉，黄雀在后，谁想后面还有狼也在这里呢，弄不好兔子没逮住，自己的小命就进了狼口。因此，狐狸活得更艰难，前怕狼，后怕虎，就说的是这位。

狼的食物来源多些，兔子也好，狐狸也好，都是攻击的对象，不过，鹅喉羚和黄羊则更容易捕获。这些体形大的食草动物，是食肉动物们眼中的美味，卧在沙梁后，或者红柳丛中，面对路过的黄羊一跃而起，反应慢的黄羊正在吓呆之际，就被按倒在地，挣扎几下，立即毙命。

野猪们不敢深入沙漠，只在沙漠的边缘徘徊，因为它们离开了成片的植物，只有毙命。找不到食物，它们只有到农田里，寻找一些果腹的庄稼。玉米、黄豆，都是可口的食物，土豆也不错。

拳头大小的沙鸡，跑得不快，飞的不远，不过，由于没有完整的行进路线，无论是天上还是地下，它们都能够来去自如，往往让狐狸费尽了脑汁，也想不出一个完整的捉拿计划。

春天，并不是沙漠生物的生命盛宴。沙尘暴随时到来，沙漠边缘下一场雨，或者一场雪，气候稍微有些异常，立即掀起一场沙尘暴。

沙子驾驭着风，在空中翻滚着，颇有点乘风破浪的味道，顷刻间席卷了沙漠所有的静寂，包围了绿洲，袭击了城市。

和沙子一起在空中作乱的，还有纸屑、干草、木头，都在天上飞扬着。

这时候的动物们，只有找一个沙坑钻进去，头朝里，屁股朝外，休眠几天几夜。

植物们倒不在乎，沙尘暴再大，也没有它们的根深。它们牢牢抓住湿润的沙土，一点也不松手，沙尘暴就是打着卷儿，顶多损折些不轻不重的枝条。植物们还是喜欢沙尘暴。春季的沙尘暴，刮一场，天热一些。再刮一场，天再热一些。三五场沙尘暴过去，植物们的枝条萌出绿色来了，抽出新的芽芽来了。每年春天，植物们都急切地等待着沙尘暴，就像等待它们的情人。虽然情人的鞭子在植物的脊背上留下道道鞭痕，但也为它们送来了生气，送来了欢乐，送来了一个勃勃的年景。

沙漠之秋

眼看着都立了秋了，老天还在肆无忌惮地朝沙漠里扔火球，恨不得将地上的鸡蛋蒸熟。突然一团沙尘飘过来，在天空中久久不散，犹如给老天套上了一个笼头，让它那火暴的性子刹那间蔫了下来。

棉花在冷空气里一收缩，憋涨的肚腹就裂开了口子，吐出一团团白絮，犹如一身绿纱的姑娘，带着一朵儿显眼的白花。

稻谷正在铺着一地的绿毯，谁知霎时就换上了黄色的金纱，好像一位含羞的新娘，羞答答地垂着头，任凭过往的鸟儿在头上叽叽喳喳，也不敢抬起娇柔的脸蛋。

站在稻田里的狗尾巴草，大半生都没有出人头地过，这阵儿挺起了腰杆，扬起轻飘飘的脸庞，朝着太阳挤眉弄眼儿。

秋水也温柔起来，柔软的手掌抚摸着秋风，似要把风儿哄睡着了。

浮尘天气过后，忽然一夜之间，一阵轻霜打过，大地上一片儿白，一片儿黄，仿佛一位画师，在大地上涂抹着油彩。

坚强的胡杨，浓霜越是杀伐，叶子越是顽强，披着黄黄的蟒袍，金光闪闪，格外辉煌。

在秋风中，胡杨叶子轻轻摇摆，似一只巨手，在空中回荡。

胡杨林的边缘，叶子已经红透，犹如给黄色的巨人镶嵌上了一道鲜红的围巾，又如金黄的地毯上窜行着一条赤环蛇。

站在高处，看胡杨林，就像一幅油画了。绿的浓绿，黄的金黄，红的火红，都格外的浓墨重彩，谁也不肯让一点儿，好像要把这大地重新描抹一遍。

那些南方来的鸟儿，也该回到南方了，这时候排着队儿，从蔚蓝的天空飞过，正好有一片白云在头顶，鸟儿好像衔在嘴里，突然一声长鸣，鸟儿的队伍变了形。

那边衔着的白云，也好像掉了下来，落到了沙漠上。

塔克拉玛干沙漠的雨

除了我之外，沙漠中所有的植物都需要雨。

雨是沙漠植物们终生期待的盛宴。无论是疯狂地深入地下三十米找水的胡杨，还是仅仅把根附着在沙包上的骆驼刺，一生的梦想都在雨水中舞蹈。

更多的种子在等待着雨水的降临，但天空中没有一片云，哪怕是一小片挂着黑边的云也没有。塔克拉玛干沙漠上空的云彩似乎总是那么白净，白净的犹如一方透明的玻璃。我曾经钻到云的肚子里看过，塔克拉玛干沙漠上空的云和其他地方的云不一样，它们让所有的植物绝望。

谁都在期盼着雨水。但雨水来与不来，对于沙漠中的植物来说，大不一样。

胡杨的树冠有多大，根就有多大。有的胡杨甚至根比树冠大，光秃秃的树干上只挂着几片叶子，但脚下的根系却四通八达，通过表层的沙土深入到含有水层的红壤土。雨来与不来，胡杨都一样生存。但没有雨，胡杨深厚的叶子裂出了口子，发出焦渴的声音。

红柳的根系更发达。一个大沙包上，也许只有一个枝条的红柳，但这个枝条下面的根系，却犹如一张网，牢牢地将楼房一样的沙包网住，使它移动不了半步。

甘草的径最粗的只有拇指大，但这是甘草巧妙的伪装。顺着这些拇指粗的径往下扒，往往能看到房梁粗的地下根。我二舅在沙漠里曾经挖到过一根甘草，根和胳膊一样粗。我还看到以前有人挖过一根甘草，檩条一样，两人都抬不动。

大芸这个风流的主儿，不管有没有雨，只贪图一时的享受，藏在红柳的根上，向土壤显摆着自己瘦弱的生殖器。

骆驼刺虽然时常摆出一副气势汹汹的架势，时不时地让自己那几根尖利的刺儿晃动晃动，其实它的心里最着急。因为没有发达的根，它们仅靠体内储存的一点水分活命，要是总不来雨，随时都有性命之虞。

芦苇的焦渴写在了脸上，等一段时间，干枯一节子枝叶，再等一段时间，干枯一节子枝叶。

雨还是来了。七月的沙漠，太阳正喷射着火焰的时候，雨突然就来了。雨说来就来，没有任何征兆。铜钱一样大的雨滴，就那么从天空中撂下来。

但雨没有落地。雨跑到半道上，就回去了。就是这样，有植物已经捞取了实惠。胡杨无论在哪里，都挺着身躯，向天空摇曳，这时候它们得到了回报。胡杨打开了叶子，雨水以水汽的方式，进入胡杨的身体。

其他的植物眼巴巴地看着，却无法得到幸运的眷顾。它们都闻到了雨的味道，却无法得到雨。骆驼刺个子矮小，与雨的距离太遥远。胖姑娘草躲在沙坑里终日不敢露头。红柳怕风，终生都匍匐在沙包上，不敢伸直腰，因而也得不到雨水。大芸寄生在红柳身上，以吸取红柳根部的水分为生，更得不到雨了。

雨总是要来的。每种植物的一生，都会遇到一场雨，或者多场雨。进入夏末，雨不厌其烦地光临沙漠，有时能够降落到地面上，有时甚至还能汇集成河流。

胡杨把每滴雨水都牢牢抓在手里，按到身下，趁机发出新枝，茁壮地生长。平时强硬地展示着满身尖刺的骆驼刺，此时也现出了柔软的一面，枝条的底部伸出一两片叶子。蔫头耷脑的野西瓜一夜之间就结果了，几个圆鼓鼓的青果子冒了出来。瘦瘦巴巴的麻黄草抽出了粗而长的叶，被路过的蚊子当成了树枝，站在上面晃悠着。骄傲的大芸伸出了自己的雄器，向着所有的植物炫耀。芦苇暗地里使着劲，把根朝着低洼处那一小片水域伸展。胖姑娘懒惰惯了，咕噜噜滚到水中，呼噜噜就膨起了自己的身子，把所有的水都罩住，美滋滋地吮吸着，搞得浑身圆滚滚的，就差把肚皮涨破了。

雨水也有走偏的时候。雨水要到什么地方，谁也把握不住。有时候飘到胡杨林里，有时候落在甘草丛中，有时候下到芦苇头上，有时候在没有植物的沙湾里汇集成河流。雨水也不知道自己该落到哪里，不该落到哪里。但无论落到哪里，雨水都是雨水。

有的植物一生可遇到多次雨水，有的只有一次。遇到多次雨水的，生命不见得比遇到一次的精彩，遇到一次的不见得就比多次的失败。我见到过一棵胖姑娘草，一生就遇到一次雨水。这是一场小雨，只溅湿了地皮，但这个胖姑娘草就长起来了，长了两公分高。在广袤的沙漠里，这个两公分高的胖姑娘草抽了四节枝条。严格地说，是四片叶子。抽到四片叶子的时候，胖姑娘草没有了水的支撑，只能草草地完成了自己的成长期。虽然这是刚刚开始的一生，但胖姑娘草的经验写在自己的DNA（脱氧核糖核酸）中，它迅速地让自己青色的身体发红，进入了青春期。等到第七天，胖姑娘草还没有来得及结种子的时候，它已经干枯了。但它短暂的一生，却品尝到了生长的快乐，品尝到了爱情的滋味。

沙漠只是雨水的一个亲戚，而不是娘家或者婆家。雨水来到地面上，终究还是要回去的。只不过看沙漠植物们的热情，能够将雨水挽留多长时间。

有所准备的胡杨和芦苇，伸出地下的根，将雨水拉进地下。骆驼刺收紧了身子，夸张地伸出尖刺，把雨水变成了体内的一点汁液，任谁也不敢近身。及时行乐的大芸刚招到几只野蜂，就慌忙地开起了花，让水分快快地溜走了，风流干枯成了一个象征。野西瓜也没有保存雨水的方法，在太阳的暴晒下，不但扔了果子，连叶子也扔了，枝条一节一节地枯萎。及时享乐的胖姑娘，由于没有根，胖胖的身体迅速晒成了一把干柴，很快被沙子埋葬。

这时候的沙漠，似乎没有下过一场雨。

胡杨林

喀拉库勒坐落在一片胡杨林里，这片胡杨林位于阿瓦提、巴楚、柯坪和图木舒克市的交界处，由于有叶尔羌河曾经从这里穿过，故而胡杨林长得格外茂盛。

如今，在喀拉库勒南部，还有桌子粗的胡杨矗立在沙漠上，头顶着几片稀疏的原叶，看似就要枯死，每年去看，年年却有绿意萌出，与人的想法别着劲。

由于叶尔羌河改道，胡杨得不到浇灌，多为中空的。远远看是圆鼓鼓碾盘样一棵大树，走进一看，除了周围一层皮，中间是自然修建的一个空屋，大的可以容留两个人坐着下棋，小的可以躺下一个人。有的两面有洞，任由来人穿越。

叶尔羌河故道大约十多米宽，四五米深，看得出来，有水的时候，这里的来水还是挺大的。

可惜现在断流了。河道里只徒留一个河槽，河底是沙，两边是红壤土，光滑如水泥墙壁。有的地方竟然反光，站在旁边细看，却找不到自己的影子。

站在河岸上，望着脚下陡峭的岸壁，心里多多少少有些畏惧，没有勇气滑下去。站在河底，望着光滑的岸壁，也没有办法徒手攀上去。

河壁上没有看到树，光滑的一条河道，犹如一条白练，穿行在绿海之中，殊不知，这是胡杨林的母亲呢！

河底的细沙上，找不到动物的蹄印。看来动物们都畏惧这个干涸的河槽，不敢轻易下来。河床上零零星星的胡杨，最粗的也只有脚丫子粗细，但皮实得很，折来折去，却没有办法折断。不像岸上的胡杨，脆生生的，用脚一踹，说不定就踹断了一棵腰身粗的。

河底下有牧羊人挖的泉，有的如碗口，有的如磨盘，也有的如一方稻田。但无论大小，都伸手就可舀到水。不过，由于水里落了不少树叶，还有很多昆虫的尸体，水的颜色大多都呈酱油色了，闻着有一股沤烂麻的味道。

水里的生物最多的是蚊虫，其次还有青蛙。不过，在最大的水塘里，居然可以看到有鱼。这些鱼都是鱼苗，通体透明，连鱼刺都看得清清楚楚。但是，鱼是什么鱼，却说不清楚。说是鲤鱼吧，体形是细长的；说是鲢鱼吧，肉质却不白；说是鲶鱼吧，嘴唇也不黑；说是新疆大头鱼吧，嘴巴又不大，头也不大。

无名的鱼不怕人。人伸手去捞，它们也不躲，不惊不乍地游着，居然游到手心里来了。水从指缝中露出，鱼才发觉上了当，摇头摆尾想要离去，却找不到出路。放进水中，鱼又忽略了危险，依然在手中游动，依然啃噬着手心，悠然自得的样子。

古老的叶尔羌河古道，原是丝绸之路的一部分，在柯坪县交界处，有一处残垣断壁，据说是一个具有千年历史的古城，曾经非常繁华。有人说这里是尉头国的国都，但坍塌的黄土上，看不出有什么皇家的气象。

顺着河道往西走几十公里，有一座坟墓，被称为唐王墓。说是坟墓，就是一个土堆，没有墓碑，也没有什么标记。到底是什么王，谁也说不清楚。

柯坪和巴楚的维吾尔族人，每年春秋季节，都要成群结队地骑着马到这里来神神秘秘地寻宝。据说，以前有一个驼队，带着大批财宝，到了这里，被风沙迷了路，把财宝埋在了树下的沙包里，人逃回去了。等风沙息了，他们过来寻找属于自己的财宝，却找不见了。

于是两县的维吾尔族人，年年都要来寻宝。拿着一个长棍，这个沙包里戳戳，那个树根下捣捣，企图找到宝贝。

不过，细沙是一个最好的隐藏师，他们守口如瓶，任由人百般翻腾，就是不透露其中的秘密。倒是每年春季的风，时常能在胡杨林中翻腾出一些历史的碎片来，揭穿了沙的秘密。

有人曾经在胡杨林里捡到一册怯卢文书，翻看了一番，认不出其中的字，随手就扔了。有人还在这里捡到过木简，整整齐齐的繁体字，让人看不大懂，拿回去交给公家，据说是唐朝的。还有人在这里捡到一些铜钱，锈迹斑斑，字迹模糊，找人认了，说是“崇宁重宝”。崇宁是宋徽宗时期的钱币，看来，这里在宋朝还是有商人通行的。

大家捡到的宝贝，激发了更多的寻宝热情。但这个胡杨林的秘密，和它的岔道一样多。

原来，互相交通的岔道，在胡杨林里构成了一个又一个圆。岔道是马车碾压出来的。有的马车是来砍柴的，有的马车是走亲戚的。砍柴的马车，走着看着，只拣刚刚干枯的树木，在胡杨林里兜一个圈子，就可满载而归。走亲戚的马车，不是从阿瓦提到巴楚，就是从巴楚到阿瓦提，或者从柯坪到巴楚，从巴楚到柯坪。去的终究要回来，亲戚家里的饭菜虽然繁盛，毕竟不是久居之地。

那些秘密，早已像晒蔫了的树叶，胡杨林对于这些秘密，没有多少兴趣。

到叶尔羌河故道寻宝的，没有寻回来多少财宝。不过，也有不少意外的收获。

有人在胡杨林中转来转去，迷了路，寻到了一片核桃林，树上挂满了小石头一样的核桃，地上也落满了核桃，一脚踏进去，没到膝盖，再一拍核桃树，噼里啪啦落下来一片，砸得人也成了核桃树，头上一个一个明光光的青疙瘩。捡起地上的核桃，有枣子大小，皮薄肉厚，香气浓郁。

寻宝人吃了核桃，神清气爽，仔细地辨别着方向，匆匆忙忙地跑回来，告诉家人，自己找到了宝藏，要立即去把核桃林里的核桃拉回来，变卖一大堆钱。

家人以为寻宝人在胡扯，就伸手摸了摸头，居然不发烧，又以为发了精神病，准备找医生，谁知寻宝人拿出口袋里的核桃，当作证据。

家人闻闻核桃，确是好核桃，砸开以后，香气弥漫了整个房屋，立即找了大型拖拉机，挂上一个小拖拉机的车斗，让寻宝人带着到胡杨林中寻找那片核桃林。

在胡杨林中东跑西跑，该找的地方都找了，不该转的地方也转了，就是找不到那片核桃林了。连续找了好多天，核桃林再也不见了踪影，倒是柴油耗去了上千元。

还有的寻宝人迷了路，钻到沙漠里，突然看到了一片喧闹的城市，道路笔挺，楼阁连天，车马辚辚，龙飞凤舞。寻宝人忙朝着这片城市赶。越走越远，越走城市越模糊，最后竟然不见了城市。

就在寻宝人灰心丧气之际，脚下忽然一硬，低头一看，五彩闪耀的宝石闪烁着光芒，从脚下铺到天上，犹如一片彩虹，好似一条彩锦。

捡起一个宝石，仔细看了，才认出是难得的玛瑙。寻宝人欣喜若狂，就把随身带的布袋装满，往家的方向赶。

但是，路途越来越遥远，口袋越来越沉重，寻宝人的力气越来越小。他不得不将口袋中的彩色玛瑙一块块掏出来，沿途扔掉。但机灵的寻宝人把玛瑙当成了记路石，隔一段扔一个，作为回来的路标。

好不容易回到家里，寻宝人拿出了仅剩的两三块玛瑙，震动了喀拉库勒人，大家开车的开车，驾马车的驾马车，浩浩荡荡地往沙漠中去寻找玛瑙。

刚开始，还能寻到一两块寻宝人丢弃的玛瑙，但进入了大漠，沙包一个接一个，沙梁一道绕一道，不要说拳头大的玛瑙了，就是一个大活人，也会被沙漠藏匿得无影无踪。

再往前走几十公里，寻宝人早不知道了东南西北，大家也不知道了东南西北，一群人在沙梁上绕来绕去，总会绕到走过的路上。至于玛瑙滩在哪里，已经不重要了，重要的是找到回去的路，大家惶恐地看着西落的太阳，匆匆地赶了回来。

有人顺着胡杨林往北找，到了喀拉麦迪山脚下的戈壁之上，这里除了稀稀落落的骆驼刺，很难找到其他的东西。寻宝人不甘心，一片一片地搜寻，谁知搜寻到天快黑时，除了几十口大缸，什么也不曾找到，一气之下，搬起石头，将这些能装下人的大缸砸成碎片，方才回家。

到家给众人一说，当即有人提出，戈壁滩上哪里来的大缸，肯定是有蹊跷的。第二天众人忙去寻找，不用费事，就找到了那片碎缸。满地的陶片，镶嵌在黑色的戈壁上，犹如一个个无言的句号。

众人把碎陶片拿到阿克苏，找文物专家看了，确证是汉唐的东西，寻宝人唏嘘不已，忙返回在那片地上挖掘，但所有的希望最后都化为了失落，不得不放弃返家。

不断有传说，胡杨林里起获过金银宝贝，说起这个事情的时候，喀拉库勒人兴奋不已，似乎是自己亲见。喀拉库勒镇稻香村有一位青年，个子中等，面容白皙，看着是一个美男子。无论春夏秋冬，他都在胡杨林中寻找，经过了两三年之后，青年再回到家中，头发到了腰间，指甲卷成了自来卷儿，衣服褴褛，赤脚而行。青年把魂丢到了故道中，把实际的追寻也留到了故道中，只有一个念头，还死死地盘踞在脑中，口里始终还念念有词："宝，宝。"

后来，无论刮风下雨，无论烈日酷暑，都挡不住这位青年的脚步。他每天必往胡杨林中的道路上走，再大的沙尘暴，也挡不住他的脚步。

他在胡杨林中找到黄金了吗？这已经不重要了。重要的是，他每天都要去寻找。他可以不理发，也可以不换衣服，女人从他面前走过，他看不到——他的目光只在地上。

还有一位维吾尔族朋友，一米八的大个子，从十三岁开始，在胡杨林中行走，犹如自家的小院。他经常一晚上走到图木舒克市。他不是寻宝的，他是到亲戚家中闲逛，第二天晚上再回来。

小伙子穿越沙漠的时候，腰中除了挂一柄小刀外，从来什么也不带。谁要他出胡杨林，他是不干的。他在胡杨林中开了五亩地，种着些庄稼，自由自在地生活着。一群羊，散放在房屋周围，犹如一朵朵白云。

后来，小伙子结婚了，新娘是图木舒克市的人。两人的日子虽不富裕，但毕竟和和美美。再后来，他的小姨子也随着嫁了过来。小姨子嫁得比姐姐好，丈夫很有钱，买了一辆车，拉着妹妹到处转。小伙子的妻子妒忌了，每天都抱怨小伙子。

突然的一天，这位维吾尔族朋友就消失了。他是上吊自杀的。绳子挂在一棵歪斜的胡杨树上，面部朝着蓝蓝的天空。

寻宝的人都没有好结果。喀拉库勒人领教到了胡杨林的诡秘，很多人不敢再去胡杨林中寻宝，就是去捡几根柴火，也都小心翼翼了。

其实，喀拉库勒镇的脚下，就踩着一个宝地。大杨树村的河道边，原来有一片墓地，据说有些年头了。可是，谁也没有去挖掘，谁也没有在意过，逢到连队开荒，推土机哗啦啦地一阵轰鸣，将这些墓堆推为平地，种上了棉花。

如今，茂盛的庄稼郁郁葱葱，掩盖了这片土地上所有的秘密。

远祖的脚印

阿拉尔，这个最年轻的城市，居然也有古人类活动的痕迹？

一

碧波荡漾着时光，夏风掀动出历史，阿拉尔在丢下了往日的喧嚣之后，涌出了大规模的古人类活动遗址。

连绵的沙丘，荒芜的沙漠，横卧的胡杨，干枯的尸首，恐怖充斥着死亡的殿堂。

每位去世者都有一棵壮硕的胡杨作为居所。一棵胡杨一剖两半，人躺在树中间，成了树心。

这就是传说中的树葬。

《周礼·山虞》记载人的职责为“若祭山林，则为主而修除”。古时不论天子、诸侯、大夫、百姓，必各自立社以奉神祇，而社通常的标志即是“社树”“社林”。社树、社林作为土神乃至祖先神的象征，在上古社会中具有崇高的地位，成汤因“天大旱，五年不收”，“乃以身祷于桑林”即是有名的故事，所以社树、社林的存亡、兴衰往往即代表宗嗣的命运。

直到汉代，人们视林木为神祇之所在的例子仍比比皆是。汉末曹植亦曰：“桂之树，得道之真人咸来会讲仙……高高上际于众外，下下乃穷极地天。”与曹植的诗旨相同，和林格尔汉墓后室木棺前的壁画中绘有一株枝叶繁茂的巨大桂树，这显然也是幻想通过具有神性的树而使墓主的灵魂升入天国。

至今，在华北地区的丧葬仪式上，幡一般都是用容易成活的柳树枝制作，插于坟头，是这一习俗的传承。

新疆的哈萨克、维吾尔、柯尔克孜等民族的丧葬，也有在坟头插桑栽柳的风俗。

我国西南的大山中，也有树葬的风俗。广西大瑶山地区的茶山瑶和贵州黎平县肇六乡的侗族认为，小孩子是由一位专司生育的花婆神负责接送的。因此，在孩子五六岁时要举行酬谢花婆神的祭祀仪式，称为“还花”。

如果还未“还花”，孩子就夭折了，则表示孩子的灵魂回到花婆神处，准备重新投胎。为了让他们能够顺利投胎，亡故的小娃娃一般采用“挂葬”。他们先给死婴穿好衣服，放在粪箕或簸箕中，用新白布（或黑布）盖好，挂在村寨附近的树枝或竹枝上，用草绳捆好，任由野兽猛禽吞食。该族人认为，只有这样才能使母亲重新怀孕，否则会引起难孕或绝育。

西藏地区的珞巴族，则会将死者捆成胎儿状装于藤筐中，挂在村庄周围的树杈上，头部用白布遮盖，并戴上一只木制面具，再摆上各种食物和水果。收尸人手持葫芦，反手倒水。其间喇嘛会念经超度亡灵，并用玉米面做成七个面人和七个面虎，置于装殓死者的藤筐前。死者家人须为死者祭祀三天，每个亲朋须向死者送一张画有 22 种图案的路线图，表示死者会选对路，一直走到天堂。

然而，史书上记载的和流传至今的，都只是精神上的祈愿，真正将树和人合二为一的，只流于传说中实行的独木棺葬。

新疆在这方面的记载更为罕见。最早的见闻，是小河墓地的发现。小河墓地中的棺木，多是无底的，不能称为独木棺。

阿拉尔古人类墓葬中的每个尸首，用的都是一整棵树。对树葬习俗的产生，人们有诸多看法。有的认为同游猎经济有关，也有学者提出，古人认为死人的精灵荡游在森林之中，就如生活在活人的身旁，这可能导致树葬之俗。还有一种说法，认为树葬源于树居，原始社会早期，人类居住于树上，基于灵魂观念的考虑，先人认为人们在生之时既然栖息于树上，那么死去之后也同样会以“树”为“家”。

阿拉尔古人类墓葬属于哪一种呢？它们有的像船，两头微翘，似乎要在瀚海中行驶到天堂；有的如箭镞，好像要射中幸福的身躯。

听这里的种植户说，原来这里有很多竖立的胡杨，开荒者在推倒这些胡杨之后，里面显出一个个尸首，面目栩栩如生，表情依旧生动。

不管阿拉尔的树葬属于哪一种习俗，人死后躺在一棵活着的胡杨中间，都不失为一种浪漫的事——他们以另一种方式活着，头顶依然郁郁葱葱。

我想，很多人都会同意这种浪漫的死亡方式，让死亡在我们的身后永恒。

二

阿拉尔古人类遗址很大，从生活区到墓葬区有四公里，都位于和田河旁，从河流的走向看，墓葬区位于生活区的下游。看来，古人也知道风水。

在墓葬区，走入我心中的，是一位女性。她 1.65 米左右的身材透射出窈窕的往事，红色的头发上凝固着纤细的美丽，深陷的眼眶透露出无尽的绝望，细碎的牙齿里紧咬着死亡的秘密。

我不知道这位女子为什么沉落在此，但此刻她在我面前褪下了所有的羞涩，走入我的身体。

这位女子的骨盆蜷缩着，刻意禁锢尚未生育的秘密，反而暴露出了真实的面目。也许，她还没有品尝过爱恋的滋味；也许，她还在新婚的甜蜜里。

她头颅的面部没有刀砍斧凿的痕迹，身体和四肢的骨头也没有折断的印记，牙垢不多，没有肝胆胃等消化器官的持续发作的重大疾病；骨头不黑，难以拿到重金属和传统毒物损伤的证据。

她似乎走得很安然，腿骨没有收缩，指骨没有紧握，好像是在睡梦中去世的，没有受到过痛苦的打扰和折磨。

但，是谁夺走了她的生命，让青春消失在荒漠里？

自古红颜多薄命。从小就听梁祝故事，为痴情的祝英台抱屈；后又听孟姜女哭长城，为坚强的孟姜女含恨；再大些看戏，知道了还有一个美丽幽怨的杜十娘，让人垂怜。

幼时读书，得知杨玉环误国、妲己亡殷、褒姒灭周，开始远离红颜祸水，至四十以后，方知自己被文字忽悠了，堂堂男人世界，岂能将亡国之责推到一弱女人身上，一杀了之？

读书多了，不但为大漠里的千金公主击掌，也为草原上的昭君公主叹息，还为遥远的细君公主涕泪交流。可叹堂堂皇朝，竟然将重担放在这些女子瘦弱的肩膀上，使她们香魂飘飞异域，难以回转家乡。

最让我深恶痛绝的是明朝崇祯皇帝朱由检，他自杀也就算了，却用剑砍断年仅十六岁的亲生女儿长平公主左臂，又杀了自己的另一个女儿昭仁公主。

直到我长大成人，无论在我生活的家乡，还是在寂寥的大漠，我常常遇到那些因为爱情而早夭的女性，让人心伤不已。

及至当了医生，探知了不少女性的秘密，耐心地为她们解疑释惑，仔细地为她们解除病痛，内心方安。

但眼前的这位年长我至少三千八百多岁的美貌少女呢？我无解。

三

一个幼儿，大约一米二三的样子，安详地沉睡在永久的童话之中，他细小的肢骨被死亡理顺，乖巧地摆出了最听话的姿势。

四平方公里的墓葬区，儿童居多，其中，八岁至十二岁的儿童尤其多。

在历史的发展进程中，儿童是最易受伤害的群体。我生活的村庄有三四千人，距离村庄一公里有一条沟，称为“死娃沟”，隔三差五就会看到一些婴儿，有的裹几块尿布，有的垫几把麦草，不是刚生下来不久就夭折的，就是家中养不起丢弃的。时间长了，饿狗成群结队守在那里，连丢弃的活婴也吃。

我的一位同伴，大约七岁时夭折了。死之前，我去看她时，已经如一把骨头。死亡时，我又去看她，早已被她的家人抱走，原本说是要用一个稿荐包裹了埋葬的，在众人的劝说下，才给她加了一个木窗。

我十二三岁时，在镇上上中学，与我同村的一位朋友，学习比我好得多，却得了脑膜炎，突然就死了，我连看都没有来得及看一眼，就被他家人埋了，据说，连一个木门窗也没有得到。

但在阿拉尔古人类墓葬区里，我没有看到一具没有棺木的婴孩尸首，他们虽然小小年纪，也都在胡杨之中，抽出一缕缕绿色的梦想。

四

遗址生活区多以房屋的遗址为主，让人惊讶的是，已经发现的大约两亩左右的生活区，经过了数千年的风沙侵害，至今还有很多实物存在。生活区里遗存的物品，多是陶罐、箭镞、匕首等生活和生产用品。

考古人员还从中发现了和田玉，有玉龙喀什河的白玉，也有皮山的青玉。与内地的用玉传统不同，这里的玉不是饰品，而是生产用品，多用作刮器。

我早就怀疑，古人运输玉石，是顺着和田河进入塔里木河，然后进入罗布泊的，但苦于和田河与塔里木河交汇处没有玉石出土，一直无法证实，现在看来，我的猜想是对的。

从六千年前开始，一直到清朝，这条水上玉石之路还在发挥着作用。

看来，中原的文明与西域的文明，是以水连接起来的。

五

距离阿拉尔古人类墓葬区三公里多，有一大片生活区，其中有一处生活区的房屋已经被风沙掩埋，成了地下宫室，只有一些木头和芦苇编织的墙壁从沙土下探出头来，展示出数千年前塔里木的建筑艺术。

从这处房屋中，找到了一个毡帽、一个贝壳和几根鱼刺。毡帽应是抵挡风沙和严寒的宝贝，贝壳大约是留给爱情和亲情的证物，鱼刺则是古人利用塔里木河享用美味的见证——他们与刀郎人有着共同的口腹之欲。

另外一处，遗留下来的房屋是四根大木头，它们树立在时间的旋涡中，固执地对抗着风雨阳光的侵蚀。距木头不远的地方，还有一排相对紧密的木头墙，歪歪斜斜地倾倒在沙土之中，时光将它们削成了尖利的历史，任由季节在粗疏的缝隙中冲浪。

阿拉尔古人类生活区中，发掘出了不少铜器。没有文字的铜钱、大大小小的铜环、充满锈蚀的铜镞、工艺精美的铜饰、泛着红光的铜扣。喜欢发出声音的，是一个铜铃铛，虽然难以分辨出颜色，但它的嗓门依然洪亮。比较有价值的，是一个平口红铜壶，呈葫芦状，下腹有七道环，不知道是盛器还是量器，光滑的内外壁透露出沉重的光芒。在这个生活区还发现了一个陶钵和一个单耳陶罐，不过红陶的器具没有铜重，精美的程度也落在铜器之外，甚至那个单耳的陶罐，竟然歪倒在平滑的托盘上，似乎眩晕于今日的阳光。

生活区发现的破碎石磨，再也无法碾碎人类的粮食。

六

阿拉尔准备建一个钢铁厂，铁矿石是从远方拉来冶炼的。让这个钢铁厂意料不到的是，三千多年前，这片土地上也曾发生过这样的故事。在阿拉尔古人类生产区，一个泛着黄褐色光芒的坩埚，揭示出古人高超的冶炼技术。炼铜与炼铁的遗址相邻，矿渣依然清晰，但是，这个远离矿脉的绿洲，是怎么样把矿石运到这里的？

如今，我们可以在河道里洗出铁砂，但是，古人是和我们一样在河里洗练的吗？

如果铁可以，那么铜呢？显然答案是否定的。在南疆过去的数千年间，除了库车河上的铜矿，其他地方还没有发现古人对于铜的开采。难道，这里的铜是从库车运过来的？它们走的是旱路，还是水路？

古人为什么要耗费大量的人力物力南辕北辙呢？是因为战争的原因，还是因为阿拉尔身处密林之中，冶炼所需的树木众多？

冷却的冶炼遗址，凝固了我们的疑问。但3000多年前的茂密森林里，团团燃烧的火光，却映红了我们的想象。

七

人类自从诞生的那一天开始，就没有离开过生殖。自从有文化那天起，人类也没有一天离开过生殖崇拜。据说，汉语就来源于生殖崇拜。

西域的生殖崇拜，一点也不比中原逊色。库车最早发现的一件陶制男根，制作得惟妙惟肖。阿勒泰山中的岩画，也有大量生殖崇拜的内容。楼兰遗址中不但有男性崇拜，还有不少女性生殖崇拜图腾。

在阿拉尔古人类活动遗址的墓葬区，生殖崇拜肆意流淌。死去的男人墓前，插着硕大的女性生殖器木刻；而女性的墓前，则有男性的生殖器高高昂起。生活区也发现了生殖器木刻，大多都比较逼真。

也许，古人也意识到了性对于孩子的伤害，因此，在儿童的墓葬前，找不到任何生殖崇拜的痕迹。

但是，在今天的任何一个城镇，我发现不少淫秽的内容，并不避讳孩子。甚至有不少成人，故意诱奸孩子。我粗略地数了一下，近三年来国内发生的诱奸或者强奸孩子三位以上的事件，暴露的已经不少于六起，很多孩子受到了伤害。

不知道古代的阿拉尔有没有，至少，自从我到新疆以来，还没有听说过阿拉尔发生过这类事件，但愿，这是一块永远的净土。

八

我们行走在路上，试图抵挡风沙，但风沙一次次将我们击退，把所有的历史埋葬。

经历过风沙的人，看不到身后的脚印。

但有一天，风沙终究会将所有的故事，还原给未来。

英雄的河

我在塔里木河边生活了二十多年，整天吃着塔里木河水，用着塔里木河水，但对于塔里木河发源于哪里，很长一段时期内，竟不甚清楚。因此，有人提出要去寻找塔里木河的发源地，我欣然应诺，收拾了行装，快快地跟上。

一

塔里木河是由阿克苏河、和田河和叶尔羌河等汇集而成的。可是，由于和田河和叶尔羌河成了季节性河流，时断时续，时有时无，要寻找塔里木河的发源地，也只有到阿克苏河的上游去了。

如今公认的塔里木河的发源地，是阿克苏河的重要支流托什干河。

托什干河发源于吉尔吉斯斯坦，通过天山进入中国。吉尔吉斯斯坦我们无法进入，但国内的河段，我们还是可以看到的。

托什干河的上游都是山，一排馒头一样的山包，一个连着一个，犹如旧时炕头冒出的一个个小萝卜头。山顶上有一片白色的东西，好像是一床洁白的棉絮，被小萝卜头们撕扯着，你拽过去一点，我揪过来一片，争夺个不休。

山坡平平缓缓的，好像一个老人就可以走上去。可是，望山跑死马，我们怎么走，也难以走到山下。

好不容易走到了山下，棉絮已经给撕扯得絮絮缕缕的，有几片儿，飞到了蓝色的屋顶上，卡在了几根金色的椽子间。

仔细一看，那几根椽子，原来是从山缝里射过来的阳光。而那卡在阳光间的棉絮，是白云。落在山包间的，是白雪。

白雪一尘不染，铺满了山头，发着冷峻的光。走近了，发现白雪上面有一层硬壳，一脚踩上去，扑哧一声，连膝盖都陷了进去。

在连绵的雪山之间，有一个黑色的山谷，犹如一把铁剑，把山峰劈了开来，走到近前，突然听到了战场的厮杀声，好像很多金银器撞在了一起。

这就是托什干河了。一股水流，在距离脚下上百米的谷底飞溅着，奔流着，犹如数十匹被关闭久了的战马，突然被放了出来，在一个狭窄的道路上奋蹄，长鸣。又如千万只被鹰追赶着的兔子，撒开了四蹄，在地上跳跃。

一刹那，感到头晕目眩，慌忙往旁边躲了躲。

同伴说，是不是海拔高了，有点不适应。

我问海拔有多少，同伴说已经4500多米了。

我摇了摇脑袋，居然没有反应，再往下看，只看了一眼，就不敢看了。

我知道，自己是被吓傻了。

顺着河道，有一条小路，只能容得下一个人过，我战战兢兢地走着，生怕自己跌进万丈深渊之中。同伴也背着包囊，小心地跟在后面。

走了一两个小时，有一个四五十岁的柯尔克孜人，个子不高，身材壮硕，骑着一匹高头黑马，悠然徜徉在对面的小道上。

这怎么办？我们总不能从马肚子下钻过去吧？我和同伴面面相觑，不知如何是好。

柯尔克孜人却不慌不忙地骑到了我们面前，朝着我们一笑，一提缰绳，两腿一夹，那大马似乎心有灵犀，扬起前蹄，竟然在转身之中跃到了旁边的石壁上，紧紧地贴着山坡，站立着。

我们慌忙顺着马的屁股走了过去。

等我们回过头来，柯尔克孜人缰绳一松，那马又跃下山坡，稳稳地站到了小道上。

此时，我才发现自己的内衣已经湿了。

二

托什干河犹如一条飞舞的银蛇，而两旁的山谷，又如两条乌蛇，始终伴随着银蛇，形影不离，一直相随到山下。

突然有了一片树林，形成一个绿海，三条蛇机灵地钻入其中，不见了踪影，只听到一些声响，好像是蛇尾摆动弄出来的。

这就是阿合奇县城了。

阿合奇周围都是山，空间不大，只有沿着托什干河发展。托什干河像一条蛇，阿合奇也像一条蛇，蜿蜒在河谷边上。

阿合奇是1940年从乌什县剥离出来成立的县，居民大多是柯尔克孜族，一直属于阿克苏管辖，1954年划归克孜勒苏柯尔克孜自治州。但由于距离阿克苏近，阿合奇人从来都把阿克苏当成自己的首府，病人送到阿克苏看，买东西到阿克苏买，就连老干局也设在了阿克苏市。有了隆重的活动要招待客人，阿合奇人也总是把他们带到阿克苏去。阿克苏有人到阿合奇办事，阿合奇人就把来人当成了娘家人，忙上忙下，从来不说一句怨言。甚至就连电话区号，也用的是阿克苏的区号，前面有一个0997。结果，阿克苏人往阿合奇打电话，成了短途电话，克孜勒苏柯尔克孜自治州往阿合奇打电话，反而成了长途。

阿克苏人也把阿合奇当成自己的第十个县市，邮政号码，给阿合奇编一个；修建道路，给阿合奇修一段；阿合奇人来看病，从乌什县到阿克苏地区的各大医院都格外关照，没有床也要加张床。

“我们是一衣带水的嘛。”一条河带起了两地人的感情，如果有人到两地办事，顺利办完后要表示感谢，当地人就会这样大度地说。

托什干河把阿合奇分成了两半，到了夏季发洪水，阿合奇就成了孤岛，人走不出去，粮食和药品也运不进来。

三五九旅的战士在解放阿合奇的时候，看到这条河每年要淹死几十个涉水过河的人，就带领人员在河上架桥。

工程是在解放第二年的十一月开工的，大家在寒冬腊月中苦干了一个多月，架起了一座木桥。

三五九旅人一下子赢得了阿合奇人的心，从此后在阿合奇开展起工作来，无论干什么都没有不顺利的。

三

在阿合奇和乌什之间，有一个小盆地，托什干河卧在盆地的最底部，温顺地向前流去。

站在乌什县向上看，托什干河好像从天上飘下的一条银白带子，弯弯曲曲地飘到了眼前。

带子在盆底摆动着，随之起舞的，是浩瀚的绿纱。

这些绿纱，来自沙棘。沙棘的个子不高，最高的也不过三五米，拇指粗细的灰色枝干上，缀满了疙疙瘩瘩的伤痕，似乎受尽了磨难。它们有的匍匐在地，有的弯曲向上，只露出一两根嫩条儿，好像随时都要被风击倒。

沙棘抽出的枝条，也都是瘦骨嶙峋的样子，似乎刚出生就苍老了，稀稀落落地挂着些叶子，仿佛是营养不足的乞儿，想搭建一把遮住阳光的绿伞，也无能为力，任由毒辣的阳光尖锐地刺入，无情的风雨肆意地击打。

沙棘的叶子状如春季刚萌出的柳叶，狭长瘦小的个头，却是浓郁的绿色。它们贪婪地吮吸着阳光，好像要把宇宙的精华全部收储到自己的肚子里。

沙棘的脚下，都是戈壁，拳头大小的鹅卵石，挤挤抗抗地布满了河滩，缝隙中有的土，早已被河水带走了，剩下的全是粗砂，还有石头撞击产生的粉末。

沙棘的根倒是发达，上面只有一根拇指粗的枝干，下面却有三四根同样的根，向着四面八方爬去，好似奔波在外的乞妇，急于讨要些食物，来供养自己的孩子。

我拿着一根铁棍，顺着沙棘的根往下钩，企图在根下找到些土，但是，我失望了，铁棍越钩越深，钩出了一个大坑，里面除了石头，就是粗砂。

“沙棘吗，就是长在沙上的。”同伴的一席话，让我失去了耐心。这个渺小的植物，身处贫瘠之地，不求茁壮，不求富贵，默默无闻地生活着，装点着荒凉的世界。

沙棘瘦小，但并不是弱者，它不像一般的植物，只有任人宰割的份。沙棘刚长出不久，就有了一身尖嫩的刺，就连能啃噬石头的骆驼，也胆怯三分。沙棘的个头越高，刺越尖利，动物们越畏惧。

风暴也奈何不了它们。它们有发达的根系，而且根上还不断发出沙棘，形成了一道暗藏地下的生命之网，将沙子和石头牢牢固定在脚下，轻蔑地看着狂风肆虐。

我去的时日，恰好是秋季，和长粒香米差不多大的沙棘果，纷纷红了脸儿，栖身在枝头。红绿相映，格外耀眼。

这是鸟儿的巴扎，麻雀、白尾鸦、百灵，一个个打扮得花枝招展的，从这棵沙棘上飞起，降落到那棵上，好像在挑拣着美食。

突然一声尖利的叫声，一只游隼腾空而起，朝着鸟雀们飞来。鸟雀们听到隼声，早已吓破了胆子，扑棱棱地飞入沙棘丛中，要么钻入巢穴，要么躲进根部，一动也不敢动。

游隼掠过沙棘林，看不到猎物，恼怒地抛出一声尖叫，刺穿了一朵飘过的白云，紧接着一展双翅，飞到了白云之上。

动物们也徜徉在这片沙棘林里。善于啃噬树根的野兔，找到了美味乐园，狐狸、狼也尾随而来，它们以沙棘为基础，形成了一个食物链。

但狼要想捕获弱小的兔子，也不是那么容易的事。兔子在沙棘根下扒拉出一个又长又深的洞穴，洞口用沙棘掩盖着，让狼白费苦心。

狼熟知了兔子的防卫之术，只是苦于沙棘的厉害，无法下口。不过，它们有的是耐心，卧在沙棘林旁，等待着兔子出现。

兔子要想捞点儿鲜嫩的草，就要跑到河边上找芦苇，等它们跑到半途中，狼立即启动，朝兔子扑来。

小兔子被吓得魂飞魄散，老兔子却在尖牙利齿之下保持着沉稳。它们在水域之间兜着圈子，三跳两蹦之间，钻到了沙棘丛中。紧追其后的狼却收不住脚步，一下子扑到沙棘上，扎得满脸是刺，有的甚至为此付出了失去眼睛的代价。

无论脚下发生了什么，沙棘林都沉默不语，只是静静地看着天上的风云变幻，地上的物种生灭。

冰冷的托什干河水，似乎给了它们一个冷静的头脑。

托什干河在这里有一个明显的分界线，沙棘林上游，属于冷水，无论夏季的太阳怎么毒辣，都无法激起河水的激情，河水始终是凉冰冰的。土生土长的冷水鱼，游到这里，就回了头，朝着上游游去。沙棘林下游，水温开始上升，大头鱼开始出现，水温也随着四季出现变化。

托什干河把沙棘养育得犹如一位冰清玉洁的少女，温顺地守着这片土地。树儿不急不躁，果儿也不温不火。据说沙棘果是润肺化痰的圣物，当地人将沙棘做成了饮料，专供人们冬天饮用。

沙棘果还被当地人酿成了酒。我和同伴痛饮了一场，结果同伴越喝越冷，喝着喝着，牙齿居然打起架来，咯吱咯吱地响。他慌忙拿起瓶子，对着嘴吹起来，一直喝到半醉，方才安生。

四

托什干河和昆托河，是在阿克苏市东北交汇成阿克苏河的。这里地势平坦，两条河流浩浩荡荡，汇集到了一起，水域就像摊薄了的煎饼，突然大了起来。

这里是大头鱼的驿站。前些年，我们在这儿还抓到过四五千克的大头鱼，春天也看到不少的小鱼苗，在水中游来游去。

有大头鱼的地方，就有胡杨。我不知道大头鱼与胡杨这两个生物世界的活化石有着什么样的联系，只知道它们往往是紧密相伴的。

果然，从此处开始，胡杨开始多了起来。这儿一棵，那儿一棵，不是一抱粗的百年大树，就是刚刚长出的齐腰的幼苗。

高大胡杨的枝头，有马车一样大的巢穴，是黑鹳修建的。这个珍稀的大鸟，每年春天来到阿克苏，不是将巢穴建在胡杨枝头，就是将巢穴建在悬崖上，夫妇比翼双飞，共育雏鸟。

五

阿克苏河是塔里木河的主体，一路犹如无缰的野马，在塔克拉玛干沙漠上游弋，划出了条条河道，留下了片片绿色。

人们也跟着塔里木河游弋在沙漠中，塔里木河到哪里，人们就跟到哪里。河流去年朝左摆，农民今年就在河左边种地。河流今年朝右摆，农民明年就在河右边种地。塔里木河流过的地方，水足，沙上也覆盖着一层黄土，是长庄稼的好地方。

人们跟着野马跑。

流到阿拉尔的塔里木河水，大多是上游排出的盐碱水，有时候咸涩得不敢尝。阿拉尔人将河水引进水库，将盐碱沉淀下去再浇灌庄稼。

阿拉尔的人与水，就这样生活在苦涩之中，但他们结出的果实，却是甘甜的。苹果，是甜的；香梨，是甜的；哈密瓜，是甜的；就连他们种植出的辣子，也成了甜的，大口大口吃，吃不出一点辣味来，脸皮却越来越光鲜。有人就将他们种植的辣椒用到了食品添加剂上，居然成了无污染产品的上佳添加剂。还有人将他们种植的辣椒用到了化妆品中，出口到多个国家，听说很畅销。

塔里木河这匹无缰的野马碰到了阿拉尔人这群无所畏惧的“野人”，被制伏了。阿拉尔人在塔里木河两岸修堤坝，种绿树。更重要的，是在塔里木河边修建了三个水坝，摘掉了塔里木河的野性，让塔里木河成了一条温驯之河。

六

塔里木河流向哪里？

有人说是罗布泊。可是，罗布泊对于塔里木河的记忆，已经成了一个久远的记忆。

罗布泊早已干涸了，犹如一个瘦巴巴的大问号，问询着塔里木河什么时候才能流到自己的腹中。

罗布泊，塔里木河落下的一滴干涸的眼泪。

塔里木河在沙漠里摇摆着，她不知道要走向何方，她不知道自己前方的道路在哪里。犹如一位母亲，面对一群嗷嗷待哺的孩子，她不知道自己该面对哪个孩子，也不知道自己的乳汁将哺育多少孩子。

“我饿，我饿。”到处都是恓惶的声音，到处都是撕裂人心的呼喊。

母亲走一路，被撕扯一路；走一路，被抽取着血液。她的乳房已经干瘪，她的身躯已经沧桑，她的面容已经憔悴，她的步履已经蹒跚。

三十三万平方公里的塔克拉玛干沙漠，是塔里木盆地的一个疮口，因为没有充分的营养，这个疮口里沙尘滚滚，弥漫四方。

那些柔嫩的小草，在母亲的怀抱里枯萎；那些英雄的胡杨，在母亲的身旁倒下……

塔里木河，苦难的母亲，抹去眼角的泪痕，梳理梳理被历史吹乱的头发，在苦难面前微笑着。

我们知道，这位母亲，她不会悄然消失，她不会躲避灾难，她只会坚定地拥抱着自己的孩子，昂然走在通向未来的道路上。

盛名之下的胡杨

刚刚在大地的宫腔萌动，他就拥有了一个英雄的名字——胡杨。

胡杨知道自己的使命，他不但是栋梁，还是不一般的栋梁，他将毕生站在沙漠的前沿，接受风沙的洗礼。

英雄树的根就扎得不一般，他不像白杨，扎一个直根，周围敷衍三四条须根就算完事。胡杨没有直根，无数条三四十米长的须根互相攀援，深深地朝着地心而去，怀里都抱着结结实实的土层，结结实实地将自己固定在戈壁荒原上。

有了结实发达的须根，多大的风，胡杨都不怕；多严重的干旱，胡杨也不用担心。有稳固的根，就有稳定的前景，植物都明白这个道理。但是谁的根也没有胡杨扎得稳，因为胡杨是英雄树。英雄树就应该有别于普通树。

英雄树的身躯高大伟岸，壮硕挺拔。一棵毫不起眼的胡杨，个头就有数十米高。英雄树既是英雄，也是栋梁。

侏儒注定做不了栋梁。

势利的垂柳就让英雄树看不上眼。生来就矮矮小小的垂柳，见了水，立即低下头，将自己向上的枝叶变成向下的根须，贪婪的身躯恨不得全部扑进水里，再也不抬起头。

为了利益，垂柳将自己变成了侏儒。它顺着水面，迅速壮大，铺展出一片天地。

壮大了的垂柳知道胡杨的心思，它从来不招惹胡杨。在这个自然界之中，该抵挡风沙的，去抵挡风沙。该遮蔽绿荫的，去遮蔽绿荫。谁该干什么活儿，老天早就定好了的，不是谁想争就能争到手的。

但垂柳每次与胡杨相遇，都屏住呼吸，一声不响地躲在堤岸边，畏畏缩缩地四处观望。

它不是惹不起胡杨，它是不想在胡杨身上费事。

胡杨还瞧不上白杨。白杨傻帽一样，得了水，没命似的只顾往上蹿个子。一旦没有水，它们只能在原地等待死亡，其他的办法一点也想不出来。

让它们自力更生吸取点地下水，那是不可能的事。白杨的根系，所有的集中起来也没有胡杨的一根粗大。风沙一来，白杨的表现更糟糕，要么被风沙吹得躺倒在地上，要么被风沙拦腰斩断，落得凄凄惨惨的下场。

矮小的红柳更入不了胡杨的眼。胡杨认为红柳窝窝囊囊的，只会在地上爬。风沙一来，它们就捂住头颅，钻到地下，任凭风沙将它们埋葬。

虽然风沙过去了，红柳抖擞抖擞头颅又重新钻出了地面，但胡杨认为那不是英雄的作为，不屑与红柳为伍。因此，胡杨的身子底下，从来没有红柳插足的地方。

红柳也不在胡杨的脚下乱插足。红柳认同胡杨的看法。红柳也认为自己太龌龊，红柳也想做胡杨那样的大英雄。但红柳攒足了劲儿，也爬不到胡杨的脚跟上。

先天的不足太严重，让红柳即使再努力，也成就不了英雄梦。

但红柳对付风沙，有自己独特的办法。它蜷缩一团，让刮过来的黄沙将自己团团围住，到即将窒息时，红柳再伸出根来，把沙包紧紧摁在怀里。就这样，黄沙不断地埋着红柳，红柳牢牢地盘住了黄沙。

胡杨瞧不上这些与风沙搅和在一起的行为。可是，红柳没有办法。红柳只能施展自己力所能及的本领，将利益最大化。

瞧不起同类的胡杨，将阻挡风沙视为个人的行为。每到春季，风沙来临，胡杨第一个走到风沙的前沿。

胡杨知道，沙漠中没有水源，没有营养，没有平顺的环境，自己孤家寡人往前冲，是极其危险的行为。

这时候的胡杨也想有同伴。胡杨多次幻想，自己前面走，后面总会有同类跟着。蔓延的绿色，不愁挡不住风沙的肆虐。

英雄树的想法落了空。

胡杨的堂兄——同样挺拔的白杨没有动。白杨清楚自己的缺陷，知道自己上不上都一个样，上去要被连根拔除，不上也要被风沙拦腰斩断。

榆树没有动。榆树虽然皮实，但身躯早已被虫子掏空，连雷声都经不起，更不要说铺天盖地的风沙了。

梧桐没有动。梧桐只顾在道路边挤眉弄眼地朝行人卖弄风情，和胡杨根本不是一路人。至于与风沙的过节，它自然有自己的一套办法。躲在别人后面，悄然乐享其成。

平时喜欢和胡杨来往的白蜡树却退缩了。这个个子同样高大，躯干同样结实的伙伴此时沉默不语。胡杨拉了白蜡树一把，拉过之后他就后悔了，白蜡身躯下面有一个深深的主根，在泥土里扎得稳稳地，不肯挪动一步。

松树专啃石料，柏树在享受着人间的香火，楠木接受着阳光的抚摸。它们只愿意搞些山山水水的游戏，躲在山中过着闲云野鹤的日子，根本就没有想过怎么应对风沙，虽然它们个个腰身结实。

孤独的胡杨注定孤独。

数十米高的胡杨在沙漠边缘站着。在它面前，是一望无际的沙海。在它身后数百米的地方，光秃秃的地面上，没有任何树种生长。

沙漠里面的地下水多是矿化度较高的盐碱水，但此时的胡杨已经顾不了那么多了。他们拼命让自己壮大。只有粗壮的腰身，才能抵挡住风沙的侵袭。

可是，盐碱水腐蚀着胡杨的身躯，让他们在壮大中渐渐地感到身体的空虚。

胡杨空了。厚实的一层皮，包裹着主干已经腐朽的身躯。胡杨感到了前所未有的危机。这前所未有的危机催生了前所未有的危险。

但胡杨是宁折不弯的英雄树，胡杨没有退路。

北疆下了一场雨，一股湿润的气流南下，形成了一场风。沙子随着风的到来，开始了个性的舞动。

有细微的沙子，已经飞过了胡杨头顶……

冰　雹

冰雹总是在最炎热的时候砸下来的。春天它不下，冬天它不下，深秋它也不下，专门集中在夏天下。随便挑一个时辰，冰雹就哔哔啪啪地从天而降了。

最火热的季节，冷冰冰的东西打落了太多的激情。小麦本来是要分蘖的，没提防冰雹就来了，苞谷粒一样的冰雹，稀稀拉拉的，砸得小麦低下了头。棉花本来是要趁着天热坐桃的，一阵子就被它砸成了光杆。眼看着葡萄就要摘下架了，大米一样的冰雹就让它们成了水浆。苹果还支撑得住，但上面有着一个又一个的伤口，好像被虫子啃的小洞洞。

冰雹把农民的心砸疼了。农民辛辛苦苦地种了一个季节的庄稼，冰雹从来不跟你商量，说砸就砸了。砸得干干净净，砸得利利索索，就像一个宰羊的，三下五去二就把一只睁着眼睛的羊放倒了，剥得不留一点皮毛。

农民面对冰雹，根本无计可施。他们只有把菜刀往外面扔，拿着一面锣可劲地敲。但他们心里清楚，这样的法子是吓不住冰雹的。冰雹不怕这些。冰雹没有怕的东西。它们的心是冷的，做出的事情也是冰冷的。谁也无法阻挡它们的脚步。

谁再厉害，也没有冰雹厉害。有一年，我认识的一个青年，手里有几个余钱，就放不住了，匆忙去买了一辆摩托车，天天骑着兜风。但在一个中午，被冰雹砸倒在地，再也没有起来。后来我跑去看，鹅蛋一样的冰雹，在地上滚动。这个青年的身体，被笼罩在一个晶莹的冰壳子里。

那些凶猛的狗，遇到了冰雹，也慌得夹着尾巴想找个地方躲起来。

没有一个敢叫的。

冰雹改变了许多人的命运。

我的一个老乡，带着孩子到新疆来打工，两口子包了几十亩的庄稼，两个孩子上着学，老大已经上了初中，日子倒也过得无忧无虑。但一场冰雹下来，老乡破产了，老大也辍学了，小小年纪就进了城，成了一个打工者。前几天我看到他，这个小伙子嘴上虽然长了一层绒绒的胡须，但个子仍然没有蹿起来。他被冰雹砸趴下了，他们家也被冰雹砸趴下了。

2002 年的五月，我正在乡村的田野上酣睡，突然一阵冰雹，把我的梦砸得生疼生疼。等我睁开眼睛，我的一百多亩绿油油的棉花，全部被砸得断了头。

那些冰雹们看着我伤心的样子，羞愧地化成了水，渗入到地下。

但我的棉花不可能再恢复到原来的样子，我也不可能恢复到原来的样子。我收拾收拾行囊，从此远离了庄稼，远离了土地。

我到了城里，过起了我最不愿意过的市民生活。由于惧怕冰雹，我再也不敢回乡下了。

也有受益于冰雹的。我认识一个朋友，他的梦想是买一块地，过自己的生活。但当他买了一块地之后，生活过得并不如意。原来，所有的农产品都稀巴烂贱，他辛辛苦苦的血汗，虽然换来了丰收，却换不回丰厚的收益。

那年，我们那里降临了一场特大冰雹，冰雹把几个地区的农作物都砸烂了。棉花成了光棍，葡萄只剩下老藤，庄稼地成了溜冰场。我朋友的庄稼却侥幸地逃过了这一劫，没有遭到袭击。结果，我朋友那年的收益相当于他以前三年的总和。

年底我朋友拿到钱的时候，我想他应该是笑着的，谁知，他却愁容满面地说：“今年没有砸到咱，不知道明年是个啥样呢。”

阿拉尔的蘑菇

在喀拉库勒或者玉尔衮的胡杨林中，一场春水放过，一层腐烂的叶子被顶了起来，或者是一层坚硬的碱壳土，小的如碗口，大的如碾盘，被顶得裂开了横七竖八的一道道缝。

谁有这么大的力量呢?

不是树苗。树苗一般喜欢单打独斗，顶起一个个拇指大的土块，露出自己的头，就不再关顾其他了，自顾自地朝着天空而去。

也不是小草。小草们虽然心很齐，但它们往往喜欢写写画画，用身躯把土地掰开一个个裂缝，画出一个个美丽的图案。

只有双孢菇。有水的地方就有树，有树的地方就有蘑菇，因此，阿拉尔的蘑菇和阿拉尔的树一样多。刚冒出头的是双孢菇，腰身粗胖，脸上长满了皱纹，好像一个个八九十岁的西北老汉。老汉们年岁大了，喜欢凑在一起说话。因此，双孢菇一露头就是一大片儿，有时候几个人也捡不完。

幸福城的林场中，则是鸡腿菇，这块麦田里挺起一个个肥胖白嫩的鸡腿儿，那片苜蓿地里钻出一柄柄伞一样的雪白盖子。

包孜的蘑菇品种是最多的，有双孢菇，有鸡腿菇，也有平菇，还有阿魏菇，有时候还能找到个别的羊肚菌，像一个花手帕，遮盖着鲜嫩的脸蛋儿。

包孜的蘑菇，与其他地方的长得大不一样。幸福城的鸡腿菇，个个如指头，最大的个子，也就如一个鸡腿了，再长就黑了，烂了。包孜的则不然。包孜的鸡腿菇在春风中或者秋风中，犹如注入了鸡血，蹦跳着往上蹿，个头能长到三十多公分，相当于成人的前臂高了，才肯罢休。

包孜的鸡腿菇不仅仅只有个头，它们的身姿，也颇为壮实。腿杆儿的中间，鼓得犹如一个壮汉的小腿腹儿。这样的鸡腿菇，就不是几个炒一盘菜了，而是一个炒几盘菜。

包孜的平菇，是阿拉尔独有的。春天的沙土地，只要找到一棵，就是一千克，吃起来特别鲜嫩。

在阿拉尔捡蘑菇，持续的时间很长。春季的阿拉尔，四处都是蘑菇，只要找一个林场，就能捡到蘑菇。夏天来了，阿拉尔的温度都在三十多度，蘑菇该销声匿迹了，但是，包孜和玉尔衮的山中，时常能够找到双孢菇或者平菇的身影。秋风吹走了盘绕在阿拉尔头上的高温，浇灌庄稼的秋水又四处流淌，给蘑菇搭建起了一个个生育的温床，于是，它们一个接着一个，一种接着一种，争着挺肩，抢着露头，潇洒地行走在秋天的阳光里。

这时候出动，常常是出去时候不长，就能满载而归，捡到的蘑菇比市场上的清新，鲜嫩。

但也有捡到腰身一片嫩黄的，或者头顶上挂着七彩的，吃了以后，常常是上吐下泻，头晕眼花，方知那是毒蘑菇。

还有的在红柳下捡到如鸡腿菇样的蘑菇，身上顶着一个个犹如鳞片样的瓣瓣，拿回来炒了，吃起来味道有点甜，却没有蘑菇的味儿，正困惑间，突然肚子里发热，涌起了一种滚烫的欲望，望望妻子，妻子早已眼汪春水，情意绵绵地期待着什么。

第二天早上，丈夫早早起来，还一身是劲，和妻子商量着怎么修好断了腿儿的床。妻子则抱怨丈夫，说丈夫是个十七八岁的疯子。两人说着说着，突然心生疑惑，不知道那蘑菇是什么玩意儿，竟然那么厉害。

丈夫就拿了一根，躲躲闪闪地找到一个老中医，吞吞吐吐地说明了来意。老中医看了一眼那蘑菇，呵呵笑了起来，说：“这玩意儿叫大芸，生在红柳根下，专门壮阳的，有‘沙漠里的人参’之称，你没有看到它和你裤裆里的那玩意儿长得一模一样吗？”

喀拉库勒的狗

在喀拉库勒，无人居住的房屋有不少，不养狗的房屋却很少见。越是无人居住的房屋，狗越多，两条甚至三五条，都不罕见。

喀拉库勒的人不大说话，天天沉浸在这片土地的耕作中。喀拉库勒的狗则不然，它们要时常练声，无形之中成了喀拉库勒的代言者。

喀拉库勒的狗不是哈巴狗，也不是德国牧羊犬，都是本地的土狗。喀拉库勒是军垦人建立起来的新镇，狗禁不起长途跋涉，也享受不了坐汽车的待遇，不可能跟着军垦人千里迢迢从内地跑到新疆，因此，喀拉库勒的狗，和当地古老的胡杨树一样，是地地道道的本地种。

喀拉库勒是一个新兴的农场，原来只有一户维吾尔族人家世世代代居住在这里，因而，汉族人的这些土狗，多是从维吾尔老乡那里换来的。

维吾尔族人离不开狗。狗不但是维吾尔族老乡冬日狩猎的助手，也是他们忠心耿耿的看家者，更是陪伴他们流浪的朋友。

一辆拖家带口的木轮马车后面，多跟着一条家庭中最忠实的成员。人走到哪里，狗也走到哪里。人在哪里安家，狗也在哪里有了小窝。人吃什么，狗也吃什么。甚至人没有吃的，勒住裤腰带扼住饥饿的喉咙，让蠕动的肠胃蜷缩一隅，也要自家的狗吃得津津有味，开心无比。

维吾尔族人是不忍让狗跟着自己挨饿的。哪怕是一只鸟，或者一条鱼，狗的嘴里总断不了嚼头。

不愁食物的狗们常常把多余的精力用在物质以外的事情上。因此，常常见到维吾尔族老乡的马车后，一条狗蹒跚地走着，脚下一群黑乎乎的滚动的小圆球跟着。小球们发着哼哼唧唧的牢骚，跟在母狗后面。有踩着母狗的前蹄往前跑的，有咬住母狗奶子死活不丢地让母狗拖着走的，还有扑一口奶再跑几步追赶上去继续捉咬的，有磨磨蹭蹭跟在后面哭喊的。

维吾尔族老乡的马车就是流动的家。马车走到哪里，家就落到哪里。新疆地域广阔，马车动辄就走几百公里，甚至上千公里。小狗却不能跟着母狗跑几百公里，细软的沙漠中磨蹭几百米，已经忍受不了了。

富有爱心的维吾尔族人认为小狗是真主赐予的礼物，不忍心把小狗们抛在路边独自离去，往往会为小狗寻找新的主人。

稳定的农场自然成了小狗最向往的家园。一双布鞋，一筐苹果，或者一个西瓜，都可以获得一个模样较好的土狗。更多的常常是白送。维吾尔族人挨家挨户地问，“有小狗，眉毛长长的，眼睛大大的，嘴巴小小的，耳朵翘翘的，要不要？”主人欣然收下，感谢声连连。

喀拉库勒的狗就是这样来的。一窝兄弟姊妹要么分散在一个连队，要么珍珠一样随着维吾尔族老乡的马车一个连队一个连队地撒，七八个兄弟姐妹能分散在七八个连队，有的到老也见不了面。

一

喀拉库勒的狗刚到新家，胆子都很小，躲在院里不敢出门，见了人就拖着长腔，哇哇地张着嫩口叫。叫声的前半句，多是装腔作势，听起来声正腔圆，气势汹汹，犹如天上漆黑一团的乌云，立马就要将雨点打下来的样子。后半句则露出了怯意，流水一样平缓下去，没了气势，过多的是吓唬。还没等人拿起砖头或棍子，它们早就逃到了墙角，蜷起身体，喑哑着嗓子有一声没一声地悲号，到最后干脆没了声息，尾巴像一块沾着粪便的毡片，皱巴巴地丢在不显眼的墙角处。

小狗的胆子虽然相同，但来路却大不相同。有来自阿瓦提县的，也有来自巴楚、麦盖提的，还有来自阿克苏、喀什、和田的，也有吐鲁番的。

来路不同，样子也大不一样。毛色有白色的，有黄色的，有黑色的，有黑白相间的，也有棕色的。连队开会，绒乎乎的小狗们跟在主人后面，滚皮球一样来到会议室门口，凑在一起，好像五颜六色的毛线团。

连队领导在台上发言，小狗们在下面私语，不高兴的还汪汪叫几声。幽默的河南老娘们儿大声说："快把这些狗搞走，免得连长说话，狗也乱叫。"

会场的笑声端掉了严肃的脚后跟。连长无端被骂，又不好发作，只好嘿嘿地干笑起来，让人赶快把狗赶走。

小狗既恋主人，又怯生，在一个石头一弯腰的威吓之中，只好颠着圆鼓鼓的屁股逃到路边的树林里，等着散会后陪伴主人回家。

胆小可人的小狗自然讨人喜欢，在惊喜之中迅速地膨胀着身子。

待上一个多月，小狗的骨架立起来了，身上的肉瓷实了，毛色厚实润泽了，胆子也大起来了。见了生人，不再无妄地狂叫，而是低着头，不眨一眼地看着来者，摆出一副战斗的架势，先低吼几声示威，如果来者不应，则一个迅猛的腾跃，直扑来者的面门。

这时候的狗，狮子一样威武，能顶半扇门了。

二

在这个世界上，无论是人还是狗，都难以阻挡爱情的诱惑。狗们都有长大的一天，都有发情的时候。喀拉库勒的母狗们有个子大的，也有个子小的，有肩宽尻窄的，也有肩窄尻宽的，但有一个共同的特点，比较风骚。发情期间，母狗张扬地将气味卡在风的翅膀上，飘飘洒洒地在空中飞扬，好像四月初喀拉库勒四处飘飞的杨柳絮。这些母狗慵懒地卧着，连狗食也懒得吃。有时候围着狗窝转一转，又钻了进去，不安地看着天空。

周围几十里的公狗们都闻到了气味，它们面对这个粉红的请柬，欣喜如狂，无论如何都要赶来赴宴。就是主人用链子锁住了脖子，它们也会在地上扒出一大堆沙土，以示抗议。

军垦人家的院墙往往很高。那是主人利用每个冬天在房屋周围堆积的温暖和安全。理智的公狗们白天站在远处，看着母狗所处的位置，仔细观察母狗的家，晚上赶来围着发情的母狗打转。有的母狗在院子里出不来，公狗就围着红柳根垒起的院子寻找缝隙。

于是人们经常可以看到这样的一幕：一家人的院外，大大小小蹲着几十条狗，一个个摇头摆尾地围着院子转。

不过，守到最后的往往是愿意付出牺牲并有能力得到爱情的公狗。它们龇着牙，低声吼叫着。其他的狗看到势头不对，就缩起头，悄悄地跑到一边去。有挑战的，则对着龇牙咧嘴的公狗，摆起了架势，准备和对方大战一场。

实力在吼声中就可以分辨。有实力的公狗不用几声，就解决了问题。

在喀拉库勒，狗们也是这样解决问题的。有实力的公狗不用出战，就会闻到爱情的味道。没有实力的公狗则躲在一边，寻找时机密会爱情。

没有实力的公狗只有一个机会，就是把韧性等老，才能获得爱情的青睐。发出请柬的母狗必须要等四五天以后才接受公狗们的爱情。然而，那些体格庞大的狗却没有耐力，往往是守候一两天，就慌慌张张地寻找食物去了。

姗姗来迟的爱情之花盛情开放之时，狗窝周围已经没有多少只有耐心的公狗了。而这些比拼耐心的公狗，此时精神抖擞，欣喜异常地沐浴在爱河里。

喀拉库勒的母狗都是多情的。她们发情期间，往往与这条公狗刚刚进行了一番云雨，又与那条公狗温存起来。待到狗崽子出生的时候，七八条狗的颜色均不一样，有黄的，有黑的，有花的，有白的。至于谁是谁的儿子，母狗也分不清楚。只要是从她的肚子里出来的，都是她的儿女。她安静地躺下，让它们吮吸那些玉米穗一样的乳房。

只管安乐不负责任的公狗则跑得无影无踪了。

经过交配的母狗，安静了，收回了所有的信号，一心一意地孕育自己的小宝宝。它们不再招蜂引蝶，不再四处流窜，而是整日守着食盆，眼巴巴地等着主人不断地端来狗食。

这时候的母狗，再不挑肥拣瘦，只要是食物，它们都咽得下，咽得香，每餐都像在吃排骨，将食盆舔舐得干干净净。

肚子渐渐垂了下来，奶头一个接一个显露出来。母狗们会对着狗窝的砖头蹭来蹭去，将身上的毛蹭到窝里，用尾巴摊铺均匀，再坐实了，等待着狗娃的降生。

四个月头上，经过杂交的小狗一个个来到这个世界上，开始了它们的又一次轮回。它们的个头更大，更加雄壮，更威武。

三

喀拉库勒的狗来路不同，心路也不同。狗们虽然居住在同一片绿洲，喝着同一池涝坝的水，住着同样的木栅栏院子，朝着同一条渠沟里扬腿撒尿，却难以走到一起去。

在喀拉库勒，很难看到两条一起溜达的狗。好比一个网兜里的皮球，着了地就挤着扛着蹦蹦达达地往外窜。

每条狗随着自己的主人，各走各的路。主人们站在路边热情地打招呼，狗则从不往两人的中间站。而是站在各自主人的身后，虎视眈眈地看着对方，犹如站在刘备身后的关羽和张飞。

两条公狗相遇，一条强壮的立即示威，另一条弱小者乖乖地扭头躲避。

也有不躲避的弱小者，是身后的主人在远远地撑着腰杆。弱小者有了倚仗，胆子壮起来，横着稚嫩的肩膀，龇着洁白的牙齿，旁无所顾地向着强壮狗冲去，似乎骨头里添加了冷色的钢筋。

强壮者正要用武力惩罚弱小者，远处愤怒的目光犹如一张弹弓里绷出的石子，突然弹疼了它的眼圈，强壮者立马收起攻击的姿态，转身落荒而逃。跑到二三十米外，强壮者才缓下步子，扭过头来恼恨地瞪着挑战者，誓死不忘此仇的样子。

一条公狗和一条母狗相遇，公狗往往是把鼻子伸到母狗的尾巴下面闻闻，如果没有闻到他想要的味道，则拔腿而去，看也不看母狗一眼。母狗如依然跟着公狗跑，想找寻一点儿异性间的情趣，公狗则不给面子，龇着牙齿，低吼几声，驱走爱慕者，去干一些只有自己才知道的事情。

不愿意联合起来的看守者，给了偷狗者一个个抓捕的机会。一到冬天，就有人四处转着打狗。馋嘴的偷狗者根本不用费什么事，有的拿着一把铁锹，有的拎着一把斧头，有的手里绕着一节绳子，有的干脆是两手空空。

新鲜而又陌生的气息针尖样刺激着狗的鼻子。

守在连队路口的狗早已被惯性养成了懒汉，不到眼皮子底下，懒得起身，对着天空“汪汪”几声，又开始闭目养神。

连队里的狗吠声接二连三地响起。

好事的看守者却不愿意放弃展示能力的机会，往往从狗洞里窜出来，扎着膀子往上冲，这可正中了人的道了。打狗人伸出手臂，敏捷地搂住狗脖子，狠劲地往怀里一卡，力道大的，立即卡断了好事者剩余的日子；力道小的，则用斧头朝着狗头上“咚咚”几下，随即将看守者送进永远的懵梦之中。

狗们总是好事者居多，特别是在自家门口，往往仗着有主子在身边，一边狂叫着，一边往前扑，为的是得到主子几声赞扬，预订几根过年的肉骨头。

谁知冬天的夜晚主子们都忙乎着生儿育女的大事，根本无暇顾及看门者和偷狗者之间即将发生的猎杀。

没有事做的主子也懒得理那些夜半上门者——那时候家家都一个样，几个软塌塌的哈密瓜，一堆青青的烂苹果，几把下地的工具，偷去了又能怎么样？所以有的人家晚上往往是不关大门的。

爱在自家门口耀武扬威的狗往往走入了暗夜的凄惨之中。它们多半在打狗者的怀里绵软了身体，永久地淡出了主子的视野。

对于身居农场的主人来说，狗算不上是家庭成员。狗们干的虽是看家护院的活儿，然而家中除了贫困与寂寥，没有什么值得看护的，多一条狗，却多支出一部分粮食，吃的虽然是残羹剩饭，却也是实实在在的三根面条两粒大米，狗占一口，人就少一口，人是宁可自己多吃的，怎么会让狗多吃了呢？

狗不明白这些道理，还以为主子把它当成了家庭中的一员，盲目地抬高了自己的地位，莽撞地冲上前去，结果白白送掉了自己的小命。主子不知道原委，没有看到血腥的场面，只知道狗窝是空的，就不咸不淡地骂起来："狗东西，不在家里守着，野到哪里去了，看回来我不打死你。"

尚且轮不到主人打死，狗早已消除了在这个世界上的声息，徒留下几根丢在荒野之外的骨头。

狗不知道主子的处境和心思，打狗人知道，因此有的打狗人肆无忌惮地跑到狗窝里，对着逃无可逃的狗就是一铁锹，狗正哀叫着，突然没了气息。

在喀拉库勒长达四个月的冬季里，能逃过偷狗者之手的狗们不多。逃过者无非有两种，一种是躲在狗窝里呼呼大睡的，一种是摸透了主子心思的。

前者无疑是个懒惰透顶的看门者，后者则成了精。

然而，无论是懒惰者也好，成精者也罢，考验犹如河里的山石，不断地接踵而至，击打着碌碌的狗们。谁也不知道哪一块石头，什么时候砸在自己的头上。

绿洲之上没有任何生命能够预测自己的命运。

四

20 世纪 50 年代，狗多生活在不缺吃喝的人家或单身汉家中，虽然都是些残羹剩饭，却也没有太饿肚子。一到 60 年代，缺粮食的人逐渐多了，连条狗都养不起的人更多了。

单身汉们急于往内地寄粮票，从食堂里打回饭来，吃剩下的饭食，也宝贵稀罕了，养几只鸡，还可以落几个蛋补补身子，下地好多把子力气。给了邻居的小孩，说不定邻家感激在心，一封信回去，把老家黄皮寡瘦的妹子叫来许配给自己，也是极有可能的事。

人为了填饱肚皮，什么事情也干得出来，别说给自家干柴一样的妹子找个吃国家粮的妹夫。就是大上一二十岁，只要男方愿意，也算烧了高香。那时候，我大舅已来到喀拉库勒，我母亲——一个十六七岁的女孩子——常常和弟弟巴望着兄长的来信。可是，大舅每次来信都没有说让他们到新疆，以至于我小舅差点在家中饿死，母亲不得不匆匆嫁给了我父亲，以减轻家中的负担。

身处在饥荒的年代，人类关心着自己的切身利益——肚子。狗和一切与人类竞争食物的家畜被冷落是自然不过的事儿。

喀拉库勒的一切都是国家的。树是国家的，水是国家的，地是国家的，房子是国家的，就连在土地上劳作的人，也是国家的。他们扛着铁锹和坎土曼等生产工具，响亮地叫着属于自己的一个名字——战士，户口本上标注着“非农业户口”，却整日在庄稼地里与农业为伍。

他们自己种植小麦或者棉花，却无法支配收获，生产出来的粮食，都进了国家的仓库。这些属于国家的人一日三餐都吃在食堂里，每天晚上都住在国家的营房里。既然人都是国家的，家庭中就不准养殖属于私人的家畜和家禽。狗是个例外。

毕竟狗不会拉车，也不会耕地。与家畜为伍，多少有些离谱。狗与家禽差得更远，没有翅膀，没有羽毛，更不习惯两条腿走路，最主要的是还不会生蛋，即便它想挤进家禽的队伍，自己都感觉到太滑稽。狗偶尔也产出点奶，但还不够她的七八只狗娃吃。虎视眈眈的狗妈妈，为了自己的孩子，就连自己的主人，也丝毫不客气——只要有人敢上前去挤奶，付出的必将是自己的血液。

狗就这样被划出家畜和家禽之外，成了动物眼中的另类。在管理者眼中只进不出的狗被准予私人饲养，就在于狗会看家。

无物可看的狗成了人类嘴巴中一颗残缺的牙桩，拔除了有些心疼，不拔除却肉疼。

那时的狗不但没有几百万元的身价和金贵的衣裳，而且随时有性命之虞。看着主人厌烦或者无奈的目光，狗们知趣地躲到一边。没有吃的，就吃人屎。

人刚蹲下，热烘烘的臭味就像钩子一样钩住了狗们的鼻子，诱惑得瘦狗们失去了自尊，围着厕所转圈。有时一泡屎几条狗抢，抢得褐色的稀屎都挂到了狗胡子和眼睫毛上，肚子反而没有落下几坨。

狗是怕水的，因此我们难得看到狗喝水。但这时候的狗饿得紧了，就对着排碱渠张开大嘴，哗哗地喝水。直喝得肚子里咣当咣当地乱响，好像塞进了一个铃铛。

这时候的狗，尾随主人到处跑的少了。偶尔跟在主人身后，前面咣当，后面也咣当，咣当得主人心里烦躁起来，却没有力气呵斥后面的狗，只好无力地摇摇手。狗得了主人的肢体语言，已会意，回头卧在门口，闭目养神。

狗还有一手绝技等待发挥。

狗本是狼的兄弟，也是个狩猎的天才，虽然很长时间没有出手，技艺生疏了些，但此时派上了用场，照样能演绎出一段英雄的本色来。

他们跑到沙漠和胡杨林中抓兔子或者老鼠。

沙漠里的兔子不像庄稼地的兔子，依靠鲜嫩的庄稼吃得膘肥体壮。沙漠里的兔子多是依赖几根苦芦苇或者骆驼刺的根活命，因此身体就像芦苇一样细，跑起来也根本不是狗的对手。

狗三转两转，就把兔子按到了爪下，一口咬住脖子，待兔子没了气息，胡乱地吞几口兔脖子溅出来的鲜血，糊弄住“呱呱”乱叫的肚子，把兔子叼回来，放到主人的门口。久不占腥荤的主人看到狗竟然能抓回兔子来，感动得喉头乱滚，大方地赏给狗半个自己都没舍得吃的馒头，或者是一碗留着下顿果腹的苞谷糊糊。

狗得了赏赐，均匀地踢踏着脚步扭身而去，继续在沙漠里寻找活物，比一个核桃大不了多少的新疆土老鼠，刚露出头，看到一条狗卧在洞穴旁，根本没放在眼里，依旧爬出来四处找食吃。

历来狗拿耗子都是没事找事的举动。新疆的老鼠虽然没到过内地，但从内地来的军垦人口中听到不少这样的笑话，因此也不以为意。

但这次土老鼠却大错特错了，狗们一个鱼跃，把老鼠稳稳地抓在手里，又回家为主人分忧去了。主人看着狗将抓回来的老鼠放在门口，安然地蹲在一边守着，却舍不得动一口，心酸不已，就把老鼠赏给了这个新猎手。

猎手们从此明白，兔子是属于主人的，老鼠是属于自己的。捕获老鼠虽然有点违背祖制，但事关肚子的时刻，祖制往往显得苍白无力，成了一个没有约束力的口头禅。

猎手的口粮还有沙漠跳鼠，那个比土老鼠大不了一个枣的家伙，通体黄色，尾巴足有二十公分长，见了敌人，一跳一跳地跃进红柳丛中。猎手们由于见识少，看到这个一跳一跳的玩意儿，不由得呆了，老老实实地跟在后面，看着沙漠跳鼠独自起舞，有的新猎手还跟着一跳一跳，屁股在沙漠上坐出一个又一个坑。

舞蹈是填不饱肚皮的，猎手们最终没放过沙漠跳鼠，揪住了跳鼠的尾巴，仔细地琢磨一番，最终将猎物送进嘴巴，咂摸一番其中的滋味。

塔里木的鼠类个头较小，数量也少得可怜，满足不了狗的胃口。狗们常常成为素食主义者的一员。

有时趁着看瓜人不在，狗偷偷咬开一两个西瓜，啃几口红鲜鲜的瓤，弄一肚子凉冰冰的酸水顶顶饥饿，溜掉了事。遇到高秆的葵花或者玉米地，狗从容许多，装着撒尿，朝着一棵肥硕的植物翘起右后腿，淋淋拉拉的中间，头四下里转着，看清了周围并没有人，大摇大摆地走进地中间，扑倒这些高秆作物，嗑嗑瓜子或者啃几个嫩玉米，尝一尝新鲜。

为了肚子，狗没有了威武，没有了尊严，没有了狗势，却有了前所未有的坚韧，虽然多了些龌龊，多了些难堪，但只要是活着，一切有关面子的事情都显得不那么重要。

人比狗强不了多少。他们肚子里的食物不但少而单调，精神的空间也和肚子一样，被少而单调的食物占据着，不断地产生痉挛。

此时的狗和它的主人虽然没有交流过，但心路是一样的，在朝着保命的道路上挪行。

压抑中的人总想找个弱小者发泄一番，这个弱小者既要理解自己，承担起所有的怨气和怒气，做到不反抗，不反对，又要对自己忠心耿耿，表里如一，守口如瓶。

这样的重任只有狗能承担。狗们听着主人的呵斥怒骂，一言不发，耷拉着脑袋静心倾听，就是蚊子在裸露的鼻头上盘旋，也不动一动，犹如一尊任凭风吹雨打的石头雕像。待主人发泄完毕，狗摇摇耳朵，扑扇掉附着在皮毛上的所有乱七八糟的思想，一心一意地去找寻果腹的食物。

狗除了面临饥饿的考验，危险也无处不在。需要大热量的食物来填充自己身体的人类，目光遍及所有的家畜。公有的牛、马是不敢想的，公家的猪羊也要等待年节时才能品尝一口。

只有狗属于可以随意宰杀的动物。

狗被打狗人不明不白地宰杀掉，尚且被主人记挂着，终有昭雪的一天，因此死得还不算凄惨。

被主人亲自宰杀掉，放到锅里炖了吃，却是狗们最大的悲哀。

整日在外担惊受怕的狗，把家当成了自己最安全的港湾，因而无论它们走多远，都忘不了回家的路。可是，回到家里，正要悄悄地入睡，忽然看到主人正蹲在门槛上或者站在门帘后面，向着自己不轻不重地睃一眼，狗的心颤抖起来了。

狗看不清楚这目光中包含着什么，无奈？焦虑？担心？不舍？似乎都有，似乎又都不是。狗毕竟跟随主人时日过长，对于主人的目光太熟稔，狗虽然读不全主人目光中的含义，但狗明白主人接下来要做什么事。

狗不再进狗窝。狗低着头朝门口挪去。终于抗不过内心深处的一种念想，挪到门口的狗再扭过头来，走到窝前，前肢匍地，默默地流泪。

主人拿着绳子出来了。狗认出这绳子不是平时拴狗的绳子。这是草绳——一种越拉越紧的绳子。

绳子头打了个活结，成为一个“O”形，在主人的手中越来越真切。

狗扭头走两步，坐在地上，看着主人，继续流泪。

夜在此时静止了。狗沉默着不叫一声，人沉默着不说一句话，树沉默着不摇动枝梢，鸟沉默着不煽动羽翅。

月亮无声地挂在天上，冷冷的光辉指着人的脸庞，狗的眼睛。

主人不为所动，脚步不急不缓。活结悄无声息地顺着空气滑动。

狗眼看着活结就要套进自己的脖子，扭头再走，走出两步，继续坐在地上，看着主人。

泪痕蜿蜒到了狗的鼻子上，汇集成一个圆圆的玻璃一样的水珠，反射着月光冰冷的光芒。

活结在狗头上晃动。

狗窝离院门没有几步，狗退不了几次，就退到了门边。院门外，是一片宽阔的马路，直直地伸向广阔的沙漠和胡杨林。

狗对着门外张望一番，扭过身来，用屁股顶住结实的院门，头直直地朝活结伸着，眼睛一眨不眨地望着和自己朝夕相伴多年的主人。

活结犹豫着，颤抖着，最终套到了狗脖子里。

主人的手不再颤抖，用力一扯，拴到了木叉子上，狗没有过多的挣扎，嘴巴紧紧地咬着。

狗知道它的命运，人与命争，都争不过命，更别说狗了。

失去了生机的狗眼开始变色，和月亮周围的云彩一样，湛蓝湛蓝。

五

改革开放后，喀拉库勒的狗们虽然摆脱了小偷小摸的尴尬困境，不再为肚子的事情犯愁，但是，它们对于往昔的日子还是心有余悸。捕获的猎物一旦吃不完，就像猫埋屎一样扒一个坑，把这些猎物埋起来，埋完后朝着沙包撒一泡尿，什么时候想起来了，就一路低头嗅着，闻到自己做下的标记，扒开看一看。哪怕是肠子、肚子腐烂得像豆腐渣了，也照旧埋起来，再撒一泡尿记着。

狗这时候有些像猫了。

喀拉库勒的狗经过的事情多了，见过的市面多了，见了人就不再嚣张了，先是夹着尾巴嗅一嗅，闻到了高贵的气息或者主人身上的味道，就不再咬了，也不再叫了。有时候还摇一摇尾巴，向陌生人示好，往往能赢得些尊重。

我在十连养过一条狗，个子虽然小，鼻子却不一般，又尖又长，还特别灵，到我家来的人，只要和我一起来的，大多不咬不叫，就是单个来的，只要闻到陌生人身上有我的气味，也只是干叫几声，再摇一摇尾巴，让我的朋友大为吃惊。

我说它至少咬过二十多人，我朋友死活不相信。

日子好起来了，人们对狗的认识却集中在它的热性大补上。

狗的命运更凶险。

这时的狗也知道联合起来，攻击陌生人。

有一年冬天，我穿着一件大衣到二十一连找老乡。正徘徊在果园门口，不知道往哪里找人问路时，"呼"的一声，一条瘦狗朝我扑来。我手在口袋里插着，来不及拔出，只好甩起大衣，把瘦狗扇到一边。谁知后面又扑上来一条胖狗，直扑我的肩膀。我吓坏了，低头躲过，一脚踹翻。

可是，两条狗不依不饶地围着我狂扑，我连拔出双手的机会都没有，只好不停地甩动大衣，应付攻击。来不及的时候，抬脚就踢，不到十分钟，我已大汗淋漓，呼呼喘气，把自己累成了一条狗。

我恨不得张嘴把两条狗撕碎。

不过，还没有等到我出手，狗们就一声哀号，逃离了。打狗的是狗的主人。狗主人拉着我的手，仔仔细细地检查我的全身，看到我没有受伤，衣服也没有被狗撕烂，才放下心来，说："这些贱种，三个月咬了两个人了，一次我陪了人家200元的大衣钱，一次我花了380元给人家打了狂犬疫苗。这些狗，要不得了，要不得了。"

六

在狗主人的抱怨声中，喀拉库勒的土狗越来越少。替代它们的，是那些尚不足它们体重四分之一的宠物狗。

这些娇小的来自国外的狗，比喀拉库勒的猫大不了多少的狗，来到小镇上后，数量迅速增加，超过了喀拉库勒的土狗。

不被土狗看在眼里的宠物狗，不但可以和主人睡在一个房间里，可以在房间中随意拉尿，还穿着各种各样的衣服，冲着土狗们得意扬扬地虚叫。

主人们对待宠物狗，就像对待自己的儿子，宠物狗生病她们就哭，宠物狗撒欢她们就笑。它们吃的是专用粮食，每餐大多掺有肉末。更要命的是，它们会不会看家护院已经无所谓，会不会摇尾巴也无所谓，长得个子大小更无所谓，来到喀拉库勒，它们的身份就与当地的土狗不一样。主人吃饭，它们也跟着上桌子；主人睡觉，它们也哼哼唧唧地被主人抱进被窝里；主人出去玩，它们坐在副驾驶的位置上。

如果土狗胆敢对宠物狗龇牙咧嘴，得到的必将是一顿棒子。

土狗们很快就集体失落起来。

不但土狗们看傻了眼，就连一向备受宠爱的猫也气不过，时时想跟这些小洋狗们较量一番。

然而，自不量力的结果是，猫们遭到驱逐，从此失去了家园。

土狗们由于经历丰富，虽然看不明白，但既不反对，也不赞成，任由洋狗们成为主人的座上宾。

时间一长，土狗们终于想明白了。喀拉库勒的小洋狗不是狗，是一团走动的慰藉，它们把主人空落落的心房，填塞得满满当当的，弄出些许惊喜来。

这些不是土狗们的范围。因此，虽然是同类，土狗也不羡慕，守护着家园，在某个偏僻的角落里，回忆着一生中的坎坎坷坷，偶尔也冒出些呓语，流出一些老迈的哈喇子（口水）。

土狗们深深地感觉到了时代变迁带来的变化。它们变得有些心灰意懒，就是家中来了生人，也懒得汪汪两声。哪怕是有贼人偷走了财产，它们只要得到一个包子，就可以闭着眼睛，装作与己无关的样子，闭目养神。

喀拉库勒的狗，在市场经济的大潮之下，也开始变得复杂起来。

土狗们的声音，渐渐地淡了，少了。绿洲的代言，被一种叫作汽车的铁玩意儿取代了。

洁白的棉花人生

作为一个喀拉库勒人，冉春山没有到过阿克苏以外的地方，甚至连阿克苏也不常去，但是，他并不觉得有什么遗憾。

冉春山不需要到阿克苏以外的地方，喀拉库勒镇就足以承载起一个人的生命。胡杨、红柳、水稻、棉花、野猪、黄羊、野鸭，还有上万的老人、小孩、棉农，都在这片1万多平方公里的土地上寻找着食物，寻找着存在的价值。

不甘心在这安静的土地上度过纯净的一生的是上海人，他们抛弃了自己的口号，回到沿海之滨的大都市之中，风餐露宿在街头也好，吃喝玩乐在酒店也好，这片土地看不到，居住在三团八连的冉春山也看不到。

浮躁的人也有，到了西安的，到了郑州的，到了深圳的，到了广州的，最后被人骗了，或者破败了，都要回到这片土地上来。只有这片纯净的土地，可以疗治任何创伤。

喀拉库勒，意为“黑色的海子或积水”，是叶尔羌河与喀什噶尔河冲积而成的，长期的积水在这里形成了不少河道和湖泊，水安静地生活在这里，慢慢由蓝变黑，故称“黑水”。由19世纪20年代英国人绘制的地图上找不到“喀拉库勒”，上面标的是“达尼西”，是以一位维吾尔族牧民的名字命名的，他的孙子达尼西已年届六旬，仍生活在这里。

这是一个家族时代的平静。所有生活在这里的人，都或多或少地如水一样平静。

冉春山也是，外部的浮华打动不了冉春山。1998年，阿克苏通了火车，许多从小一起长大的伙伴相约到沙井子看火车，冉春山没去。

冉春山觉得那些钢铁冷冰冰的，发出的声音又太喧嚣。

冉春山也不喜欢工厂，什么都与化学沾着边儿，什么都与制造沾着边儿，制造出来的，都是没有生命的东西。不像种植，种下的，就是一个个生命，就是一个个活力四射的精灵。

它们是那么纯净，那么安静，那么温暖。冉春山觉得，自己就像地里的棉花，过得简简单单，安安静静。

棉花的两个胚芽，收藏着无数的阳光，春天把它们唤醒，让它们生机勃发。

18℃的温暖，45%的湿度，持续六七天的光景，生命开始在胚芽的身体里萌动，棉花的种子吸饱了水分，吸足了温度，积攒了足够的力量，在尖细的一侧，钻了出来。黄色的生命拉出了两公分以上的主茎，向着蓝天张开了两片稚嫩的胚芽。

温暖的阳光被收藏的日子就这样开始了。积温植物开始了光辉的生命历程。

也许，天气并不那么顺心。

清明节是个鬼天气，多少年都难得落雨，随着内地人的增多，这个节气也沥沥拉拉地怀念眼泪。有时候似乎是伤心过度，阴郁持续五六天，种子的心情也滞胀起来。

黑乎乎的霉菌贴到了吸饱了水分的种子身上，黏糊糊地难受，让它们在多雨敏感的天气中发起了脾气，最终涨破了自己的身子。

庆幸的是，每年低温的天气都被人类预测了出来，并巧妙地躲避着。

不过，这几年的天气也乖戾起来，一年不如一年，打破了冉春山的平静，打破了棉花们的平静。

人总有的是办法。他们采取了多种措施，来提升温度，比如覆盖地膜，1983 年的时候，塔里木的大多数棉花都开始使用地膜提高地温。喀拉库勒也进行了积极的实验。

喀拉库勒特别适合种植棉花。1951 年 11 月中旬，正是滴水成冰的隆冬季节，曾经在中国革命的圣地延安开展过南泥湾生产运动的队伍来到了这里，被这里的环境迷住了。

喀拉库勒36℃以上的温暖持续的天数之多，在国内是罕见的，冉春山30岁以前，不知道雨是什么样子。那时候的喀拉库勒，10万亩土地上堆积着厚厚的黄土，细长的道路上流动着水一样的粉尘，树叶子上也贴着一层土，从年头到年尾都见不到绿色。雨天也许有过，但没有落下来，就又被太阳吸到了天空中。重要的是，喀拉库勒的晴天也是国内最多的地方之一，为喜温的棉花提供了繁衍的基础。

喀拉库勒就是为棉花而存在的。

棉花从新疆到内地的历程，也许就从这条道路上走过。

最先踏上东方土地的是草棉（即非洲棉）。草棉是从非洲大陆追着晨光到达新疆的，它穿越过恒河，翻越了帕米尔高原，到达新疆的时候，在塔里木盆地的沙漠中蹲了下来，喘口气，整理整理精神，积蓄往东的力量。

维吾尔族人称棉花为“帕合特”，与古代内地棉花的别称“白叠”“织贝”或“吉贝”有些相近。这说明了两者的渊源。就像胡萝卜、葡萄、西红柿等，草棉也找到了自己从新疆进入内地的证据。

根据出土文物和古籍记载，自东汉起至南北朝时期，塔里木盆地各地和吐鲁番地区已相继种植了棉花，并有了棉纺织手工业。民丰县出土的东汉墓中，已有了土蜡染布及白布裤、手帕等棉织品。晋、唐时期的吐鲁番古墓中，所见棉纺织物就更多了。《梁书·西北诸戎传》称：“高昌国……多草木，草实如茧，茧中丝如细纑，名为白叠子，国人多取织以为布，布甚软白，交市用焉。”在巴楚县托库孜萨来古城晚唐地层内不仅发现了棉布，而且发现了棉籽实物。其籽粒小，纤维短，色黄。据考证，这就是当时种植的一年生草棉。

棉花在新疆和人类平静地生活了两千年。但是，目光短浅的人类，始终没有把草棉放到眼里。

塔里木似乎对草棉的兴趣不大。除了库车河、叶尔羌河、玉龙喀什河两岸之外，再也找不到它们稀落的身影。塔里木对草棉的冷落，主要来源于牛羊的繁盛。因为有牛羊皮和麻，草棉这个种子大、棉纤维少的保暖用品，几乎没有多少市场。那个时代的妇女们，在马背上的时间多于在毡房中的日子，拧几根棉线，还不如拧几根羊毛线来得实在，用起来结实。草棉线也不如麻绳简单。

一个男人对棉花产生了兴趣，他带着自己创造的草棉纺织技术，到海南迎娶草棉的另一个姐妹。这种棉花被南方人称为陆地棉，北方人称为棉花。这是坐船到达东方的一种棉花，虽然和草棉是姐妹，但是由于生长的位置不同，决定了它们的脾性迥异。草棉匍匐在地上，结着畏畏缩缩的棉桃，卑微而安静。木棉则大大方方地站在土地上，吮吸着土壤中的营养，生长得热热闹闹。

由于主根插入得深，木棉为度过暖和的冬天打下了基础。一年又一年，木棉长成了树。

不过，长江以北的气候阻止了它们的潇洒。由于北方凛冽的寒风，木棉们在冬季丢失了手掌，吸收不到阳光的它们，只剩下一个个主根和主茎，待到来年春风吹过，棉花又发出青芽，准备开花。由于是老根，发的枝丫又多，结出的桃子自然又小又少，因此，得不到北方汉族农民的青睐。汉族农民把棉花拔掉，第二年下种栽植，取得了前所未有的高产。棉花的生命被压缩。

但是，这种被称为棉花的植物在中原落下了根，茁壮成长于中原的田野。

苏祗婆在中原大展手脚，把棉花纺织与丝绸织染结合起来，迅速将棉花推入了千家万户。

然而，苏祗婆的技术最终没有回到家乡。它们只行进到高昌，就止步不前。

棉花卷土重来，是随着王震部队的到来而来的。1949 年的新疆只有棉田 33350 多公顷，总产 10 万余担。其中，大多数是草棉。产量只有几十千克。王震带着他的队伍到达新疆后，和他在延安南泥湾一样，他提出了“发展生产，扎根天山”的口号。十万大军由战斗者变成了生产者，在阿克苏的沙井子利用二牛抬杠的方式，开出了军垦第一犁。

从此后，天山南北的戈壁荒漠，红旗飘飘，号角声声，良田处处，绿树青青。

1955年10月1日至下旬，这支部队进入了喀拉库勒。一位拓荒者在胡杨树嫁接的大杨树上写上了这样四句话："今天来看地，发现是宝地，这里能种棉，不信试试看。"拓荒者们通过一个多月的努力，完成了干渠、支渠等渠系规划，以及一个十万余亩的灌区规划图、土壤分布图和万分之一的简易地形图。

军垦战士们怀揣着温暖的梦想，驻扎到了这里。部队从延安西进的一口军锅一直伴随着战士们建到新疆，锅底已经换过两次了，但战士们把它擦得起明发亮，天气寒冷发不开，第一锅馍蒸成了"死疙瘩"，战士们就到戈壁滩去找"梧桐碱"，盐巴紧缺，就找来大块盐石，自己蒸制食盐。

干旱区的棉花种植需要水。1951年3月，扛着枪进疆的战士们肩头换上了坎土曼，在没有任何施工机械的艰苦条件下，完全靠手甩肩扛，历经3年零5个月，于1954年8月1日竣工引水，取名"胜利渠"。胜利渠全长77公里，其源头位于阿克苏河艾里西龙口，设计流量40立方米/秒，渠道在48公里、55公里和66公里处分设三个干渠分水闸，可灌溉耕地约80万亩。

水利部部长傅作义万里迢迢从北京来到这里，为水渠通水剪彩。

一粒棉花种子落进了肥沃的土地。喀拉库勒的棉花开始了震惊世人的历程。

1955年，喀拉库勒的棉花刚刚种植，单产就达到了505千克；就在次年，又有了601千克的单产纪录。

喀拉库勒的环境造就了世界难得的优质棉种植区。这里病虫害种类少，危害程度轻，特别是没有红铃虫危害，极少发生烂铃，让人惊喜的是，这里的棉花吐絮好，絮色白，品级高，可纺性好。

军垦人把优质棉花种植区的能力发挥到极致。1955年，他们在喀拉库勒引进了草棉的另一个修长姐妹——长绒棉。

长绒棉在棉花分类上属海岛棉，由于一般的纤维长度为35毫米，细度为7000米/克，强度为4.5克，因此可作特殊用途，是轮胎帘子线、导火线、宝塔线、降落伞和高档纺织品的重要原料。

与陆地棉相比，长绒棉生育期较长，开花至吐絮的铃期长达一二十天，因此需要较多的积温和更充足的光照。此外，长绒棉生长势较强，对水肥更为敏感，掌握不好更易徒长和蕾铃大量脱落，所以更适于种植在干燥而有灌溉条件又便于人工控制的地方。

喀拉库勒的实验破除了对进口的依赖。1982年，喀拉库勒的长绒棉开始向罗马尼亚、捷克等东欧国家出口。

这是这片土地上第一个出口的物种，也是唯一一个出口的物种。

1984年，喀拉库勒开始了白色革命，棉花的种子在初春的寒风中享受着前所未有的温暖。这时的地膜由于技术的原因，厚度达到了0.08毫米，大约是一张纸的厚度的三分之一，由于吹塑技术不精细，上面有一个又一个黑色的疙瘩，犹如青年人脸上的酒刺。

冉春山就是踏着这些酒刺进入自己的棉花人生的。

喀拉库勒的棉花生长期一般在140天左右，过多的晴天给了它们享受阳光的日子。

4月25日前后出苗的棉花，三四个挤在一窝，有的顺利通过了穴孔，有的没有，钻到了地膜中。冉春山拿着一个铁丝握成的铁钩子，一个一个把那些窝在地膜中的棉苗勾拉出来，不然，它们就会在5月的阳光中被高温烫死。

这个过程需要三四天。到了五月，一窝一窝的棉花苗长到了4公分高，它们开始了一生中的第一次生长高峰，就像刚出生的婴儿，阳光安详，肥水充足，如果不清除掉一些多余的，就会造成畸形生长，有的棉花会长出10多公分的腿来，纤细的腿支撑不起4片叶子的重量，在风中摇摆着。

冉春山第一次展开了他双手的速度。他跪在棉苗前面，面对土地，双眼盯着面前的棉行，食指和拇指灵巧地摆动着，将一棵粗壮之外的所有棉苗都拔除掉。

棉农们都朝土地膜拜着，一天一亩多地的棉苗在他们身后枯萎。冉春山更灵巧些，一天两亩多地，要向棉花朝拜一万次。定苗是要抢时间的，从早上天亮到晚上天黑，他要在地里干16个小时。

这样的日子一直到5月7日，有的年景要到5月10日才结束。冉春山的膝盖虽然磨得生疼，膝盖头已经渗血了，但是，他更担心棉苗们的疯狂。这样疯狂的日子还有两次，一次是打顶，一次是拾棉花，不过打顶和拾棉花距离他还非常遥远。

八片叶子的时候，棉苗度过了它们的婴儿期，开始如二八的少女般成熟起来，一枚枚花蕾从叶子上别出来，展露出它的芳容，展现着她的妖冶。其他的花蕾也偷偷摸摸地隐藏在叶子下面，等待着那神奇的时刻。

往往是两三枚花蕾别出来后，第一个别出来的花蕾就到了开花的时候，他们羞羞答答地张开洁白的面容，似乎是水一样的花瓣在风中雍容典雅地展开，这时候叶子知趣地低下头，躲到花蕾的下面，托着整个洁白的花。

空气中流淌着丝丝缕缕的香味，那是花蕾饱满的柔唇发出来的。

正从沙枣树上脱身的蜜蜂听到了棉花的召唤。

美丽也许就是在那一瞬间吧。一枚花蕾留给爱情的时间只有几个小时，八九点钟开放，它是洁白的，上午十一点至下午三点，收到了爱情密码的花蕾开始羞涩地用粉红遮盖自己的脸庞。

没有收到爱情密码的花朵开始枯萎。它在炙热的阳光下慢慢地闭合自己的身体，失望地将一腔遗憾留给自己的姐妹。

不过，失望的只是少数。大多数花朵都是原始的交配方式，它们的爱情在自己身上流动，得不到自身滋润的时候，也接受外部的爱情。外部的爱情仰仗风。六月的风是柔和的，花蕊柱头上细如白面的花粉，搭乘柔和的风，在空中旅行，进入另一位花蕾的柱头。

没有风的日子，蜜蜂和蝴蝶给它们传递爱的信号。

甜蜜在阳光中跳跃着，棉花们享受着情爱和怀孕的喜悦，疙疙瘩瘩的棉铃逐渐从植株的底部开始往上长。

冉春山每天都在自己的棉田里走几遍，除了沙尘暴能阻止他的脚步外，哪怕是下雨，他也在地头上蹲着。

他看着棉花，棉花看着他。他们默默地相互看着，交流着喜悦和渴望，痛苦与欢乐。

这时候的棉花，如是嫩黄的，就是底肥不足，需要补充叶面肥；如是黑色的，棉花们正处在幸福的生长之中，就像青春期的孩子，无忧无虑地增加着身体的重量。

棉花叶子上有着一层细微的白色绒毛，这些绒毛是棉花的汗毛，丝丝水雾从它们的小孔中散发出来，在正午的棉花上空形成了一道流动的水流。

棉花体内水分充足，即使到了深夜以后，嫩白的绒毛依然在青翠的叶子上精神抖擞地喷吐着水分。如果缺少了水分，绒毛早早就倒在了黛青的叶子上，不敢与太阳交接。此时的棉花主茎也会慢慢变红，犹如喝醉了酒的汉子。

棉花通过自己的身体语言把愿望告诉了冉春山。冉春山通过自己的行动来诉说他对棉花的爱。

以前的 6 月 15 日，花蕾盛放的时期，是放头水的日子，冉春山在此前四天，就揭掉了覆盖棉花的地膜。

撞掉的花蕾在他的心头纷纷落下。三十亩的地膜，别人一天干完，他需要四天。别人是大家在一起干的，冉春山不这样，他心疼花蕾。

放头水是对棉农们的一个考验，决定了每棵棉花今后的生长，决定了一个棉农一年的收成。

14 公分的小水沟，在喀拉库勒的棉田里一般能拉到 100 米以上，最长的十九连二农拉到了 3000 多米，不得不将宽度改为长度。

细长的小水沟一点把握不好，就会漫到棉株的根部，这时候，盐碱就会随水而上，轻的导致落蕾，严重的导致棉花死亡。

不过，沙瓤土里，棉花还有生长的机会，红壤土由于大水的漫灌，封锁了土地呼吸的渠道，一个结实的碱壳形成了，单凭棉花的力量，根本无法打破，何况还有盐碱的侵扰，许多棉花纷纷死亡，要么终生维持在 20 公分的高度，上面只挂着三四个花蕾。

冉春山对于放水并不陌生，陌生的是那些刚到这里来的内地人，十有八九浇得干的干，旱的旱。

冉春山在自己200多米的棉花地中打出四个毛渠，将早就准备好的胡杨树筒埋上，控制了水势。

由于毛渠多，冉春山开的辅沟又多，水稳稳地走入田中，每灌好一沟，他封闭一沟。

放水后的第四天，放水技术的高低就显现出来，水放得均匀的，整个一片棉田都是清一色的嫩黄，棉花们在得到水的滋养后，以一天两公分的速度生长，进入一生的第二个高峰期，犹如毫不停歇的机器，让人几乎能听到“突突”向上冒的兴奋的叫声。

放水少的，棉花虽然也蹿了个头，但每节之间有些不均匀，叶子的黛青之色只是稍微得到了缓解，由于还没有超过蒸发量，叶子的颜色上下一致，都是黛青的，叶面上的绒毛像一层薄雾，笼罩着阳光下的叶片。

放水多的，棉花被淹得失去了脸色，上下都成了鹅黄色，一点光气也没有了，片片都耷拉着，晒几个日头，叶子开始焦了，头也耷拉了下来。

红壤土上的棉花，稍微多了点，土地板结了，棉花会经常这样陷入死亡的危谷，不死的棉花，再也窜不起个子，一辈子就这么矮巴巴的，不死不活地任凭同伴超越。

旱涝的棉田像头顶上的秃斑，嬉皮笑脸地嘲笑着棉农们的技术，好歹旱涝不均的只是少数，除了淹死的必须拔除之外，其他的棉农们都有办法，拿出喷雾器，喷涂一次叶面宝，将一切丑行遮盖得严严实实，丝毫不露。

冉春山由于放得仔细，一般没有死苗的现象，就是旱涝不均的情况，他也很少遇到过，每次看到棉农们在湿漉漉的农田里补救自己的过失，他都不好意思地搔搔头皮，似乎是自己犯了错误。

冉春山关注着自己的棉田，就像关注自己的爱情。可是，自己的爱情是在棉花的爱情结束的季节开始的。

棉花的甜蜜爱情结束之日一般是在8月15日。这天以后盛开的花蕾，由于在第一场秋霜时产生的纤维不过是一个苞谷的重量，里面的棉籽也不是瘪的，因此它们被禁止受孕。

禁止它们受孕的办法是人工打顶，没有了头颅的棉花，不再往上长个子，也不再长花蕾。

冉春山在7月15日开始打顶，一直打到7月25日。但是，由于担心棉花的侧枝别出花蕾来，影响棉铃的生长，他在7月20日左右，背上了喷雾器，把所有的棉花喷上缩节胺。棉花们不再抽芽发叶。棉花们没有了繁殖的功能，只有全力保全自己腰间的棉铃。

棉铃们在风中唱着歌，犹如一个个欢快的孩子。棉株底部的棉铃，脸上已经长出了黛黑色的青春痘，颜色也悄悄地变红了。它们的嘴变小了，肚腹变大了，等着秋风催开洁白的世界。

冉春山黝黑的脸膛只有这时候展露出笑颜。他在地里数过了，自己棉花地里的桃子平均每株为6个，三伏桃子再收获一个，就成了7个，平均一个4克，这一亩两万株理论上也应该是560千克，减去烂掉的，失去水分的，每亩地收获400千克稳稳当当的了。

但是，虫害啃噬着冉春山的梦想。

别看到了8月，虫害一点也没有减少。从5月中旬开始，冉春山就与虫害展开了斗争，虽然他没有十足的把握，但是一点也不敢懈怠。

褐色的老叶片上点缀着黑色白色的斑点，粘着永远也冲刷不去的油渍，淡绿色的嫩芽上则蠕动着肥胖而懒惰的蚜虫，碰一下，马上绽开一汪黄绿黏稠的汁水。这是七八月稍有不慎带来的恶果。

蚜虫是在麦收以后慢慢爬过来的，不过，不用担心的是，瓢虫早就飞了过来，在棉花叶中间等着气喘吁吁的蚜虫送到嘴边。

瓢虫的胃口很大，一天需要250个蚜虫才能填饱它们的肚皮。因此，棉农们根本没有把蚜虫放在心上。但是，防治棉铃虫的农药让瓢虫们逃的逃，亡的亡，剩下的失去了生育能力。

蚜虫这时候就得了天下。

没有天敌的屠杀，蚜虫悠然自在地繁衍着自己的后代，肆无忌惮地啃噬着棉花糖。以致把它们的肚皮装得亮亮地，挪都挪不动。

棉农们在顶叶下面的每片叶子上发现十多个蚜虫的时候，急忙喷施煤油、肥皂水，企图以碱性的溶液将满肚子装着发酵糖的蚜虫中和成水珠，但是，蚜虫对于这样简单的招式已经司空见惯，安然呼呼大睡，如同耗子遍尝了所有的耗子药，不再对耗子药产生恐惧。

懒惰的蚜虫躺在花叶上吃，躺在花叶上拉，它们排出的粪便——白色的含糖丝线，却涂满了叶片，并开始朝棉铃上喷涂。一旦棉花盛开，这些粪便将会在棉花上结一层黑色的网，与蜘蛛网大同小异，黑白分明。

盛开的棉花顶着黑纱，它们的质量大打折扣。

冉春山碰到过这样的事情，2007 年，他就遭遇了这样的棉花。拾花工不愿意到他的地里——黑糖丝粘到手上，抓也抓不掉，影响拾棉花的进度。

那一年他亏损了，欠了连队几千元钱。

被蚜虫污染了，最起码棉花还在。被棉铃虫侵扰了，棉田里就只剩下徒劳的棉秆，还有棉农们惆怅的叹息。

因此，与棉铃虫的战斗，是棉农们的头等大事。

棉铃虫的成虫是棉蛾。它们长着一对漂亮的眼睛，和一双轻盈的翅膀，以传递花粉的使者的身份出现。但是，它们担任爱情大使的机会小于它们担任爱情杀手的机会。棉蛾们在露水下去后的十点开始，飞翔于各个盛放的花蕾间，花粉沾染在它们多情的翅膀上，随着它们一起朝着爱情起舞。

棉蛾在传递爱情的同时，也在追求自己的爱情。雌性棉蛾的头是红的，羽翅倾向于灰色，雄性棉蛾则是黑头，羽翅上往往带有黑色的斑点。

雄蛾是让人羡慕的，它们往往占据数量上的优势，由于比雌蛾稀少，因此，它们是受宠者。身体细长的雄蛾边在空中飞翔，边搜寻雌蛾发出的气味。有的雄蛾同时被几只雌蛾吸引，在空中飞来飞去，拿捏不定谁是自己的最爱。

两只蛾子交配的细节和蝴蝶相似，它们通过尾部连接繁衍的通道。只有短短的几分钟，数以千计的卵完成了受精。

完成了受精任务的雄蛾自由自在地躺在花丛中，享受着夏日的清凉。雌蛾还需要在盛放的花蕾中飞翔。它们需要给下一代找一个美妙的安乐窝。

一粒粒小米样的卵落进花蕾中，一般都是在柱头下面。哪里是花蕾最柔软的地方，是虫卵们的席梦思温床。

当棉桃逐渐膨胀时，虫卵们在席梦思上醒来，变成一条虫子，它们以可口的棉桃内芯为食物，打出一条条通往外部世界的通道。

棉桃变成了棉铃虫的宫殿，里面纵横着一条条通向飞翔的通道。

团场棉农们对付棉铃虫的办法不多，只有在棉蛾身上想着办法。

黄昏以后，棉蛾担心露水打湿身上的羽翅，它们顺着杨树的气味往大树上靠拢，如果找不到它们熟悉的家园，它们在草丛中也会将就一夜，反正吃过了甘饴之物的它们也懒得飞得太高，除了芦苇、骆驼刺、红柳这些坚硬的植物外，其他的地方它们都很随意。

冉春山们就把杨树叶子扎成20公分粗、40公分长的靶子，经过太阳晒出味道，黄昏之前插到棉田边沿，等待着棉蛾栖息。

棉蛾顺着气味进入了梦乡。

从六月下旬棉蕾盛放的时节到8月15日最后一朵有效花蕾的开放，每天棉农们都要在黄昏时刻插靶子，早上拎着尿素袋子去收靶子，露水打湿了羽翅的棉蛾这时候是慵懒的，它们绵软地被棉农们敲击出来，震落在尿素袋中，每个靶子上多的时候可敲击出来20多个棉蛾。最有效的靶子可以使用20多天，棉农们换了新的，继续和棉蛾斗争。无风的夏夜，点亮一盏灯，利用棉蛾的趋光性，将它们引上自杀的道路也未免不可。

因此，我们夜晚穿行在寂静的棉田中，就会看到地头亮起一盏盏电灯，灯下是一口口大锅，飞舞的棉蛾在大锅上面做着最后的疯狂，最终冲向水中光的另一个身影，被水粘住了翅膀，跌入死亡的深渊。棉农们在自己的地头点亮的是一个个蜡烛，蜡烛上方是笼子，下面是盆子，盆子里当然是水。

一个个死亡的陷阱就这样点亮了生命的盅。

白天除了拜托麻雀、燕子、琼鸟外，最终科学发现了雌棉蛾身上的味道密码，以性的味道为诱惑的东西发明出来了，这些玉米粒大的绿色味剂被悬挂在一个上小下大的笼子里，许多中计的雄性棉蛾飞入其中，一次次地企图将自己的生殖器插入结实的诱惑剂上，但徒劳的努力打不醒它们美梦的泡沫。

雌棉蛾发出了一次次邀请，可是，与强大的性诱剂相比，它们找不到自己的伴侣。但成熟的卵子迫使它们飞入花蕾之中，迅速地排泄着。就像女人们月经过后的半个月左右必须排出卵子一样，遇到不遇到精子都无所谓，重要的是卵子产生了，产生了就要排出。

雌棉蛾就这样只注重自己排卵的过程。一直到它们筋疲力尽，失去排卵功能。

没有遇到精子的卵不能繁衍成后代，它们只能永远地生活在混沌的世界里。

当所有的棉铃虫都抗杀虫药，诱蛾设施又抵挡不了棉铃虫的繁殖速度时，棉农们只有上地捉虫，这时候一般出现在7月底。

7月的喀拉库勒，天气正热，早上起来，温度就达到了26℃以上，很快上升到33℃，中午到下午7点钟，一直持续在40℃，除了让人晕倒的40℃时间段，其他时间大人、小孩、老人都到地里，人人手上拿着一个瓶子，捉住虫子，装进瓶子，有的一天能捉三四千条。

冉春山在自己的地里捉到过3600条，从早上起来，他一直干到中午两点钟才回家，吃过饭休息几个小时，7点钟以后准时出现在地里。

棉铃虫虽然一个比一个少，但照样啃得他心疼。

转基因抗虫棉出现后，冉春山与棉铃虫的搏斗降低了频率。转基因抗虫棉是采用基因工程技术，改变基因组的构成，用于农业生产的一种棉花。转基因抗虫棉就是将一种可以杀死特定害虫的基因导入棉花而获得的转基因植株，从20世纪90年代至今，共有近90个科研单位和公司参与了转基因抗虫棉新品种的选育，通过国家审定的抗虫棉品种已达

100 多个。

不过，转基因抗虫棉的抗虫性是一个相对的概念，它并不能完全替代其他防治措施，更不是虫子不吃的“无虫棉”。因此，种植抗虫棉可以少治虫，但不能不治虫，特别是 3 代以上的棉铃虫，抗性增强，应及时喷药防治。

棉农们就这样与棉铃虫战斗着。

大家都盼着棉花开——棉桃裂开了口，露出了雪白的棉絮！一开始摘棉花，棉铃虫就到了末路了，就像秋后的蚂蚱，蹦跶不了几天了，不用再刻意管它们。此时，棉农们才可以彻底舒一口气，或喜或悲但却轻松地收获虫口余生的希望之花。

洁白的棉花给棉农们带来了希望，也给冉春山带来了爱情。

收获是另一场大战。“拾花工”，顾名思义就是采拾棉花的棉农，每年入秋，当新疆的棉田由一片油绿变成雪白一片时，正值内地农民的农闲时分，趁着这个时候，他们从家乡起程乘坐专列来到新疆拾棉花。

这些来自甘肃、河南、四川、重庆、陕西、山东、青海、云南等省份、数量近达百万的农村大军勤劳朴实，目标单纯，“拾棉花挣钱，增加收入”是他们来到新疆的唯一动力，因为不到 4 个月的时间从新疆带回去的工钱可能是他们一年中挣得最多、对他们帮助最大的一笔收入。

拾花工像候鸟一样每年秋天到来，入冬之时便返回家乡，乐此不疲，年复一年，他们从普通的劳动雇佣者变成了中国棉花产业不可或缺的一个链条，造就了每年中国境内最为有序、往返规模庞大的农民工大迁移。

内地农民到喀拉库勒拾花，从 1990 年就开始了，收获棉花的季节，也是喀拉库勒的男人们收获爱情的季节。

拾花的生活单纯而枯燥，全天最少有十三四个小时都弯腰弓背的忙碌在棉田里，勤劳的女人的双手像一对上下翻飞的蝴蝶，牢牢抓住这朵花，一拽之间，又按到了紧邻的一朵棉花身上，三四朵棉花握在手里，女人们来不及体会它们的温暖，就将它们塞到花袋中。

“小龙女”的双手就是这样一对永不疲倦的蝴蝶。它们翻飞着女人中拾花的记录，100 千克，120 千克，125 千克。轻飘飘的棉花打破了棉农们沉甸甸的想象。

冉春山的想法也沉甸甸的。那对可爱的蝴蝶飞进了他的胸膛，蒲扇出一圈圈大小不一的涟漪。

冉春山失眠了。“小龙女”——这个叫龙梅的湖北姑娘也注意到了这个朴实、憨厚的小伙子。

“小龙女”看着冉春山腼腆的样子，默默地笑了。

军垦第二代的婚姻是在 1995 年完成的。两人走入了洞房——一幢崭新的砖房。次年，他们爱情的结晶也出现了。

幸福展开了翅膀，接二连三地飞进冉春山的家园。

如今，师市已建成棉花喷滴灌面积 160 余万亩，成为全国最大的节水高效农业示范区，三团作为全国科技示范基地，将许多科技用到了棉花种植上。

由于实施了精准农业，每个棉穴中只下一粒棉种，冉春山再也不用定苗了，2008 年起，每年播种以后，一改往昔的忙碌紧张，让他陷入了清闲之中。

滴灌更加让冉春山恐慌。自从自己的棉田上了滴灌，他不再打毛渠、引渠了，耍得溜光的坎土曼昏昏沉沉地挂在储藏间里，用冰冷的目光打量着寂静的空间。

杂草也不存在了，由于滴灌的水量只在棉花根部，其他地方没有水分，杂草的种子干枯在干燥的土壤里。滴灌这东西，与常规灌溉方法相比，生育期每亩节水 100 立方米，节约机力费 20 元，节省肥料 30 元，降低劳务管理成本 60 元，提高土地利用率 6%，皮棉单产平均提高 21 千克，每年每亩均增效可达 140 元，让人没有什么可说的。

就连收获棉花，也不用冉春山再操心了，120 万元一台的采棉机开到地头，一台机械工作一小时，就相当于 250 个拾花工工作一天。冉春山的棉花，也经不起采棉机两个小时的作业。过去 100 天的劳动量，现在两个小时就完成了，而且，根本不用他插手。他要做的工作，就是到棉花加工厂称量棉花的重量。

没草，没虫，没活，让在棉田中施展了 20 年威力的冉春山觉得生活没有任何意思。

只有在爱情上再长出一片叶子。现代化让人想什么来什么。冉春山奇怪的是，妻子想要一个女孩，果然生了一个女孩，漂亮清秀的小女孩，长着一双水汪汪的大眼睛。

棉花在均匀的水分和肥料中，亩产冲到了前所未有的 400 多千克，让冉春山年底有了数钞票的冲动。

“买辆车吧，闲时到城里逛逛去，不然生活一点意思也没有了。”冉春山看着天空中不冷不热的太阳，想，这生活怎么这么单调，除了睡觉，就只有数钱了。

不要命的蚊子

阿拉尔人种水稻，几万亩几万亩地种，春天一地绿色，秋天一地金黄，看起来很壮观，好像进入了一个金光闪闪的世界。

种水稻的好处，是可以压碱。阿拉尔地处三河交汇之处，是一个绿岛，但这些河流经过了长途奔袭，也带来了不少盐碱，成为植物的杀手。

为了将大量的盐碱冲洗带走，刚开垦的土地种植水稻是必需的。只要有水，水稻就可以活命。放十几天水，再排十几天水，盐碱就跟着水流到了河里，撒上的稻种，就可以发芽。如果不发芽，可以将水田晾晒晾晒，深耕了，继续放水，排水，栽植稻苗，照样可以带来不菲的经济效益，还可以把土地改造成良田。

人从水稻种植中找到了不少好处，蚊子也从中找到了生存的空间。

蚊子落到水面上，可劲地产卵，可劲地繁殖，十天半月，就可以繁殖几代，一个老蚊子，领着一群蚊子，里面有儿子的儿子，孙子的孙子，排成一个黑压压的队伍，在天空中舞动。

阿拉尔的蚊子，出来遛弯也分时辰。清爽的早上，一般都找不到蚊子的踪迹。就是你在草丛中敲打敲打，也只能敲出几个蚊子，懒洋洋地盘旋半圈，又钻到其他蚊子的温床上继续大睡。

如果认为阿拉尔的蚊子是不肯早起的家伙，那就错了。阿拉尔的蚊子早上不肯早起，是因为阿拉尔的早上天气冷，露水大，蚊子的翅膀被露水打湿了，沉甸甸的飞不起来。它们躲在树丛中，或者草丛中，等待着露水的消散。如果晚上刮一夜的风，第二天早上恰巧风住了，蚊子们就会早早地起来，窜房入户，搅达得人睡不安生。

阿拉尔的蚊子中午也难得出来，因为中午太阳太毒辣，阳光火焰一般，五月出头，温度就烧到了 30 多摄氏度，蚊子更不敢飞。

蚊子活动的最佳时辰，一般是黄昏。

黄昏时刻，太阳像个残破的大馕，早已没有了中午的劲道，蚊子们成群结队地飞起来，猎食最后的晚餐。

阿拉尔女人本来是穿着裙裾乘凉的，蚊子嗡嗡地飞来，扑到胳膊上，扑到脸庞上，扑到脖子里，扑到脚踝处，张开它们的口，开始了夜晚的美餐。

一根根尖利的针刺入皮肉中，好似无数台抽水机，抽取微带咸腥的血液，注入一团团毒素。

乘凉的人可以在黄昏时躲起来，出去解手的人却没有办法。人蹲在野外，没有看到踪影，只听到一阵啪啪的拍打身体的声响。

这些响声，听起来很脆，看起来下手也重。解手的人，不是在拍打臀部，就是在拍打脸庞。

但阿拉尔的蚊子与内地的蚊子不一样。内地的蚊子，没有几个，生存颇为不易，叮咬的同时，随时防备着巴掌。阿拉尔的蚊子却不是这样，它们每时每刻都嗡嗡着，随时要向人身上扑。你这里噼里啪啦地乱打，它那里闷着头只管猛扑，前面的死在巴掌之下，后面的依旧汹涌而来，搭建起一条死亡之路。

解手的人，哪里能将不计其数的蚊子拍打完？解完了手，钻出阴暗处，解手的人早已成了一个血人。

但阿拉尔人早已见怪不怪，没有人大呼小叫，没有人安慰问候，每个人都会在晚上出来解手，每个人都会被蚊子叮咬，每个人都有红光满面的一天。

刚开荒时，阿拉尔人钻到沼泽地里，等于钻到了蚊子的家中，他们刨根掘土，要端了蚊子的老巢，蚊子也不放过他们，在老阿拉尔人黄铜样的皮肤上缀出一个个红色的铜扣，犹如旧时大户人家门上的门钉。

阿拉尔人走南闯北，早已被苦难磨去了一身的赘肉，所剩的肌肉和血液都不多，全靠一种理念在支撑着瘦弱之躯，不敢再让蚊子抽取精华，但却苦无对策。由于要支撑新疆建设，他们放弃了军费，身上的衣服已经成为经历过多个秋冬的黄叶，补丁是黄叶上满布的筋络，稍有折腾，就会四处张嘴。

无奈之下，老阿拉尔人脱光了衣服，用青泥做衣服，糊满了脸庞、身体、躯干。

大漠上出现了一个个泥猴，重演着创造历史的类人猿。

可是，随着军垦队伍的扩大，阿拉尔人不可能长年当类人猿。

据说，刚到阿拉尔的女青年，晚上是不敢上厕所的，但有时候身体不适，又不得不上，只好左一下，右一下，上边一下，下边一下，啪啪地拍着，直到拍红了臀部，拍红了脸庞，还不罢休。回到家中，脸上痒，臀部也痒，还得一上一下地抓挠着。

有一年，一个孩子去地里偷瓜，被种瓜的抓住，这位种瓜的是个内地人，不知道阿拉尔蚊子的厉害，把孩子捆了个猴看瓜，自己回家吃饭去了。等回到家中，竟然把地里的孩子给忘记了。

第二天早上，种瓜人去摘瓜，才想起这个孩子，等到孩子面前，孩子已经成了一个血人，早已经奄奄一息，浑身上下密密麻麻地爬满了蚊子。

阿拉尔人在野外工作，比如放水，是不分昼夜的。这时候，就更害怕蚊子了。

为了防蚊，阿拉尔人想尽了办法。点蚊香是必需的。不到天黑，就匆忙点了蚊香，一根是不行的，一般是两根。蚊香的燃点明灭其间，股股轻烟袅袅上升，不到一会儿，整个房间就烟雾缭绕，浓浓的菊酯味道，顺着房间的缝隙往外飘，飘到了大半个连队。

蚊子本来是在房间里找一点带血的食物的，不料还没有得到好处，已经被菊酯蚊香搞得丢盔弃甲，狼狈逃窜，好不容易逃到屋外，只好循着鸡群、猪圈等飞奔而去。

来不及出逃的，被菊酯熏晕了头脑，努力地往上飞，越往上飞，需要的力气越大，越要消耗氧气，忍不住大口地吮吸空气。空气中都是毒气，突然就浑身酸麻，失去了知觉，正在飞着，就突然掉了下来，轻飘飘地落到了地板上。

人要进入房间睡觉，不能让这浓烟熏晕了头，只好打开房间的门窗，透一透风，让所有的浓烟飘出去，然后再续点一支蚊香，在菊酯的袅袅香味中，浑然睡去。

厕所里点着蚊香，不但驱赶蚊子，连苍蝇也躲了起来。

就是阿拉尔人的头顶，也点着蚊香。很多阿拉尔人把一盘蚊香用细铁丝缠着，吊在额头上。夜晚到阿拉尔的农场，看到田野里有一个个红点在移动，那是阿拉尔人在加班。

阿拉尔人家中什么都不多，蚊香架子却很多，进门就是一个，桌子上一个，床前一个，厨房里一个，厕所一个，窗台上还有一大堆。

阿拉尔人把有毒气的驱蚊剂当成了生命中最重要的伙伴，他们在利用这些有毒的物品的时候，也成了吸毒者，让这些毒素进入了他们的血液，在他们的身体里沉积了下来，成为健康的隐性杀手。

上海知青是阿拉尔时尚文化的引领者，防蚊也不例外。他们带着各种防蚊油进入了阿拉尔，上班时擦着防蚊油，下班后擦着花露水，身上还散发着一股香味，成为一种最受人欢迎的防蚊方式。

阿拉尔人还把破蚊帐绞碎，制作了防蚊面罩，用纱布罩住面庞，既挡住了蚊子，又挡住了阳光，一上班就成为一个个蒙着面纱的人。

阿拉尔人用智慧击退了最微小的侵略者，但蚊子总是嗜血的，生命在它们的眼里，就是对鲜红的永恒追求。

动物们成了受害者。

鸡冠子，经过了一个夜晚，红红的。有时候，鸡的眼睛上，也是伤痕累累。鸡们是一夜不得休息。因此，阿拉尔的鸡，白天是不精神的，那是被蚊子叮咬的结果。

牛晚上也不得安生，一根长鞭，不停地在身上敲打着，它们不是在活络筋骨，而是在拍打蚊子。

羊的皮毛厚实，不怕蚊子，蚊子就朝着羊唇上去。

鱼披着鳞甲，泥鳅一身溜滑，螃蟹有盔甲，但甲鱼就不行。甲鱼虽也背了一身的盔甲，但四肢露在外面，头也露在外面，还要时常爬到岸上晾风，就逃不过蚊子的追击了。

因此，阿拉尔从内地引进了甲鱼，却没有多少效益。后来又引进了牛蛙，这个美洲的大嘴巴却被蚊子封住了口腔，很快就在阿拉尔销声匿迹了。

乌鸦

阿拉尔的鸟儿最喜欢将自己的巢穴搭建在高高的树梢上。冬天的早晨，远远望去，黑黑的一坨，犹如一柄锤子，叮咚叮咚地敲击着太阳，犹如陕西汉子敲打遗落在霜冻中的柿子。太阳一抖一抖，跟着树梢晃悠。

突然，一只鸟儿从巢穴里飞出，扑扇着双翅，低头啄太阳一口，“哇”地大叫一声，闪电一样钻进了云里。

这是一只大鸟。和人比较亲近的，是乌鸦。乌鸦在道路旁的杨树林里，筑起一个个巢，上上下下的，犹如一个五线谱，谱写着冬日的晨曲。

穿着一身丧服的乌鸦，在老家是最不受欢迎的。正经八百地在路上走着，突然有一只乌鸦在头顶飞过，且“哇”地大叫一声，惊吓得路人连忙唾骂，唾骂完了，又祷告几句“菩萨保佑”之类的话，才挪动脚步，左躲一只蚂蚁，右避一个秋虫，前面还防着一个脚趾头大的小水坑。要是在家门口听到乌鸦的叫声，那绝对是出不了门的，猫在家里一整天，就是为了避祸。

乌鸦既然被当成了灾星，谁也不愿意把灾星挂在自己家门口，日子被弄得闪闪烁烁的。因此，乌鸦落到谁家，打鸟拆巢的责任就是谁家的。即便你家不拆，也有邻居赤膊上阵，代为操劳。但邻居的篡越，往往埋下暗恨。因为一个乌鸦巢穴，就是一背篓结结实实的硬柴，足以烧个十天八天的好火。

乌鸦因而难得在老家落足。我小时候，还时常听到几声沉重的乌鸦叫，到了唇上发黑时，却很难听到乌鸦叫了，也找不到一个乌鸦巢了。

人们赶走了乌鸦，日子过得并不顺畅，灶火依然没有烧的，目光转移到一种叫翅膀叉的鸟身上。这种鸟比乌鸦小些，身上带些白道道，却比乌鸦更会筑巢，全是结实的树枝，搭建得比北京的鸟巢更美观，更结实。

但翅膀叉不像乌鸦恁老实，它的性子极其暴烈，如果有谁接近它的巢，它就扇动翅膀，和人搏斗，打得你鼻青脸肿。要是有人拆了它的巢，翅膀叉是记仇的，它一直持续地追着拆巢人扇打，从天明到天黑，从天黑到天明。

就是这样，老家的翅膀叉巢也没有了。房檐下的麻雀也被赶得和城里的农民工一样，没有一个稳定的窝。

乡邻们唯一能容忍的是喜鹊，这个报喜鸟的巢穴是重点保护的对象。但喜鹊因为没有了朋友，孤独的它们也很少见踪影。

待我到了阿拉尔，方才醒悟过来——乌鸦们被赶到阿拉尔来了。

阿拉尔没有人打乌鸦，也没有人拆乌鸦的巢。阿拉尔的树高。新疆杨犹如一只利箭，箭头能射到白云间，乌鸦的巢穴也就挂在白云下，好像一只巨鸟下的蛋。但没有人打这个蛋的主意。就像没有人打白云的主意一样。

乌鸦也不在乎人了。不管有人没人，它们张开口就叫，高兴了多叫几声，不高兴了少叫几声。无论叫几声，都没有肉落下来。树下偶尔也有狐狸路过，不过狐狸只注意看路，不曾注意到头顶上的乌鸦。

乌鸦甚至有点欺负人。麦场里的小麦或者苞谷刚摊开，乌鸦就一拥而上，一个个低着头只管啄，嗉子不饱，它们是不罢休的。不过，新疆人见了，一般也不驱赶。我问过一个看场的老伯："为什么不管乌鸦呢?"老伯耳背，手抄着耳朵说："给收成留个种，给收成留个种。"

老伯的话我没有听懂。

第二年春天，庄稼露出头了，遇到全球性的干旱，虫口多了起来，我在电视上看到内地的农民背着喷雾器，不断地在地里喷药治虫，但阿拉尔没什么动静。虫不是来了吗，怎么不行动?

路过田间，我突然看到一只只比麻雀大一点的浑身发黑的小乌鸦，成群成群地落入庄稼地，好像在寻找着什么。

地头茁壮的庄稼枝秆上，落着一些大乌鸦，它们似乎在监督孩子们的工作。

庄稼地边的树上，有一些人工搭建的鸟巢，虽然做得精致，比乌鸦的巢穴大得多，但没有一只乌鸦，只有几只麻雀在里面进进出出。

乌鸦都在地里。

我突然明白了老伯的话。

一条渐游渐远的鱼

一

初次见识大头鱼，是在春水潺潺的时节，随着杨柳吐絮，河冰开裂，春意开始流动起来，在一泓水流前，我看到成群结队的鱼儿，逆水而上，争相游进春天。

我是个喜欢水的家伙，从小就像住在了河里，也喜欢抓鱼，如今看到这一河的鱼儿，密密麻麻，不抓可惜，就弯腰去捉。

这些鱼儿倒也不躲不避，任凭我将它们捉上岸来。它们身材细长，筷子一样，鱼鳞细小，几乎不可见。头很大，圆圆的，顶端裂开了一条山谷，有点像青蛙，又有点像委屈的婴儿，但不知道会不会哭。

眼看着就要捉半尿素袋子了，河里的鱼儿依然黑压压的，盖住了水面，我担心自己背不动，就放弃了。

等我装鱼的时候，才发现这些老实的鱼儿，有的已经因为离水太久而死去了。没有死的，也一动不动，眼睛瞪得圆圆的，好像活不了多久了。

拿回家中，一条一条用剪子剖了，杂碎很少，居然没有一条有鱼子。不过，这鱼儿的肉很细，放到锅里一煮，烂得快，一锅白汤，品尝一下，味道非常鲜美。

老军垦们告诉我，这是新疆的特产鱼，他们刚进疆时，到处都是，到一个河汊里，拿着叉子，只管站在河边扎，一上午脚不湿鞋，就能扎一马车。

我家住在叶尔羌河故道边，我常常站在河边，看到三五成群的胳膊一样的大头鱼，悠然地游荡着。有人拿了木棍，站在河边，待鱼儿游过，一棒子敲下去，居然也击晕一条。有一次，我也学着样子，一棒子敲过去，谁知竟然不中，但鱼儿在躲闪间，跃出水面，翻到了岸上，待我去捉，这家伙几个跳跃，又回到水中，倏忽不见了踪影。

我的邻居，喜欢捕鱼，背一个汽车内胎放河里，中间置一个铝盆，铝盆上横一木板，自己坐了上去，拿一块木板做桨，就在河里徒手捞鱼，每次漂流十多公里，居然能捞回三五千克。

朋友们时常抓到一两斤重的，邀请我去吃。杀鱼时，竟然也没有看到鱼子。鱼做好了端上来，鱼是完好的，汤却是牛奶一样，我怀疑放了牛奶，朋友说大头鱼就是这样，煮出的汤是白的。

后来水库放水，妹妹在庄稼地里捉到了一条大头鱼，父亲兴奋地告诉我说，居然有五千克，又炸又煮，一家人几天也没有吃完，本来是留了一部分等我回去吃的，但放了几天我也不回去，就不敢放了。

乡邻们说这不稀罕，每年春天水库放水，都要冲下来一批大头鱼，有一年春天，水库里放完了水，大家到庄稼地里去，白花花的一地鱼。

再后来我们搬家到一个滨湖的连队，看湖的人有一天竟然从湖里打出了一条齐腰深的大头鱼，大约有几十斤，一时成为奇谈。

但南口的一个朋友说，这有什么大惊小怪的，他们小的时候，从塔里木河里打捞上来的大头鱼，几个人抬着，照了相，还上了报纸。

二

我进了城，才知道大头鱼起源于3亿年前，有着古鱼类活化石之称，仅一属一种，是塔里木河的特有鱼种。

原来，它比我们的祖先还早，说不定还亲自见证了人类上岸行走的过程，说不定与人类还是亲戚。要不然，它们食肉，我们怎么也食肉呢？

进化改变了一切。当我们行遍了全球，这条古鱼却安于现状，游不出一条河。

这是一条为爱而死的鱼。它们在静水中生长，长到七年左右，公鱼和母鱼便结对逆流而上，在水质纯净的沙砾上产卵，然后公鱼母鱼相继死去。

如此贞烈的爱情，在当今的时代，只能演绎在纯净的水下。

我们成了默然不语的旁观者。

三

塔里木河的水库越来越多，也越来越大。我顺着塔里木河行走，粗略一数，大水库有两个，小水库竟然有十多个，至于引水塘，就无从计数了。

我还是很喜欢这些水库的。蔚蓝的水域与蔚蓝的天空对映，分不清哪儿是水，哪儿是天空，人在水上游，犹如在天上飘。从塔克拉玛干沙漠来到水库边，浑身的燥热一扫而光，所有的烦恼也会一扫而光。

专家却不喜欢水库。专家告诉我，大头鱼是洄游的，水库不利于大头鱼的繁衍，因为大头鱼要溯流而上，找纯净的水流产卵，而水库阻断了它们的路线，让它们产不了卵。

专家的调查无疑是科学的，但我却无法苟同。大头鱼不产卵，就不会死，它们只会越长越大。否则，塔里木河的朋友们怎么会捞起几个人抬着的大头鱼？

在城里的街道边，时常有人在卖大头鱼，但鱼越来越小，从两三千克逐渐到一两寸长，一条鱼不到五十克重。价钱却越来越贵，小鱼足以是大鱼十倍的价钱。

鱼到哪里去了？后来我到水库上玩，一个看水库的好友悄悄告诉我，新疆的水库，大多都被梁山的人承包了，水库上的鱼也都不是野鱼了，有时候鱼供不上，还要到鱼塘去买鱼冒充。

水库承包了养鱼，必定要清除吃鱼的大头鱼，大头鱼必死无疑了。

最终，人类还是朝这个水中最远的亲戚开刀了。

四

随着时光的推进，我在这十年之间，竟然没有见过大头鱼的踪影。它们似乎逃离了这个世界，只有那白嫩鲜美的鱼汤，总在我的眼前飘动。

朋友告诉我，河道里的大头鱼都被捞光了。我不相信，他们骑着摩托车，将我带到河边，我才发现，河道里的渔网弯弯曲曲的，将所有的水面都围住了。

这种网叫围网，我在内地见过，一道接着一道，在水下建立起一个一个胡同，胡同的尽头，是一只只鱼篓，无论大小，鱼只要游入这些胡同，都逃不出去，因为胡同越来越窄，鱼最后都转不过身来，只有向前游，游进鱼篓里，再也无法动弹。围网围鱼的大小，看网眼的大小，网眼小的，专门捕五十克以上、二百克以下的小鱼；网眼大的，专门捕半千克以上的大鱼，绳子都是尼龙的，鱼儿根本挣不断。

朋友说，这网能从每年三月开冻张到十一月结冰，网越来越密，鱼越来越小，现在连筷子长的鱼都难以捕到了。

在一个小水塘里，我们发现了一个用电捕鱼的人，拇指大小的鱼漂了一水面，但都是鲫鱼，没有一条大头鱼。

距离水塘没有多远，有两个中年人正在忙着把一瓶药往水塘里倒，我问倒的是什么，一个中年人说是毒鱼的药。我问他为什么要这样，他说，大家都在捕鱼，又是网又是电的，卖不少钱，他们不干，不是傻子吗。

我无语。

夜晚，我梦到叶尔羌河的古河道，绿树环绕，水流清清，有一条胳膊样的大头鱼，悠闲地顺水而下，游入我的梦境深处。

五

所幸的是，国家开始重视大头鱼的保护，但有次我到一个县城，朋友把我带到一个偏僻的餐馆，里面坐着的，看起来都是有头有脸的人物，但说起话来，都悄悄地。

鱼端上来了，鱼汤是白色的，我的喉咙像被鱼刺卡住了，忙摆手称，自己不吃鱼。

“这可是好东西，大头鱼啊，现在都绝迹了。”一位官员以为我不知道，神秘地探身到我面前，低声给我解释。

我苦笑了笑，正要用筷子去夹鱼头，却看到大头鱼那宽阔的嘴巴向两边弯曲着，似乎在哭。

六

回来的路上，走到一片荒漠上，除了荒凉的大漠，就是一片黑色的戈壁，周围没有一棵植物，哪怕是一株胡杨一棵红柳也没有，甚至连一蓬骆驼刺也没有。

唯独我，成了一条孤独的鱼，在寂寥地行进，离我的记忆，越来越远。